A DISSOCIAÇÃO

NADIA YALA KISUKIDI

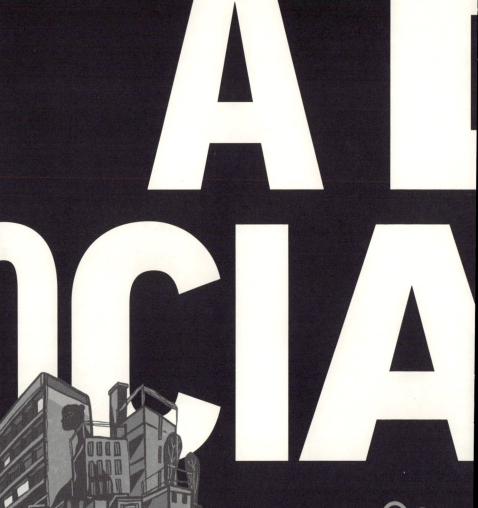

bazar do tempo

Tradução
**Mirella Botaro e
Raquel Camargo**

DISSOCIAÇÃO

© Éditions du Seuil, 2022
© desta edição, Bazar do Tempo, 2024

Título original: *La dissociation*

Todos os direitos reservados e protegidos pela lei n. 9610, de 12.2.1998. Proibida a reprodução total ou parcial sem a expressa anuência da editora.

Este livro foi revisado segundo o Acordo Ortográfico da Língua Portuguesa de 1990, em vigor no Brasil desde 2009.

EDIÇÃO **Ana Cecilia Impellizieri Martins**
COORDENAÇÃO EDITORIAL **Joice Nunes e Meira Santana**
ASSISTENTE EDITORIAL **Bruna Ponte**
TRADUÇÃO **Mirella Botaro e Raquel Camargo**
COPIDESQUE **Larissa Esperança**
REVISÃO **Marina Montrezol**
CAPA E PROJETO GRÁFICO **Anderson Junqueira**
ILUSTRAÇÃO DE CAPA **Maya Mihindou**

CIP-BRASIL. CATALOGAÇÃO NA PUBLICAÇÃO
SINDICATO NACIONAL DOS EDITORES DE LIVROS, RJ

K66d

    Kisukidi, Nadia Yala
        A dissociação / Nadia Yala Kisukidi ; tradução Mirella Botaro, Raquel Camargo. - 1. ed. - Rio de Janeiro : Bazar do Tempo, 2024.

        Tradução de: La dissociation
        ISBN 978-65-85984-20-1

        1. Romance francês. I. Botaro, Mirella. II. Camargo, Raquel. III. Título.

24-93939   CDD: 843
                                CDU: 82-31(44)

Gabriela Faray Ferreira Lopes - Bibliotecária - CRB-7/6643
16/09/2024 19/09/2024

Rua General Dionísio, 53 - Humaitá
22271-050   Rio de Janeiro - RJ
contato@bazardotempo.com.br
www.bazardotempo.com.br

SUMÁRIO

PARTE I
MOVIMENTO

I
A VIAGEM
9

III
O REINO
74

II
O BOM AMIGO
38

IV
O CAOLHO
117

PARTE II
PAUSA

V
A INDEPENDÊNCIA
157

VII
UM DESAPARECIMENTO
235

VI
OS ÚLTIMOS DIAS
197

EPÍLOGO
275

*Tenho ideias! Ideias terríveis e radicais! Elas me fazem
tremer, só de pensar nelas com muita paixão. Eu poderia
discursar para uma multidão. Agitar as massas. Queimar
de febre víboras e baratas!*

*O espírito destrói o mundo, desloca os corpos. Mas
damos risada. Ainda damos risada!*
    *Levante o punho e brinde comigo: "Pise em quem
te humilha, e você será livre!"Foi o que gritei ontem. No
meio das casas de alvenaria que redobravam esforços
para não desabar. Enquanto os operários da usina se
punham a cantar.*
    *Esmague a miséria como uma barata! Imperativo
evidente como o brilho de um olhar.*
    *Da minha miserável existência, invento um manual
de combate. Ele jorra como uma multidão de carnaval.
Fanfarra desordenada, que fuma e bebe. Lá longe, vejo
uma terra nova. Jogo meu copo, o vento se levanta.
Os vermes estão prontos, se erguem. A espera acabou.
Avante, rostos alegres!*

PARTE I
MOVIMENTO

*Aqueles que riem,
aqueles que desaparecem*

I
A VIAGEM

1.

Nasci em uma cidade da Europa. Essas cidades têm todas as mesmas ruas, as mesmas arquiteturas, os mesmos ódios, os mesmos medos. Elas crescem sob paralelepípedos, sob praças floridas e sombreadas. Esmagam avenidas burguesas e opulentas, apodrecem na miséria dos subúrbios.

As mandíbulas se soltam, gigantescas, desarticuladas, e murmuram uma primeira história. Eu não conheci meus pais. Eles foram levados muito cedo. Por doença? Um acidente? A preocupação tapa os olhos. Da existência deles, sei muito pouco.

Nasci numa cidade da Europa. Cheia de indústrias, jardins, beleza. Rostos urbanos, prédios de ferro e de aço. Mulheres e homens desenharam mapas ali, descobriram minas. Fundaram grandes empresas que rendem glória e dinheiro.

Fui recolhida por minha avó. Quando tinha dois anos. Numa casa de tijolos de um bairro operário. Céus baixos e brancos.

Uma névoa contínua durante todo o mês de novembro. Ainda me lembro dos silêncios. O luto que desaba. Minha avó era assombrada pela lembrança de sua única filha. As datas de aniversários floriam como túmulos. A Segunda Guerra Mundial havia despedaçado aquela mulher. O desaparecimento de sua filha, anos mais tarde, a destruíra por completo.

Nos primeiros meses do conflito mundial, um tiro de canhão ceifou seu marido. Pouco antes do armistício — um belo azar. Quando a paz dos covardes foi proclamada, começaram a gritar por toda parte que era preciso renovar o país. A alma da nação fora estragada pelo socialismo e pelo judaísmo. Era preciso encontrar valores essenciais. Capitular, um mal necessário.

A avó levava no pescoço um medalhão de Santa Rita — santa do Impossível. Ela nunca parou de rezar. Apesar da desolação, a vida se desenvolvia em seu ventre. Uma vida que batia com o pé e desafiava o barulho das bombas e dos canhões. Minha mãe nasceu no meio da guerra. Sem pai. Em um mundo que só sonhava com ruínas. Ela se tornou o objeto de todas as dedicações, de todas as atenções. Um nascimento é uma bênção.

A guerra acabou. Enfim, veio a primavera. Um homem se apresentou à sua porta. Um vizinho. Ele se ajoelhou e pediu minha avó em casamento. As árvores estavam floridas. Um vento novo soprava, anunciando dias felizes, abundância. Que seria bom continuar como se tudo fosse possível. Como se pudéssemos recomeçar projetos de família, de lar. Mas retomar o fio era apagar a memória dos sacrificados, que não mereciam o esquecimento. Naquele dia, minha avó recuou um pouco e fechou cuidadosamente a porta. Ela decidiu que sua existência seria consagrada à lembrança e ao futuro nascente — sua filha.

Sua primeira e única filha. Ela não conheceu outros homens, suas bobagens, seus beijos. Nem seus discursos, nem suas mentiras. Acabou o amor, a vida frívola. Ela esqueceu o que era ter um corpo que se toca, se acaricia, se beija. Ela esqueceu os nervos, o cansaço e a febre. Pensando nisso, eu mesma, durante toda a minha existência, não prestei muita atenção. Fui sopro, fui espírito. Engolindo o hálito dos sonhos e do mundo — sem nunca sentir nem as texturas, nem os rostos, nem as peles.

Minha avó conhecia todos os gestos da maternidade. Quando me recebeu em sua casa, soube como me ninar. Como acalmar meus choros. Há mil maneiras de ser mãe. Para ela, ter filhos era apenas se sacrificar. Porque ela sabia: sua progenitura a vida tira de você. Era preciso aceitar isso como uma sabedoria e se dedicar ao seu papel, sem pensar nas despedidas. Ser mãe. Ter um coração em um mundo sem coração. Onde até o fruto de suas entranhas podia ir embora e esquecer o seio que o alimentara.

As mãos da minha avó em volta de minha cintura, apertando o laço do meu vestido. A toalha de água fria que ela passa cada manhã em meu rosto para me lavar. O leite quente com mel durante a semana e o achocolatado no domingo. As meias mil vezes remendadas. Mil vezes. Mil atenções, mil dedicações.

Mas as histórias têm um fim. Nem sempre, eu sei. No meu caso, era preciso, no entanto, reconhecer, existia uma espécie de lei natural, imutável — que nunca foi desmentida. As grandes alegrias são anedóticas.

Quando eu tinha dez anos, minha avó teve que admitir. Eu não cresceria mais. Meu corpo havia parado, voluntariamente, seu crescimento. Eu era pequena, e estava condenada a continuar assim. Eu veria o mundo de baixo, teria por único horizonte as pernas dos transeuntes. Seus tornozelos e seus sapatos de má qualidade.

Essa parada súbita suscitou todas as preocupações. E até uma certa tristeza. Houve, primeiro, a valsa dos médicos e especialistas. As palavras complicadas da enciclopédia para determinar os fracassos da genética. Mas não tinha jeito. Não encontraram nada. Nenhuma mutação podia explicar o fim do meu crescimento. *Acondroplasia. Hidrocefalia.* Nenhuma conquista rizomática. As proporções dos meus membros e do meu rosto eram normais. Não havia falha cognitiva. Eu era um enigma. Me mediram, mediram o tamanho do meu corpo, do meu crânio. Eu abri a mandíbula mil vezes. Olhavam, no fundo das minhas entranhas, se um tumor maligno não havia se instalado.

As auscultações, múltiplas, não trouxeram nenhuma solução. Quando o corpo foi esgotado pelas questões que recusava obstinadamente a responder, atacaram minha mente. Último recurso. Se a anomalia que afeta o corpo não pode ser vista, é porque ela é moral.

Então foi a vez dos pediatras, dos psicólogos. Voltaram à morte dos meus pais. À falta, à ausência. Um traumatismo que não se exprimia, que tinha certamente maltratado meu corpo. Mas eu não sofria. Não que eu saiba. E meus sorrisos, meus desenhos desampararam uma boa quantidade de especialistas, que não acharam nada além de divertimentos da infância.

Procuraram durante um ano. E, precisaram admitir, não descobriram nada.

Talvez as lacunas do saber médico, suas impotências, expliquem as primeiras confusões. Minha avó se tornou sombria. Primeiro ela acreditou que era tudo culpa sua. Prova de maus gestos de uma mãe ruim. Ela retomou uma a uma as diferentes etapas de minha educação. Teria me abraçado muito forte? Minha cama fora muito pequena? Minha comida? A poluição da usina onde ela trabalhava seria a causa?

A avó se afundou pouco a pouco em uma loucura que nos separaria. O que os médicos e psicólogos não puderam compreender, ela tratou de descobrir com seus próprios meios. Eu acabaria crescendo.

Um dia, aconteça o que acontecer, eu seria grande.

Foi assim que a ciência fez sua entrada triunfante em nossa casa. A avó começou a me analisar. Ela leu, se documentou. Foi tomada de paixão pelo estudo do comportamento. Se perguntou se a influência do meio e da educação podia corrigir as falhas da natureza.

Ela destrinchou toda a sua árvore genealógica, tentou identificar eventuais anomalias, escondidas por segredos de família. Um tio-avô esquecido. Uma bisavó escondida. Mas, em várias gerações, a família só apresentava vigor e saúde. Nenhum tuberculoso. Nenhum pé torto. Nenhum retardo mental. Tudo testemunhava em favor da excelência de seu sangue. Meus defeitos foram necessariamente o produto de um patrimônio estrangeiro. Meu pai foi então acusado. Meu pai. Aquele que lhe roubara a filha e que, com ela, fugira de noite. O culpado.

O que eu sabia desse pai? Pouca coisa. Nas narrativas, ele era sempre pintado como um intruso.

A avó educara sua filha sozinha. Financiara seus estudos, muito caros para seu salário. Ela cumprira, disciplinada, seu dever. Em nome da memória de seu marido, roubado pela Grande História. Ela guardava rancor contra essas forças abstratas e frias que, como uma borracha, apagavam os anônimos. Durante anos, cultivou a lembrança do pai junto de sua filha. A menininha poderia ter crescido em uma felicidade relativa, costurada de sombras e fábulas, sustentada pela imagem fantasmática de um herói de guerra.

Mas a narrativa familial sofreu um ataque. E desse ataque não se levantou. Um intruso fez irrupção, seduziu sua filha amada. Os avisos da avó não surtiram nenhum efeito. A menina se deixou levar. Durante dois longos anos, mãe e filha não trocaram nenhuma palavra. Dois longos anos... Por causa de um homem. A avó não poderia jamais imaginar isso: ela não conhecia mais o amor. Os corpos. Ela negligenciara essas coisas, esquecera-se de sua embriaguez, sua potência. Minha anatomia era o produto dessa história. A desgraça pode cair em uma casa mais de uma vez.

As primeiras palavras da loucura foram as palavras dos insultos, da maldade. Minha avó encontrou um artigo em uma revista sobre pessoas de baixa estatura*, que viviam no centro da África. *Os Pigmeus*. Ela pensou que o problema vinha bem dali. Meu pai devia ter tido ancestrais saídos de uma tribo de caçadores-coletores. Pequenos seres de pele negra, cuja morfologia era efeito de uma adaptação ao meio, às trepadeiras, à floresta, às árvores gigantescas.

A hibridação produzira um fruto podre. Eu herdara um conjunto de defeitos vindos de países longínquos. De raças desconhecidas, povos de costumes inimagináveis e surpreendentes. O mundo era um grande quadro em que se desenhavam similitudes e correspondências. Uma falha moral tem sempre seu equivalente sensível. Bastava decodificar os sinais que se liam sobre meu corpo. Sinais bárbaros.

---

* No original, *les gens de petite taille*. No Brasil, o uso do termo "pessoas com nanismo" é reivindicado pelo movimento anticapacitista. O termo "anão/anã", como sugerem algumas ocorrências nesta obra, é considerado pejorativo por reforçar estereótipos negativos. [N.E.]

As leis da evolução mostraram: o macaco não chega ao calcanhar do Homo sapiens. *Suas caretas, suas mímicas não são a gênese fantasmática da linguagem articulada. A articulação é a marca de uma mente viva; ela requer os primeiros balbuciares de um pensamento. E o pensamento não tem nada a ver com as deformidades simianas de seu rosto. Seu lugar é o cérebro, a caixa que lhe falta ou que se enroscou em seus pés.*

ONDE O GIBÃO ESTENDE A MÃO AO NEGRINHO COM OLHOS MANSOS

Encantada por analogias insuspeitas entre tal tipo humano e tal tipo animal, minha avó se afundou no universo estimulante da linguagem. Nas palavras da ciência e dos sábios. Nos mistérios não resolvidos. Na surpresa diante das maravilhas da natureza.

Existia uma inteligência primeira, superior, que soube ordenar o mundo com harmonia, agenciando línguas, paisagens, cores. Bastava olhar o céu, estar à espreita dos sinais. Medir nossa pequenez sob o arco das estrelas. As leis do cosmos propunham uma explicação que era preciso elucidar. Estudando-as, seria possível compreender as causas da minha morfologia.

O porquê desse corpo, negro como a chuva e o trovão, ter se recusado a crescer.

2.

Aprendi a distinguir a consistência da epiderme. A estimar as espinhas flexíveis e rechonchudas. A detestar os músculos que incham e tensionam a pele. Eu preferia as texturas moles, que preveem os choques, os golpes. Os corpos que permitem pular. Foi na escola que fiz essa grande descoberta. No colégio, antes de tudo — aquele na estrada da usina. Um bando de maltrapilhos me esperando no portão. Eles batiam com as mãos, aplaudiam o espetáculo que a cada manhã encantava seus olhares. "A anã! A anã! Dá sorte pegar no seu cabelo!"

Minha cabeça viajava de corpo em corpo. De mãos em mãos. Um tapa. Um chute. Um cuspe. E, no meio dos tapas, chutes, cuspes, eu percebia a umidade das palmas. As peles macias e felpudas. As higienes malfeitas, as transpirações. Eu descobria também que não tinha força nas pernas. Quando eu pedia que corressem, elas ficavam imóveis. Como se não houvesse nenhuma conexão entre meu cérebro e meus membros. Se ele exigisse a fuga, meus pés ficavam no lugar, desobedientes.

No meio dos linchamentos e das brigas, eu vivi, pois, uma estranha experiência, a da dissociação. Eu não era uma, mas duas. Havia este corpo, que não reagia sempre, e minha mente — alerta, potente. Quando minha carcaça se estendia no chão, golpeada, minha mente se endireitava, triunfante. Ela xingava os combatentes, perseguia os agressores, pressionando-os contra o chão. Na minha cabeça, eu ganhava todos os combates. A história assumia outro tom. Esmagada, caída, eu renascia. E minha boca, armada como mil focinhos, cuspia fogo nos inimigos.

Honre a Anã. Grite seus feitos.
A bandeira da Negra,
A quem foi dado um escudo maravilhoso.
Atingido pelo raio.

Meu tamanho era um dom dos deuses. Eu me esgueirava no meio dos vivos, esquivando-me de seus rostos glaciais. Quando queria observar os olhos que me encaravam, tinha que levantar a cabeça. Mas preferia olhar para baixo. Analisar os andares, as posturas. A posição dos pés diz sempre mais do que um rosto. Gosto quando as pontas se tocam e anunciam uma timidez, um recuo, um desejo de proteção.

Os anos no colégio foram difíceis. No ensino médio, desapareci completamente. Era invisível. Não me viam mais. Não me batiam. Eu encontrava minha avó todas as noites. Ela me estudava atentamente, tomando minhas medidas. Eu ainda era muito pequena. Apesar das poções que me preparava. Apesar das plantas, das especiarias que temperavam bebidas e sopas. Nenhum milagre. Só a forma do meu crânio a tranquilizava. O equilíbrio mantido das proporções. Eu era minúscula, mas não era disforme, ela se alegrava em repetir.

O ano do meu décimo quinto aniversário foi marcado pelo exercício da girafa de Lamarck. Minha avó leu em uma revista que as girafas tinham o pescoço longo porque tiveram que se esticar para procurar comida nas árvores. Seu sangue gelou. Era preciso executar um desafio mecânico para que meu corpo se pusesse a crescer. Eu devia evoluir em um mundo onde tudo estava fora do alcance. A casa se transformou numa armadilha onde mais nada era acessível. Os alimentos, os pratos, no alto. Os produtos no banheiro, guardados por cima dos armários.

Sua única amiga, Odette, vinha às vezes nos visitar. Elas trabalhavam juntas na usina. Lado a lado, há dez anos. Odette morava em nossa rua, com seu marido e seus dois filhos. Ela sempre acompanhara minha avó, dando-lhe suporte. Solidária, recortava artigos das páginas "saúde" das revistas. Elas compartilhavam uma certa atração pelo saber, porque precisavam me curar. O exercício da girafa, aliás, era um pouco sua culpa.

A ciência não tinha conversa fiada. Todo conhecimento era bom. Se as soluções não vinham dos pesquisadores da atualidade, elas se escondiam em teorias passadas. Era impossível escapar dos olhares. Em reação às auscultações domésticas, se afinou meu talento pela dissociação. Enquanto Odette e minha avó me detalhavam, eu desaparecia, corria, me apagava detrás dos meus grandes olhos pretos. Eu não existia mais nem para elas, nem para o mundo. Meu rosto, feito uma máscara, reagia às entonações de suas vozes; mimetizava a aquiescência, a desaprovação. No entanto, eu estava em outro lugar. Estava muito longe. A mil léguas delas. No espaço interior, não existiam nem cálculos, nem medidas. Nada se quantificava nem se codificava. Nenhum tamanho era muito grande, nenhuma perna muito pequena. E as cores que atingiam a pele formavam uma paleta selvagem, rebelde às hierarquias.

Assim descobri um Reino. Nenhuma regra ordenava a visão, o campo do visível. Nem mesmo o olho procurava ver. Queimado pela intensidade da noite.

A casa de tijolos se tornou uma prisão de linguagens. As palavras e as frases saíam misturadas, tiradas de enciclopédias, séries de televisão ou revistas científicas. Encadeamentos, reuniões, agregações de símbolos, sinais. Listas contínuas, indefinidas. *Negro... como a fuligem. A progenitura do cisne. A madeira de ébano. O carbono e a tristeza. Os calos dos pés. A poeira das cidades. Uma nuvem ameaçadora. O pelo das panteras. As letras do alfabeto. O olhar do macaco.*

Logo minha avó perdeu seu emprego. Odette não botou mais os pés em casa. A tristeza dos outros caía como uma má sorte. Nós ficamos sem recursos. Uma vida de nada começou. Minha avó comprou uma boa máquina de costura Singer e pôs-se a fazer consertos a domicílio. Moldes e tecidos se acumularam na sala. Com suas magras economias, ela comprou uma segunda máquina. Quando voltei da escola, me instalei ao seu lado. Eu executava, como um metrônomo, os pontos de costura. O som da sua voz recobria às vezes o chiado do aparelho. Eu ouvia as histórias, os desvios que maltratavam, dia após dia, a fronteira já tão fina, tão frágil, entre a razão e a loucura.

3.

Beija-flores! Vermes! Jacarés! Cipós entrelaçadas no coração das florestas virgens!

Como este mundo é bonito! Como é bonito, Senhor, tudo o que deu aos selvagens e aos homens.

Como ele é bonito, o seu universo! Encantado pelas crenças espontâneas dos povos primitivos.

Seus ritos e suas magias. Os grandes totens em pé na entrada dos vilarejos.

Para aqueles que não conhecem nem a técnica, nem a ciência, nem o saber.

Eles vivem e dançam sob ritmos subterrâneos.

E casam-se com o corpo,
E casam-se com a terra,
Beijam o trovão e o vento.

Eles seguem as estações — guiados pela linguagem dos ciclos e dos dias.

No entanto, não souberam fazer a colheita. Os terrenos ficaram ao léu. Nenhuma colheita deu frutos.

E choram. Choram com lágrimas a sua inferioridade.

Choram a sua miséria como crianças crescidas.

Eu os ouço. Porque falam alto. Com suas línguas tão feias.
Eu os ouço entoar o canto das vítimas.
O canto daqueles que nada têm.
O canto da cigarra que não trabalhou. Que brincou o verão
todo. Enquanto os outros se esforçam. Trabalham a terra e criam
usinas.
Fabricam o eletrônico e a máquina a vapor.
Encontram o remédio que cura, e cessam a guerra.

Grita, grita o ciúme dos selvagens. Grita, grita o seu ressentimento.
Vejo seus olhos cheios de vontade, nas vitrines de bijuterias
e quinquilharias. Prontos para vender seus irmãos por metal ou
plástico. Prontos para vender sua alma a um diabo mais pode-
roso que seus fetiches. Mais potente que as esculturas perturba-
doras que enfeitam seus vilarejos. Suas cabanas, seus casebres,
suas casas de palha.

Beija-flores! Vermes! Jacarés!
Então eles se vingam, se misturando.
Atravessando os mares, em embarcações improvisadas. Para
chegar a terras de abundância e se multiplicar nelas.
Eles ultrapassam a muralha das ondas. E naufragam em nos-
sas terras, e semeiam a malícia.
Nossas mulheres serão gordas de suas sementes. Elas acredi-
tarão em palavras doces que são apenas palavras de vingança.
Em palavras de mel que na verdade cospem ódio.
O desejo — infinito — de ser outro além de si. De se aproximar
do milagre derramado sobre nossas raças.

Brancas e belas.

Brancas como as neves eternas.

Brancas como as Luzes sublimes que banham nossas cidades.
Brancas como a Pomba cujo voo tranquiliza e traz a paz.

Brancas! Brancas! O sonho de uma faísca.

Vamos tomar cuidado com os dramas terríveis que se anunciam. Com as famílias despedaçadas.
Tomar cuidado com a degeneração dos povos!
Cuidado!
Eu digo isso e faço um anúncio. Já paguei caro por esta história. Todas essas migrações e deslocamentos são nossas tragédias futuras!

O que você podia ter feito, de fato, Santa Rita? Um medalhão em volta do pescoço não basta para consolar as penas. Uma oferenda não traz de volta nem maridos, nem filhas desaparecidas. Só sobravam as palavras, seus poderes, seus gestos repetidos como um martelo batendo. Encolher as saias, fazer bainhas. Costurar, remendar. A casa afundava sob uma chuva de tecidos e alucinações. O mundo preso entre pátios estreitos e os tijolos vermelhos do bairro. Crianças andavam de bicicleta ou brincavam de bolas de gude nas soleiras das portas. Sentadas à frente delas, famílias inteiras esperavam às vezes a passagem do tempo.

Na saída da cidade, havia a usina. Ela abandonara muitos trabalhadores. Em nossa rua, uma fronteira invisível se desenhara entre os que não foram demitidos e os que ficavam em casa. Os que, pela manhã, tinham por que se apressar. Os que, como minha avó, fingiam continuar. Antes de se deitar, ela preparava sua garrafa térmica de café e biscoitos. Uma pausa às treze horas, depois o trabalho até as dezoito. Em seguida, era preciso arrumar os dedais e as agulhas, dobrar os metros e os moldes. Antes do jantar na frente da tevê e o sono por volta das vinte e duas horas. Novas peças se amontoavam cada dia esperando um retoque. Nossos clientes pareciam mirar em espaços imaginários... De onde vinham todas aquelas roupas, com cortes fora de moda, de tecido grosso? Cheiravam à umidade, a guardado. O cheiro singular de tecidos que não usamos, deixados muito tempo no fundo dos armários.

Ao entardecer, da janela do meu quarto, eu olhava a noite cair na cidade. Espiava as últimas idas e vindas dos moradores. Para além da estrada — a estrada da usina —, devia existir um outro mundo. Um lugar onde os pequenos esmagavam os grandes. Onde as peles, infinitas, eram ricas e belas. Onde os tetos dos imóveis não se afundavam na névoa. E onde um céu, triste e branco, não se abatia cada dia sobre os transeuntes.

Devia existir um lugar insensível às palavras. Onde as línguas são inquietas. Onde os discursos não são privados do bom ar das montanhas. Da minha janela, eu via o bairro. As ruas cimentadas. Três árvores sem folhas. Sólida e negra, à meia-noite vinha agitar os sonhos. Eles ainda moravam em minha mente quando eu acordava.

Levante-se! O tirano morreu. Abatido pela multidão. A fúria das massas. A fúria das massas acabou logo. Ele chorou, sabia. Chorou feito criança que apanha. Então, tiramos suas calças na frente de todo mundo. Tremendo de frio. Com sua bundinha rosa, macia e empinada. Conheço alguns que teriam se enfiado lá dentro, para ficar quentinhos.

Levante-se! Lá fora está uma alegria! Tem desfile na rua. E é bonito de ver. Esquente o coração. Mataram o tirano! As massas estão comemorando. E gritam de alegria. Ande, levante-se agora, levante-se logo! Levante-se!

4.

— Fui demitida.

Odette, em pé, em frente à nossa porta. De traços repuxados, olhar culpado. Quando minha avó a chamou para entrar, ela se afogou em lágrimas. Sem se conter. Mesmo distante, minha avó acabou por tomá-la em seus braços.

Odette não tinha mais dinheiro, nem mais economias. Só montanhas de dívidas... Minha avó a acalmou, lhe disse coisas muito doces, como ela não dizia há muito tempo. Palavras que ela sussurrava quando eu era criança, antes que meu corpo tivesse se desviado. Odette se acalmou. E muito simplesmente, como uma evidência, voltou a frequentar nossa casa. Ela estava lá todas as manhãs. Instalou sua máquina de costura na sala. E voltava para sua casa à tarde, e lá estava ela no dia seguinte.

Ela costurava e remendava. Tecidos corriam sob seus dedos. Minha avó encontrara sua companheira de toda a vida. Eu fui excluída de suas conversas. A amizade se transformou em cumplicidade naquela demência compartilhada. Eu pegava de surpresa suas trocas. Sem direção nem resposta.

Foi uma longa primavera..., as loucuras tomam caminhos inesperados. Odette jogava cartas e pretendia ler o futuro. Não havia nada a esperar. A maldição vinha das origens e pairava. A impureza de um pai ruim — negro como a fuligem.

No entanto, durante esses meses de primavera, no meio das palavras e da estupidez, vivi novamente a experiência da dissociação. A experiência foi, dessa vez, mais intensa. Eu já não era apenas duas. Eu era bem mais: era um mundo, muitas. Uma multidão.

Eu tinha o dom de me abstrair. Esse dom me salvaria e alimentaria a trama desta narrativa. Minha cabeça escapava, ia para outro lugar. Percorria montanhas, paisagens glaciais. Sondava subsolos. Atravessava oceanos, barreiras de coral. Eu me perguntava quantos mundos ela visitava, antes de voltar, de se reinstalar em meu corpo. Nunca tive resposta. Mas um dia ela não voltou de mãos vazias. Durante esses meses de primavera, trouxe com elas Ideias violentas e radicais. Elas esticaram meu estômago e apertaram minha garganta. Como o vento dos picos que descola da rocha.

As ideias não nascem nem do trabalho nem do estudo. Não precisam de leitura nem de labor. Surgem de corpos abatidos, quando não há mais espaço para escapar. Chegam, bagunçam a ordem, escancaram portas e janelas. Uma vez, surgiram no meio de Odette e minha avó. Elas me sussurraram um longo sonho.

Para além da estrada, para além da usina, você encontrará o que nunca conheceu. Palácios. Jardins. Um riozinho, uma fonte... Para vê-los, você precisa passar pela fronteira. Deixar esta casa. Ir embora. Para além da estrada, para além da usina.

A primavera se instalava no subúrbio. O sol alongava os dias, lançava cores incandescentes nos tijolos vermelhos. O horizonte, além da estrada da usina. Denso como a espessura da folhagem. Poderia haver de fato outra coisa?

Uma roupa velha estava espalhada no canto do cômodo, remendada muitas vezes. O que era remendado na véspera se desfazia no dia seguinte. A mesma saia vermelha e a mesma camisa verde passavam todos os dias entre nossas mãos. Costurar e descosturar. Remendos grosseiros, costuras em ziguezague. Fios coloridos atravessavam estampas.

As máquinas param para observar. A vida se reduz ao verbo, às palavras desabando no chão. Uma torre que cai, mil cabeças que fogem.

5.

Um homem se instalou na primeira casa da rua. Ele jogava miolo de pão às pombas. Saía cedo de manhã e voltava por volta das cinco horas em um carro de entrega.

Fazia dois meses que ele era o centro das conversas do bairro. Minha avó e Odette espalhavam muitos boatos. Diziam que havia sido preso. Nós o imaginávamos culpado de crimes. Sua cara emburrada. A barba por fazer. Olheiras que escondiam todos os não ditos do grande banditismo. Ele não trabalhava na usina. Não se sabia de onde vinha. Sua terra. Seu país. Suas origens.

Ninguém ousava se aproximar dele. Preferiam desviar o olhar. Mudavam de calçada. Alguns diziam que não falava, só grunhia. Outros o ouviram destruir toda a sua mobília gritando. Não era um homem. Era mais um animal — uma besta entre os vivos. Às vezes pessoas de aparência duvidosa desfilavam à noite em frente à sua casa. E iam embora quando o bairro não fazia mais sequer um barulho.

Eu tinha o costume de atravessar essa rua, de andar rente à parede para evitar os xingamentos, os cuspes das crianças da vizinhança. Elas não ousavam se aventurar em volta da casa. Indiferente aos boatos, eu me instalava contra o muro da sua casa e encarava os meninos com um olhar zombeteiro. Medrosos como larvas, eles subiam a rua e inventavam outras brincadeiras más. Mas uma tarde eu me dei mal. Estava sonhando acordada, encostada na beirada da janela, quando um tapa me surpreendeu, me derrubando de bruços.

— É você o monstro do bairro?

Não consegui retomar consciência. Mas reconheci o homem que todos temiam.

— Você não é bonita de se ver. Aliás, não dá para saber se é menina ou menino. Uma coisa se interrompeu em você.

Ele se aproximou de mim, me tomou em seus braços e apertou meu peitoral contra seu torso. Esmagou meus pulmões. O tempo que pôde. Eu era fina, leve, como uma folha de papel que se despedaça. Aquele punho pesado. O cheiro repugnante de perfume e de urina. Soluços barulhentos saíram da minha garganta. Ele me soltou. Eu ainda sentia seus braços — alicates. E me lembrei de todas as histórias que contavam dele. Ele começou a rir:

— Pode dar o fora! Não vou suportar muito tempo essa sua cara. E não venha mais colar a bunda no muro da minha casa.

O destino dá voltas incompreensíveis. Quando o homem deu meia-volta, meus olhos viram o que nunca deveriam ter visto. No bolso traseiro de sua calça. Mal dissimulado. Pouco escondido por sua camisa. Um pacote de dinheiro. Um pacote grosso! Eu não podia acreditar. Nunca vira tanto dinheiro. Conhecia apenas as moedas que tilintavam, suas cores cobreadas ou prateadas. E as notas, geralmente, levavam uma vida solitária, no fundo de caixas bem escondidas em um canto da cozinha.

Dinheiro. Um mês de salário, pelo menos, naquele bolso traseiro. Aquele homem possuía o que eu não tinha. E talvez mais. Era preciso imaginar o que fazer com tamanha quantia.

Voltei para casa e, fugindo dos olhares suspeitos de minha avó e Odette, me instalei atrás da máquina de costura. Enquanto a raça, a fauna, a flora e as florestas invadiam, em coro, nossa sala, eu pensava no dinheiro. A grande viagem não era mais um sonho, estava ao meu alcance. Eu devia entrar na casa do homem, esmiuçá-la, estripá-la. A realização desse plano me ocupou durante o fim da primavera e uma parte do verão.

Cedo, uma manhã, tomei coragem e passei à ação. Apesar do dia nascendo, o vestíbulo ainda estava aceso. O carro de entrega estava estacionado na frente da sua casa. Esperei uns dez minutos, e ele saiu. Deu uma olhada em volta e ligou o veículo.

Fiquei escondida alguns minutos. Me certifiquei de que o horizonte estava limpo e depois deslizei para dentro da casa. Os batentes da janela estavam fechados. Havia aquela porta à minha frente. A porta da entrada. Aproximei-me da maçaneta e descobri que tudo estava aberto. Entrei em pânico. Era muito simples. Alguma coisa estava errada. Ou então ele não tinha nada. Ou então esquecera as chaves. Ou então era mesmo louco e imaginava que armavam contra ele. Existem seres que sabem instintivamente que serão atacados. Percebem o mundo como o terreno de uma agressão permanente.

E, de repente, um tapa imenso. Mais forte ainda do que o primeiro. Fiquei inconsciente. Quando acordei, enfim, havia uma pequena multidão à minha volta. Ouvi sussurros, murmúrios. *Ela morreu? Pronto, é o fim da anã. Uma expectativa de vida limitada.*

Eu quase não podia distinguir os rostos. Mas um deles se destacava. Aquele do bandido, um pouco mais recluso do que os outros. Ninguém parecia suspeitar dele. Adivinhar que ele me nocauteara. E, se fosse o caso, nunca o acusariam, por medo de represálias.

Eu me endireitei como pude. Ficaram decepcionados por minha ressureição. Não havia nada para contar. Encontraram *a Pigmeia* na rua. E, ao cabo de uma hora, ela se levantou.

6.

Eu sei desde que nasci: a primavera é infecunda. Anunciam-na como a estação dos esplendores. Mas é sobretudo a estação dos fracassos. A seiva ronceira dá maus frutos.

Desconfio da luz que banha o mundo. Desconfio dos horizontes. Essas mentiras que impõem seus recantos de sombra limitam o olhar.

Pertenço à neblina. Pertenço à noite. Pertenço às horas calmas, ao calor que se apaga. É descendo, como o romper do dia, que encontramos forças. Ficamos atentos aos sussurros, aos ecos. Eles mostram a saída. O luto das cores e dos objetos. É inútil olhar por onde andamos, onde colocamos os pés. Os astros revelam caminhos. A Lua precede o Sol. O verão só promete secas, tempestades violentas que inundam as estradas.

Esperei muitas semanas. Que ideia entrar na casa daquele homem! Eu devia renunciar.

Mas era impossível. Ele tinha dinheiro. A barriga inchada como o cofre de um banco. E, se não houvesse mais nada naquele casebre, certamente haveria um segredo. Eu tinha certeza. Tudo valeria a pena. A estrada para além da usina.

Eu espiava nossa rua, olhava os transeuntes dos primeiros dias de setembro. Em casa, tudo ficara frágil. O serviço de retoques imaginado por minha avó vacilava e não atraía nenhum cliente. Até Odette se cansava. Com os olhos no vazio, ela não alinhava mais nenhuma palavra. Tudo se complicava também para a sua família. Seu marido acabara de perder o emprego e não saía mais da cama. Seus filhos a xingavam, chamavam-na de inútil. Ela continuava frequentando nossa casa para fugir dos seus problemas. Não fazia mais discursos, não jogava cartas, não se preocupava mais com meu tamanho. Uma vez até me lançou, plantada atrás da máquina de costura, um olhar de simpatia.

Eu precisava ir embora. Encontrar minha comunidade, uma família. O que comer. Trabalhar não adiantava nada. Todo o bairro se matara de trabalhar durante anos. E a maioria dos moradores agora definhava em casas de geladeiras vazias. Eu poderia tentar a ilegalidade, os tráficos, mas não possuía as chaves do submundo. Não conhecia nenhum bandido, nenhum delinquente. Era pequena. Um objeto de feira, de diversão para alguns. Uma cabeça de escravo para outros.

O pacote de notas não saía da minha cabeça. Eu estava pronta a correr riscos. As Ideias tramavam as piores coisas. Aquele dinheiro seria meu.

Esperei uma noite de outubro. O mês em que as folhas ficam vermelhas, os primeiros frios dissuadem as pessoas de sair. Eu escorregava na espessura do fim do dia. Invisível, rente à parede. O carro de entrega estava estacionado frente à casa de tijolos vermelhos. Uma nuvem de fumaça saía da chaminé. O piso térreo aceso. Me instalei num canto da rua. Atenta ao menor sinal, ao menor movimento.

Um veículo parou a alguns metros de mim. Dois gigantes saíram e se dirigiram à porta. Desapareceram no vestíbulo. Três outros homens surgiram alguns minutos mais tarde. Entraram tranquilamente naquele lugar. Durante uns vinte minutos, houve um constante vaivém entre a casa e a rua. Depois, tudo parou. Dez pessoas ficaram. Dez homens de corpos imensos e paletó azul de trabalho. Dez ameaças.

Então abri a porta. Abri a porta e desapareci lá dentro. O corredor era sombrio. Um filete de luz à minha esquerda. Ruídos de vozes escapavam do subsolo. E aquela podridão invadia meu nariz. Uma mistura de lixo e álcool. As paredes estavam engorduradas. O lugar, no limite do abandono. Um controle de videogame no meio do cômodo. Uma caixa de areia de gato.

Comecei a fuçar. Nada. Subi as escadas. Um único quarto no andar. Um banheiro. Um cubículo.

O quarto: uma cama e roupas empilhadas numa cadeira. O banheiro: um chuveiro, uma toalha pendurada na parede, um sabonete, um pente. O cubículo, vazio.

A casa estava nua. Estritamente funcional; podia-se dormir, lavar-se ali. Me perguntei se fora de fato habitada. Ela dissimulava uma atividade. Sólida e impenetrável, uma residência se torna uma camuflagem.

Eu ia descer ao subsolo quando vi, no corredor, olhos luzentes. Os olhos do gato que me fixavam na penumbra. Ele começou a miar levemente. Depois miou alto, se dirigindo a mim. De repente as vozes se calaram. Ouvi um barulho de cadeiras deslocando-se com pressa. Corpos se mexendo, subindo um a um os lances de escada que levavam ao piso térreo.

O gato, afetuoso, vinha roçar em minhas patas. Ele miava, e seu miado era um trovão. Os bandidos se aproximavam. Peguei o animal entre as mãos, coloquei-o na sala e saí rapidamente da casa. A tempo de escapar dos valentões que apareceram subitamente no corredor de entrada.

— Tem alguém aqui.

— Um estranho.

Os olhares se voltaram à rua, mergulhada na penumbra. Nenhum golpe, nenhum tapa me surpreenderia, me tiraria do meu esconderijo. O locatário da casa vazia não fez sequer o esforço de olhar lá fora. Ele se voltou aos seus camaradas:

— Vamos dar no pé.

Silhuetas deixaram a casa em intervalos regulares. O anfitrião se eclipsou. Ele pulou numa moto que um dos seus comparsas dirigia. Foram embora. Ficava apenas um gato esquelético, abandonado a si mesmo.

Esperei uma hora. Depois mais uma. Três ao total. Era outono; e no outono os dias — mesmo os ensolarados — começam tarde.

Mais nenhum suspiro, nenhum movimento. Entrei de novo no recinto. Desta vez, fui diretamente ao subsolo. O gato me seguia, descia, um a um, os lances de escada atrás de mim. Uma primeira porta. Depois outra. Um corredor, cinco metros. Mais outra porta. Eu adentrava nas profundezas. Um poço sem fundo. Uma boca que engole o horizonte. Um túnel contínuo e sombrio. Atravessava uma galeria que parecia levar direto ao centro da terra. Meus cabelos se esticavam sobre meu crânio. Era o fim do universo? Um lugar de onde é impossível voltar? O chão, firme sob meus pés. Uma memória sem códigos murmurava a quem quisesse ouvir que existia um mundo que esmagava suas presas. A guerra não para.

Uma cortina de veludo grossa barrava o caminho. Eu a levantei prudentemente. Outra porta. Empurrei a maçaneta e descobri um cômodo iluminado por um neon. Um carpete vermelho no chão. Uma grande mesa, cadeiras. Dez cadeiras. Uma máquina de café. Uma mesa de pebolim. E, no meio de tudo isso, um cofre.

O gato se roçava entre minhas pernas. À minha volta, lâmpadas incandescentes. Uma luz verde apontada para um chão vermelho. O cofre estava à minha frente. Sobre a mesa. Alguns copos de uísque, um baralho. Me aproximei do cofre. Um metal oxidado, arabescos gravados na tampa. Nenhum código de segurança. Nenhum cadeado. Eu o abri. Ele continha muitos maços de dinheiro. Maços. Quantos maços! Meu coração batia cada vez mais rápido. Olhei para trás. E se eles chegassem? Estariam escondidos no corredor?

Enfiei todas as notas em meu bolso. Todas, sem exceção. Em minha calcinha. Em minha calça. Em meus cabelos. Havia muitas. Eu as escondia onde podia. Precisava levar tudo. Afastei de novo a cortina. Passei por uma primeira porta, uma segunda. Corredores, um túnel. Encontrei as escadas, sempre acompanhada do gato. Subi os degraus a toda a velocidade, corri até a entrada. Impossível sair. A casa, as persianas, tudo estava fechado.

Eles fecharam a casa. E voltariam. Com cassetetes, armas? Uma tosse abrupta me tomou. O gato pôs-se a berrar. Escorregou entre minhas pernas e saiu. Eu o segui. Ele atravessou a sala, arranhou o tapete. Um esconderijo. Entramos apressados, os dois. O gato, ágil, me precedia. Atravessamos uma longa galeria subterrânea. Quando, no fim, percebi uma luz difusa. A luz do dia nascente. O túnel se abria e dava para a rua. Caímos dentro de uma casinha vermelha, familiar. Eu tinha chegado à frente da minha casa.

7.

Às vezes o mundo muda de proporções. Se transforma em miragem. É preciso parar de olhar para o céu. De acreditar que o futuro mora nos cumes. Uma superstição reservada às pessoas grandes. Quando a vista é limitada e não se pode erguer a cabeça, aprendemos a arranhar a terra. Descobrimos, então, galerias, lugares subterrâneos. Cavados à mão. Com máquinas. As perspectivas se metamorfoseiam. As dimensões caem por terra. Os mapas, as paredes racham e nos levam para outras estradas.

Eu contava e recontava as notas. Nunca tinha visto e apalpado tanto dinheiro. O papel colorido esquentava meus dedos. Eu fazia pequenos montinhos. Juntava as notas de dez de um lado, as de cinquenta de outro. Eu as respirava e explodia em gargalhadas. Agradecia às Ideias. Elas farejaram o negócio, me deram coragem. De destino — não seja tão louco a ponto de acreditar — não havia nada.

A presença do gato me preocupou por um momento. Ficou o dia inteiro imóvel, sob a minha janela. Ele espreitava cada uma de minhas aparições. Eu desconfiava de seus olhos luzentes, do que se tramava sob aquela pelagem. O bandido talvez tenha se transformado, e preparava um golpe duro, sob sua forma animal. Mas, ao cabo de alguns dias, importunado pelas crianças do bairro, acabou desaparecendo e nunca mais voltou.

O caminho se abria. A estrada que levava para além da usina. O caminho que eu nunca tinha tomado. As Ideias se atropelavam. Uma longa viagem começava. Uma vida errante. Uma desordem que desenraiza a ponta elevada do crânio. Há o mar e as ondas. Os campos sem relevos e as ruas de barro. As cidades mortais cujo peitoral explode, enquanto se esvaziam de seus moradores. As alegrias e as festas. A efervescência dos vilarejos. Uma viagem atravessa mil países desconhecidos. Pode-se duvidar da terra firme, porque sob os pés os solos se movem.

Assim, chegou o dia da grande partida. Minha mochila. Meu blusão, com seus bolsos duplos, repletos de bilhetes. O número do ônibus que levava à estação. Um envelope grosso para minha avó, que ainda dormia. O barulho de sua respiração atravessava as paredes. A respiração regular que havia ninado minha infância e que encarnou, quando completei dez anos, a hostilidade do mundo.

Abri a porta. Sem fazer barulho. Respirei o frescor do mês de outubro. Quando, cedo pela manhã, o ar quente que escapa da garganta forma um nevoeiro de vapor. As casas ainda roncavam. Eu contornava a casa do bandido. Ela não era mais habitada. Como o gato, ele nunca mais voltara.

Esperei um momento embaixo do ponto de ônibus. Ele chegou, quase vazio; recebia seus primeiros passageiros. Aqueles que iam trabalhar ao amanhecer, piscando ainda os olhos.

Instalada nos bancos do fundo, vi desfilar à minha frente outras ruas, outras avenidas. Tudo era novo e encantava minha visão. Eu nunca saíra do meu bairro. As palavras da minha avó recobriram todas as saídas. Por causa delas, esqueci o resto da cidade. Os tetos, as passagens que existiam para além dos tijolos vermelhos. Eu os descobria pela primeira vez. Na calma de uma manhã fria de outono. Edifícios opulentos. Lojas de cores brilhantes. O centro. Eu só conhecia o subúrbio, as casas de operários, a estrada da usina. Eu conheceria, agora, mais que o mundo.

Cheguei à estação. Quase não fui notada. Olhei o painel dos trens. Creil. Douai. Arras. Valenciennes. Maubeuge. Lille. Paris. Laon. Senlis. E, para além da França, Holanda, Bélgica. Escolhi uma cidade colada à fronteira. Meu trem partiria em cerca de quarenta minutos. Comprei meu bilhete e me instalei num restaurante.

Houve aquele momento de pausa — em que olhei pela primeira vez para o que tinha feito. Era jovem. Tinha vinte anos. A vida me havia dotado de um tamanho reservado à infância. E tinha a minha pele. Esticada como um coro curtido de insultos.

Mas eu conhecia um grande segredo: a terra era esburacada. Era escavada, com galerias, espaços subterrâneos. Uma porta que se abria para um corredor, que dava para outra porta. Não era um labirinto. Era um caminho moldado pelo próprio movimento da caminhada.

Eu sabia que era preciso desconfiar das palavras. Elas dão vertigem, e isso não é bom para o coração. Cultivam a tristeza, a dor em vez de acalmá-las. As pessoas felizes sonham em silêncio. Vivem em um mundo de suspiros, onde as línguas não existem. Onde se dispensa o desejo de nomear. Bocas que mastigam, mas não falam.

Dirigi-me à plataforma. Todos os destinos eram possíveis. Eu iria para o norte, para Lille. O trem começou a andar. Atravessou campos que acordaram sob um sol pálido e rosado. Entrou nos vilarejos com praças e sinos de igreja. Eu olhava as paisagens com a cabeça colada no vidro. Acompanhada das Ideias, brilhantes como um dia de festa, cada vez que a voz do funcionário escapava do alto-falante e anunciava uma nova parada.

(Notas e observações para a redação do Manual –
recolhidas durante minhas conversas, minhas viagens,
rabiscadas nas estradas)

ODE À CIÊNCIA

Trechos do discurso de encerramento do congresso realizado na Sorbonne em 19...: *"Fortes e fracos. Biologia, Psicologia e Etnologia a serviço da ciência dos reagrupamentos humanos."*

Cabeças nervosas dos sábios tremendo. Cérebros enciclopédicos em chamas.

Caros colegas, a ciência deve fornecer critérios. Precisamos de critérios para determinar com precisão o que distingue o forte do fraco. Esta pesquisa, por mais ampla que seja, e realizada, além disso, por boa parte dos senhores, merece que nos concentremos no que a experiência nos ensina.

Vocês o mostraram: o modelo do umbigo dá conta das disposições mais ou menos favoráveis à dominação. A forma do crânio também. Não falemos dos pés ou do sexo! Da raça ou do traseiro! O que dizer ainda do desenho das mãos, alongadas ou em forma de membrana! Metabolismo: digestão lenta, deglutição rápida.

O atlas das diferenças descreve de maneira objetiva a saúde dos povos, a higiene dos costumes, o vigor da mente.

Critérios são requeridos para reconhecer os guias, distingui--los dos medíocres e dos maria-vai-com-as-outras, pior ainda, dos escravos. Tudo está inscrito no desejo da natureza. Nosso dever é decifrá-la.

Oba, oba, oba! Eba! Aplausos na sala. Estrondos e palmas. Gritos, explosões de entusiasmo.

Como esses discursos são intimidantes! Eles abriram os caminhos, os rumos que muitos tomaram. E levaram com eles multidões de homens que se puseram a sonhar. Viajaram pelo mundo com grandes sistemas e cálculos. Instrumentos, astrolábios, armas para sondar a riqueza das terras, medir a potência muscular, a altura dos totens, a vastidão dos oceanos.

Eu também sonho em um dia dar minha contribuição aos saberes da humanidade. Ela receberá o reconhecimento de seus pares. Ela será tema de debates, encontros, colóquios!

E como o que é bem concebido é claramente anunciado, minhas Ideias serão organizadas em um livro, que seguirá um plano preciso. O que vai facilitar o acesso ao maior número de pessoas:

I. Carga contra X; II. Indignação, cuspes, pigarros na garganta; III. Cinco tapas, e outras reviravoltas.

Vou propor um Manual para fortificar os cérebros frágeis. Arruinar a farsa da escória e da nobreza.

"Exterminem-nos todos! Há os fracassados na evolução — desgraças caídas que contrariam, degradam a Criação."

Vou inundar o mundo com meu veneno democrático. Vou soltar os demônios que se agitam sob meu couro cabeludo. Ouçam-nos! Prestem atenção! As Ideias são sustentadas por um coro imenso. Elas repetem um princípio mínimo, até hoje não refutado. Fácil de lembrar para que entre bem na mente e não saia mais:

Aqui embaixo reinam o acaso e a mais perfeita gratuidade! Escravos, sonhadores, parasitas... provoquem o desvio.

II
O BOM AMIGO

1.

A agitação da estação Lille-Flandres. Os passos se sobrepunham, barulho. Levantei a cabeça para olhar os painéis, as direções. Sabia aonde devia ir: para a universidade. Lá, encontraria um cérebro mais esperto do que os outros que me ajudaria a encontrar o lugar único, minha família, minha comunidade. A universidade estava repleta de Ideias. Elas se desenvolviam sob peles cinzas e pelos brancos. Os sábios conheciam todas as bibliotecas. Possuíam a memória dos mundos antigos. Eles se tornaram mestres na arte da dissociação: tinham ultrapassado o corpo e suas paixões.

Perguntei no guichê da estação o caminho mais curto para ir à universidade. O funcionário me respondeu, atônito:

— Qual delas?

De ciência? A técnica? De medicina? De humanidades? De artes e letras? Cada disciplina possuía seu prédio, sua rua, seu endereço.

— A universidade das Ideias.

Ele logo examinou meu tamanho. Descobri, em seus olhos, um olhar ao qual já estava acostumada, meio estupefato, meio zombeteiro. Ele chamou seu colega e começou a rir. É tão bom complicar a vida de quem em nada nos assusta. Raras ficções populares imaginavam o anão como uma figura eminente, conselheiro do rei ou rainha. Mas, na realidade, ele é sempre o palhaço ou o bobo da corte. Um alvo, com quem nos divertimos pregando peças.

O funcionário do guichê respirou ostensivamente. Rabiscou círculos, flechas em um mapa de metrô e me entregou com desenvoltura.

— Use a escada rolante, bem ali! Lá embaixo, você vai até o fundo, à direita. Linha amarela.

O metrô se lançou nos subsolos da cidade. Na sexta estação, uma multidão de jovens escapou do vagão. Eu os segui, absorvida pela paisagem. Toda a natureza fora ridicularizada, os imóveis de quinze andares, recobertos de azulejos. Pátios, estacionamentos sem árvores. Uma grama cortada com uma precisão milimétrica. E atrás da ponte de ferro, por cima do anel viário: a fachada imponente da universidade.

Existem muros invisíveis que fazem com que certos lugares, mesmo quando se oferecem a você, exijam um salvo-conduto. Apresentam um rosto severo, uma polícia que vai te sufocar na entrada. Eu dei meia-volta, incapaz de seguir a multidão de estudantes atravessando a passarela. Eram quase dez horas da manhã. Os primeiros sinais da fome maltratavam meu estômago. Aterrissei num café a alguns metros da faculdade.

— Sim! É isso mesmo! Eu conheço esse sorriso!

Tive um sobressalto. Um homem de mais ou menos cinquenta anos surgiu na minha frente.

— Das ilhas! Do Caribe! Da Guadalupe! Da Martinica! Quantas lembranças boas. Uma luz que não é daqui.

Ele assobiou levemente e me perguntou o que eu queria beber.

— Adoro as misturas. É o futuro! Temos que amar a diversidade, as diferenças. É tão simples. Menor de idade? Suas sobrancelhas se levantaram, curiosas. Será que me pediria a carteira de identidade?

— Você não tem cara de estudante. Eu os vejo passando e tenho boa memória. Não cruzei com você por aqui. Está perdida? Esperando alguém?

Ele se sentou à minha mesa. Eu o intrigava. Não vinha das ilhas, não era menor de idade. Estava sentada numa cadeira, em um terraço na rua. Cada dobra do meu rosto revelava um mal-estar. Era o patrão do café. Me fez várias perguntas, que desenvolveu sem pudor, como se fosse de sua responsabilidade saber tudo, resolver problemas de uns e outros. Tanto que fui contratada no mesmo dia para lavar a louça. No almoço e no jantar. Menos aos domingos, dia em que o estabelecimento fechava.

Ele se levantou e acariciou a barriga. Montara seu negócio alguns anos antes. Empresários e professores se reuniam ali na hora do almoço. À tarde, estudantes formavam o grosso da clientela. Mas eu nunca vi tamanha multidão. Eu ficava presa em cima de uma escada na frente da pia. Com as mãos na água e no detergente. Na cozinha, o rádio ligado cuspia seus refrãos o dia todo. Ele ritmava os passos dos três empregados: dois garçons, Lucas e Maria, e Marcial, o cozinheiro.

O patrão do café era um homem bastante generoso. Decidira que eu era vulnerável e era preciso me proteger. Assim, ele resolveu para mim inúmeras urgências materiais. Como encontrar um quarto para alugar, perto do bistrô, sem pagar caução. Uma quitinete mobiliada com cozinha, chuveiro, banheiro nas partes comuns. Da minha janela, eu via todo o campus universitário, cercado pelos conjuntos habitacionais. As torres decrépitas da faculdade lembravam a imaginação louca de arquitetos visionários.

O patrão tinha feito de tudo, construção, venda online. E tirara uma lição muito simples da vida: não se devia ser funcionário de ninguém. Os caminhos do sucesso exigiam coragem e determinação. Ele não fora feito para obedecer, para receber ordens. Se vangloriava por ter mais dinheiro do que todos aqueles estudantes que se condenavam a obter diplomas e enchiam, muito rápido, a fila do desemprego. Não esperava nada do Estado. E não se devia esperar, nunca, nada do Estado. O Estado rouba, o Estado retira, ele não ajuda.

Quando não havia mais clientes, eu descia da minha escada. A louça, luzente. Os copos, alinhados. O restaurante, vazio. As cadeiras arrumadas sob as mesas, o chão limpo. Nós apressávamos os clientes a irem embora por volta das vinte e três horas. Lucas e Maria se eclipsavam assim que acabavam o serviço. O patrão ficava sozinho no bar. Ele bebia um álcool forte. E me esperava. Gostava de conversar comigo, olho no olho. Um tanto bêbado, relaxado, dava-se a confidências, gostava de se escutar.

— Gosto da França. Trago este país no coração. Em nenhum lugar do mundo você encontra tanta diversidade, tanta beleza. Cada vez que viajo ao exterior, sinto falta da minha terra. Mas, quando a reencontro após algumas semanas de ausência, ela me parece sempre um pouco mais degradada.

Ele vivia com sua mãe em uma casa confortável na saída de Villeneuve-d'Ascq. Seu gênio: prestativo, direito e generoso. Ele admitia tranquilamente: alguns não tiveram sorte na vida, não se escolhe família, meio, nascimento. Mas é possível escolher não ser uma vítima.

— Nada cai do céu! A preguiça ou a piedade de si não ajudam a progredir.

Esse bom senso rudimentar alimentava seu desgosto profundo pela classe política. Ele tentara entrar em um partido, numa época complicada, repleta de reivindicações. Mas só o requisitaram para colar cartazes ou distribuir folhetos. Ninguém prestara atenção em suas propostas para resolver a situação nacional. Ele acabou rasgando sua carteira de afiliado e nunca mais pôs os pés em uma cabine de votação. Como podiam acreditar que um dia uma eleição mudaria a ordem das coisas?

— Todos os partidos são subservientes ao poder econômico. Vai ser preciso esperar muito tempo para que um homem de envergadura venha tirar a nação deste marasmo. E talvez nosso país nem seja mais capaz de produzir indivíduos desse calibre! Chefes!

Ele decretou que eu era muito pequena para voltar sozinha para casa. Insistia em me acompanhar. Em sua presença, ninguém ousaria me agredir.

Ele juntava as chaves do restaurante, apagava as luzes, depois tomava minha mão. Como uma criança. "Vão achar que sou seu pai", me lançou ele, pela primeira vez, com um meio sorriso. Acolhi sua palma sem reclamar; porém, surpresa. Seus dedos sólidos agarravam minhas juntas, incapazes de se desfazerem do aperto.

Ele subia comigo até o último andar e me deixava em frente ao meu quartinho. Antes de ir embora, me dava um beijo paternal na bochecha. Seus passos pesados se encaminhavam para o elevador assim que me ouvia virar a fechadura da porta. Eu não tinha experiência de mundo, me dizia ele, e não conhecia os lobos. Eles atravessam as florestas, as cidades. Têm focinhos de aço.

Depois da meia-noite, o imóvel se fechava no silêncio. Eu cuidava para que meus movimentos não acordassem os vizinhos. Eu acolhia a vida noturna, os sonhos, as Ideias. Uma ou outra vez, o patrão ultrapassou a entrada do meu quarto; observou o lugar, para ver se tudo estava em ordem. Sentou-se no colchão. E enquanto eu ficava de pé contra a parede, detalhou longamente meu corpo com o olhar.

— Você é tão pequena. Mas tão proporcional. — Depois se levantou e me disse com um tom alegre: — Até amanhã! Seja pontual, se não quiser me ver de mau humor!

Em seguida, fechou a porta e foi embora, sem esperar o barulho da chave na fechadura.

Ele ainda tinha trinta minutos para voltar para casa. Encontraria então uma mãe, mil vezes amada, que não o reconhecia mais.

2.

Do alto de uma escada, a perspectiva muda. Minha cabeça chegava ao nível das nucas e dos peitorais. Ela ultrapassava agora os quadris e as bacias. Se ficasse na ponta dos pés, podia até ver por cima dos ombros. O tamanho dos corpos não era mais um obstáculo.

Evitava sair da minha escada. Quando me dirigiam a palavra para me dar talheres, respondia de igual para igual. Do canto da pia, onde a louça se empilhava, eu reinava. Era o meu ponto de observação. Com uma olhada, via quem entrava na cozinha, com outra, quem saía. Notava através das portas batentes a efervescência do café.

Durante várias semanas, não soube, porém, nada daquela vida por detrás das portas. Chegava cedo demais, saía tarde demais. O dia inteiro, presa em minha escada. Como uma prótese de madeira que limitava meus movimentos e me condenava a ficar no lugar.

À noite, em casa, me certificava de que ninguém encontrara meu esconderijo. Meu tesouro, meu maço escondido atrás da geladeira. Contava e recontava as notas. A universidade era agora um prédio anônimo, atrás da ponte. Não parecia oferecer mais nada, e eu nem pensava mais nela.

Dois meses se passaram e, enfim, dezembro acolheu o inverno. Os clientes ficavam por menos tempo. Quando descia da escada, via ainda os últimos que tardavam no balcão para pagar a conta. Lucas e Maria terminavam de arrumar, empilhavam as cadeiras sob as mesas e passavam o rodo. Eles se despediam acenando com a mão.

— O que você vai fazer no Natal? Vai ficar aqui em Villeneuve?

— Isto aqui é um cemitério durante as festas. Não sobra mais ninguém. A faculdade fica deserta. Dá para ouvir o vento soprando nos prédios.

O restaurante fechava do dia 24 de dezembro até 2 de janeiro. Lucas e Maria foram ver suas famílias. Marcial voltou para a casa de sua irmã, na Alemanha. No último dia antes das férias, o patrão se aproximou timidamente de mim. Se quisesse passar as festas em família, eu era bem-vinda em sua casa. Um banquete e uma festança. Sua casa estaria aberta. Ele colocou o casaco e estendeu a mão para me acompanhar.

Eram dezessete horas. Os prédios de paredes úmidas estavam alinhados, impassíveis, um ao lado do outro. O patrão subiu as escadas até o meu quarto. Ficou alguns segundos parado em frente à minha porta, depois entrou. Retirou seus sapatos e me perguntou, com um olhar culpado, se poderia ficar alguns minutos a mais.

Ele se instalou em minha cama, deu batidinhas em meu colchão, depois fez sinal para que eu viesse até ele. O que ele parecia naquele momento? Ao mesmo tempo desconfortável, imbecil e determinado. Me aproximei, ele me puxou para si, levemente. Tocou meus punhos, meus braços. Amassou meus ombros. Eu o ouvi murmurar sons indistintos. Depois mergulhou seus lábios em meu pescoço, subiu até minhas bochechas. Atingiu minha boca. Eu podia sentir seu hálito. Um cheiro de álcool, frustração e velhice.

Eu não me mexia. Seu nariz farejava. Sua língua, estúpida e mole, tentava forçar o muro dos meus dentes. Ele abriu de repente os olhos e descobriu meu olhar. Fez um movimento de recuo e se afundou em lágrimas. Chorava feito um menininho. Os soluços faziam seu peito se movimentar. Gaguejava palavras, frases incompreensíveis misturadas com o choro. Acabou se acalmando, colocando os sapatos. E foi embora, sem olhar para trás.

Eu passei o recesso de Natal sem sair do quarto. Escutava, na rádio, o eco das festas; as reportagens sobre as famílias e seus presentes. Vozes de crianças que pediam por neve. E não nevou; choveu de cair o mundo — o céu cuspiu tudo o que podia, cobrindo a cidade de uma tonalidade cinza e luzente. Fiquei na cama por uma semana, me alimentando de pratos prontos, lendo folhetos que inundavam minha caixa postal.

Eu teria sonhado? Sonhado durante sete dias? Pode ser que meu corpo tenha desaparecido e escapado das quatro paredes do quarto. Viajado para outros lugares, que nenhuma língua pode descrever. As palavras ficam presas no chão, na terra, já vistas e vasculhadas muitas vezes. Era preciso recombinar as sílabas e os sons para falar do outro mundo, entrevê-lo sob o envelope dos verbos e dos nomes.

Nesse outro lugar, fui acolhida pelas Ideias. Não sei mais o que elas me disseram, o que me revelaram. Mas, durante sete dias, cavalguei em seu rastro. Existem mitologias que contam como as almas, ainda leves, podem atravessar a cavidade celeste e se alimentar, pela eternidade, do que veem. Os pesares da cor da pele, as medidas, são apenas uma má lembrança. O pesadelo reservado às existências subjugadas pelos ângulos retos, pelas perspectivas únicas.

Durante sete dias, desapareci do mundo dos homens. Minha mente migrou, correu mil léguas por pontes, imóveis, conjuntos habitacionais. Na manhã do oitavo dia, meu despertador tocou. Eu saí da cama, me vesti. Antes de encontrar meus colegas de trabalho, abri a porta e descobri, estendido no carpete... o patrão do café. Ele estava ali, adormecido no chão.

3.

Até meus dez anos e o começo da loucura, minha avó contava e inventava histórias. Na hora de dormir, me ninava com uma voz redonda e suave. Da janela, podia-se perceber, longínquas, as luzes da usina. Os tetos esfumaçados das casas de tijolos vermelhos. O silêncio da cidade dos operários.

Não se pode atravessar a floresta quando se é um garotinho ou uma garotinha. As florestas são sombrias. As florestas são densas. É muito fácil se perder. Quando cai o crepúsculo, as árvores acordam. Elas falam, se animam. Descobrimos sua majestade na escuridão, mas também sua melancolia.

Pense nisso tudo enquanto conto. Não se esqueça da tristeza das árvores.

Duas crianças brincavam à beira do bosque. Um irmão e uma irmã. Aser e Stella. Eles se escondiam nos matos altos, a certa distância de casa. A cabeça de Aser, espessa, se confundia com a vegetação. Sua irmã não conseguia encontrá-lo. Quando ela se dava por vencida, ele surgia das folhas e a surpreendia. As tardes eram cheias de alegria e brincadeira. Aser aparecia, desaparecia, para a felicidade da irmã que adorava vê-lo surgir à sua frente berrando. Um dia, Aser ficou escondido por muito tempo. Por muito mais tempo do que de costume. Stella ficou sentada numa raiz e o esperou reclamando.

— Não tem graça, Aser... não tem graça nenhuma.

A hora avançava. Eles tinham de voltar para jantar. Aser não aparecia. Stella sabia, brigariam com ela se voltasse para casa sozinha. Começou a procurar por Aser. A caçar sua cabeça de palha. Refez o caminho, afastando o mato. Aser não respondia.

Stella perdeu o fôlego. Começou a ficar preocupada. O que diriam seus pais quando ela voltasse? À sua frente, a floresta se erguia.

— Não tem graça, Aser... não tem graça nenhuma.

Stella avançou. Um passo após o outro.

Quando o dia se apagou, os pássaros entoaram uma última melodia. Era preciso ouvir as notas finas que se apagavam no poente. A vastidão do silêncio que recobria os campos. Os cumes eram altos; a lua, escondida. Stella corria pelo bosque em busca do irmão. Seguia um caminho que se apagava em seguida, a cada passo.

— Aser, Aser... Você está ouvindo sua irmã mais velha te chamar?

Stella andava, recoberta pela escuridão. As árvores balançavam, seguiam o movimento do vento. Como um coral de galhos e vultos. Elas se afastavam sob sua passagem e fechavam o caminho. Aser não aparecia.

— Não tem graça, Aser... não tem graça nenhuma.

Ao cabo de uma longa hora de procura, Stella decidiu refazer o caminho para voltar para casa. Ela não encontraria seu irmãozinho, a lua estava muito escura e os ruídos da floresta assustadores. Quando ela tentou refazer seus passos, o caminho que seguira havia desaparecido. Fora engolido por carvalhos maciços. A folhagem barrava a estrada da garotinha.

Stella começou a chorar, implorando à floresta. Mas os grandes melancólicos são indiferentes ao desespero. As árvores, impassíveis, escutavam a criança. Suas lágrimas, um eco da sua própria tristeza. Em vez de guiá-la, elas retomaram seu choro em coro, agitando a folhagem. Stella se agachou e deixou a noite cair sobre si.

Em casa, se alardearam. Aser fizera uma brincadeira com sua irmã voltando mais cedo para jantar. E agora ele a esperava. Ninguém a via chegar. Primeiro procuraram no vilarejo. Ela devia ter encontrado algum perverso. Uma multidão aterrissou na casa do corcunda. Sabiam que ele era estranho. Ele engolia com o olhar as filhas dos vizinhos. Voltaram-se contra o bêbado. Desde sua volta à cidade, atacava os animais, as crianças e os mais fracos. Invadiram o forno do padeiro, o estábulo do fazendeiro, o depósito do armazém. Nada. Nenhum vestígio de Stella.

O prefeito reuniu os homens do vilarejo. Foi decidido que fariam uma grande busca no dia seguinte, na alvorada. Vasculharam toda a comunidade. Exploraram todos os campos. Stella não estava em lugar algum. À beira do povoado, a floresta exibia seu rosto, digno e calmo.

Ao cabo de uma semana, um grupo de homens se formou e partiu em busca da garotinha no bosque. Abriam caminho cortando a folhagem.

Andaram um dia inteiro, a floresta foi completamente esquadrilhada. Os homens começavam a voltar ao vilarejo quando perceberam, no meio do bosque, uma árvore. Menor e mais fina do que as outras. Suas folhas eram claras, quase transparentes. Seu tronco leve, frágil. Velhas folhas, de cara fechada, a envolviam.

Aser, que havia acompanhado o grupo, também notou a árvore. Enquanto se afastavam para fazer o caminho de volta, ele se aproximou da casca fresca. Detalhou os nervos, as dobras agudas, a ponta de cada ruga. E reconheceu a forma de uma garotinha, agachada sobre si mesma. Reconheceu sua irmã. Stella — petrificada.

O menino começou a chorar, a implorar para a floresta. Mas os grandes melancólicos são indiferentes ao desespero. As árvores, impassíveis, escutaram a criança. Suas lágrimas, um eco da tristeza delas.

Os homens se aproximaram de Aser. Quando ele declarou que encontrara Stella e que ela se tornara uma árvore, eles acharam que a dor havia subido à cabeça do garotinho. Essa caminhada no bosque reavivara sofrimentos e demências. A criança foi levada para a casa dos pais.

Desde aquele dia, Aser foi considerado louco. Ele se tornou melancólico como uma floresta sombria. Sua cabeça — um amontoado de folhas mortas. Sua pele, triste e terna, como a casca de um carvalho.

Dizem que a cada tarde ele corre no bosque. Ele fica lá até o cair da noite. Aquelas e aqueles que o viram contaram que ele se ajoelha diante de uma árvore, mais jovem e menor do que as outras. Os observadores atentos notaram que a folhagem, os ramos caídos, recobriam os ombros do garotinho.

— As árvores são velhas, cruéis e cansadas. É preciso cortá-las.

Minha avó fechava o livro de contos e me dava um último beijo antes de dormir. Suas bestas fantásticas, seus destinos e suas metamorfoses. Confusas se tornam as certezas da véspera. Existem almas insolentes, que se lançam em uma longa viagem. Não temem nem um pouco a tristeza dos grandes bosques.

4.

Marcial fora o primeiro a chegar e estava esperando, no frio, na frente do restaurante. O patrão me seguia, com os cabelos sujos e a cara envergonhada. Ele abrira os olhos quando o encontrei caído no carpete. Idiota, como uma criança. Nunca soube quanto tempo ele ficou na frente da minha porta. O que estava procurando? O que estava farejando, como um cão de guarda? Não falei com ele. Ele se endireitou e andou atrás de mim, com as costas encurvadas, a calça manchada.

Quando Marcial nos viu, sua expressão mudou. Não disse feliz ano novo como é costume neste período do ano. Lucas e Maria não demorariam a chegar. A volta às aulas dos estudantes aconteceria em uma semana, os diretores de empresas das redondezas retomavam lentamente o trabalho.

Encontrei minha escada na cozinha. Marcial ligou o rádio. As canções tinham todas o mesmo tema. O amor, alegre, doloroso. O amor que entusiasma, agoniza. Ele me estendeu um café fumegante. Os sabores pungentes estimulam o espírito, como um despertar matinal.

Nenhuma efervescência no restaurante. Calmo, à imagem de um dia seguinte a uma festa. Eu contava as horas. Marcial sonhava plantado atrás dos fornos. O patrão lá fora na frente do café, com um cigarro entre os dedos. Lucas e Maria se puseram em um canto. Ambos estudantes, eles se preparavam para as provas. Desci da escada e me instalei perto deles. Dei uma olhada em seus cadernos, seus livros cobertos de notas. Eles estudavam história, decoravam cronologias e datas, suspirando profundamente. "Tudo isso para quê?", diziam eles, "o passado não interessa mais a ninguém."

Um grupo de jovens, barulhentos, entrou de repente. Eles tomaram de assalto os bancos do fundo do café. Maria arrumou suas coisas e se dirigiu a eles. Eles começaram a pedir cervejas e mais cervejas. E espalharam seus fichários e livros, se lançando logo em uma discussão acalorada, teatral. Eu os observava do canto do olho, percebendo fragmentos da conversa. Falavam de manifestações a organizar, de suas últimas leituras. Desenvolviam longas teorias sobre a estética dos movimentos revolucionários. "Todo ato político: um ato poético. Toda luta emancipatória: uma reviravolta de sentidos." Eles gritavam, a quem quisesse ouvir, que era preciso defender um método materialista de arte.

Naquele grupo, um indivíduo chamou logo minha atenção. Seu olhar zombeteiro contrastava com o entusiasmo de seus camaradas. O rosto indiferente às discussões. Ele suspirava, imitava suas poses pedantes. Baixava o olhar de tédio, desaprovava-os com um movimento da cabeça. Bebia uma cerveja, depois pedia outra.

O pequeno grupo se tornou uma clientela fiel, todos os dias da semana, do fim da manhã até metade da tarde. Eles entravam juntos, bêbados e alegres. Chegavam por volta das onze horas. Eu os ouvia da cozinha. O patrão não gostava deles. Tinham caras de intelectuais. Ele tolerava sua presença, sem mais. Eles eram seu ganha-pão.

Por volta das vinte e três horas, eu descia da minha escada. Desde que eu peguei o patrão em frente à minha porta, passei a evitá-lo. Marcial compreendeu tudo. Ele deixava o restaurante depois de mim e ocupava o patrão, que terminava seu licor e especulava sobre o futuro da nação.

Eu contornava as entradas dos imóveis, atenta aos latidos dos cachorros que rondavam sem seus donos. Era a véspera da volta às aulas na universidade. A lua estava cheia. Ela banhava com uma luz doce as passagens tortuosas que davam para os conjuntos habitacionais. Os postes de iluminação arrancados ou apagados. O reflexo do astro iluminava edifícios grotescos de cimento. Inclinado no coração de um céu glacial, sem estrela.

— Então é você que escondem na cozinha? O animal que exploram o dia todo e escondem?

Uma sombra se destacou da entrada do imóvel, parada diretamente sob um neon que varria fracamente a calçada. Levantei os olhos e eu o reconheci: o moço do grupo que se sentara no café há uma semana. Ele estava lá, na minha frente, sóbrio e seguro de si.

— Eles te pagam, pelo menos? Um verdadeiro salário? Não metade por causa do seu tamanho?

Eu ia retomar meu caminho e ultrapassá-lo, quando ele me interpelou de novo:

— Ei! Não vá embora assim. Você também já percebeu! O cara do bar... Ele é estranho. Um cérebro de fascista, à moda antiga. Colonial! A Legião estrangeira. Não gosto disso.

Ele se abaixou para ficar do meu tamanho. Equilibrava-se sobre os joelhos.

— Vou me apresentar: *Luzolo* — artista e teórico, grande fabricante de teses e borrachas, especialista em encher a cara e linguiças! Mestre em *arte*! Doutor em verbo e saber! *Honoris causa* da universidade dos dois polos. O Norte e o Sul. Outorgado por uma assembleia de pinguins! Imperadores!... Já sei! Geralmente, quando cito meus títulos, fico até tonto. Eu não te quero bem em particular, mas sou mais afável que o Diabo e sua corte juntos. Serei seu "bom amigo". Minha companhia é agradável. Sou engraçado como o espírito do vinho, e claramente menos rebarbativo que todos os deuses das sabedorias antigas. Enfim... estou me referindo às sabedorias que se elaboram deste lado do mundo! Há muitas outras, por lá. Finas e hilárias. Que contam histórias de deuses despedaçados que voltam à vida. Com penas de avestruz, o corpo sustentado por uma cabeça de cachorro. Essas mitologias valem ouro. Elas são muito pouco conhecidas. Mas invadem a mente de velhos arqueólogos, que se masturbam nas grutas do museu do Primitivismo.

Ele se levantou de repente e fez uma reverência:

— Se me permitir, te acompanho por uma parte do caminho!

Ele me acompanhou até meu prédio.

No dia seguinte, eu o encontrei de novo. Sua silhueta se destoava do conjunto.

— Sou eu de novo!

Estava sozinho. Sem o grupo do café.

— Meu grupo? Que grupo? Você está falando dos cinco tolinhos que acreditam na revolução? A revolução da arte! Que bobagem! Eu venho só pelas cervejas. Para fugir do tédio também. Estes pequeno-burgueses são cansativos. Mas o fecho de suas carteiras é um tanto frouxo. Então, por alguns dias — algumas semanas ainda, quem sabe? — eu aceito jogar o jogo e me divirto com eles. Viro uma garantia, pelo lado artístico, decolonial e negro. É sempre bom ter um desses nos processos revolucionários. No armário da burguesia cultural! Mas eu já tive meus cinco minutos de glória, sabia? Um dia te conto. Até lá, espero que você tenha se livrado daquela sua escada no meio da cozinha. Seu patrão... Cada vez que o vejo, tenho que me controlar. Um dia vou o encher de porrada. Ele merece. Se ele encostar em uma de minhas irmãs... No próximo domingo, te espero aqui, às catorze horas, embaixo do poste. Então você me contará como aterrissou em Villeneuve. Em troca, te mostro tesouros, um bestiário.

5.

Luzolo estava adiantado; estava me esperando. Atravessamos toda Villeneuve-d'Ascq a pé. Na saída da cidade, ele apontou um velho imóvel caindo em ruínas. Lançou-me seu mais belo sorriso:

– É lá, Princesa! Meu palácio!

Ele vivia em uma oficina de artista onde pintava, esculpia, expunha e vendia suas obras. No piso térreo, sofás estavam dispostos em desordem no cômodo principal, que servia de cantina, sala de exposição e bar. Um artista pintor pendurara suas obras em paredes coloridas. Ele teve de repintar tudo para dar corpo à sua visão, à sua recusa dos muros brancos que lhe remetiam ao tempo passado no hospital. Visitantes olhavam, comentavam. Outra artista da oficina conversava demoradamente com ele. O bom amigo me disse para esperar alguns minutos. Trouxe xícaras e a cafeteira do bar. Depois me pôs em seus ombros.

— Por hoje chega de escadas! Não reclame, vai ser assim mesmo!

Ele me fez percorrer os meandros da ocupação. Passamos na frente da oficina de um fotógrafo, depois na de um cinegrafista. Cumprimentou Márcia, uma escultora brasileira, que havia deixado seu país após o impeachment da presidência. Duas vezes por semana, grupos de ativistas latino-americanos organizavam encontros para estruturar a luta final contra o capitalismo, o racismo e o patriarcado. Giuseppe, o dançarino do último andar, vagava entre a França e a Itália. Ele não podia mais ouvir falar de direita e esquerda. Escolhera a França por falta de imaginação. Bastava atravessar uma fronteira e, sem mudar de língua, mudar sua pronúncia.

Aterrissamos num cômodo bagunçado, onde Luzolo trabalhava e vivia. Seu colchão no meio de guaches, garrafas de plástico. Telas, latinhas de alumínio, palha, ferros. Todo tipo de objeto reciclável jogado em caixas postas contra a parede. Era difícil se mover sem derrubar alguma coisa. Ele me instalou em sua cama improvisada, colocou as xícaras no chão, fez um café e abriu uma cerveja.

As pinturas, bancais; os cimácios quebrados pela metade, partidos. Intimidada e admirativa.

— Não repare nestas coisas todas! A arte não tem nada de sagrado! Olha! Aquela tela, lá, é do tempo em que conheci a glória.

Ele se levantou e, com um gesto brusco, deu um chute no quadro. Este se espatifou no chão, levando junto um pote de pintura que ficara aberto.

Luzolo não gostava de arte. Dedicar sua existência à arte, viver disso, fora um engano. E ele se divertia fazendo de sua vida "um grande engano". Seus quadros lhe permitiam ganhar a vida. Mas ele menosprezava tudo o que criava, menosprezava tudo o que os outros criavam. Menosprezava a matéria, a textura, o guache, o óleo e todas essas sujeiras. Dizia que os artistas eram pessoas de mente estreita, incultas. Que manifestavam sem vergonha sua estupidez através de horrorosas criações. E que o crime da arte era tornar pública essa estupidez e, pior ainda, sacralizá-la.

Com um tom irritado:

— A arte é uma coisa estúpida! Que se faz e desfaz segundo as leis do mercado. Qual o papel das galerias, dos vendedores? Decifrar leis, prever cursos, detectar as regras da oferta e da procura. Crápulas! Olha... olha bem meus quadros! São muito ruins! Eu pinto máscaras. Por cima, colo palha, materiais recicláveis: para dar um arzinho de africanidade. Alguns componentes eletrônicos, um discurso sobre espiri-

55

tualidade e tecnologia. E pronto, eles caem feito patinhos. Um artigo sobre mim em um jornal local, intitulado: "O apogeu do ritmo, da voz e do tambor – Cyborg-África, o novo rosto da África contemporânea." Afrocosmos. Afro-sua-raça! Afro-sua-mãe! Eu sou o novo rosto da África contemporânea! Radical e transumano. Supranegro, supramoderno. Para além da terra e das raízes! Eu repito: o futuro é amanhã! Aplaudam! Aplaudam, meus pretos! Louvem esse título honorífico. Como um bom poeta slam que deixa os gatos morrerem na estrada. Colei feno na tela. Pintei três máscaras que revelam seus fantasmas de exploradores. Contei três, quatro groselhas sobre a descolonização e a memória. Reforcei seus preconceitos mais podres e continuarei! Enquanto der dinheiro. Estou dizendo, tudo isso é estúpido. Mas um dia vai ser preciso parar com essa estupidez.

Garganta seca. Nova cerveja. Meu bom amigo, Luzolo, o artista que não gostava de arte, ria. Ele se agitava em sua poltrona. Olhares atraídos pelo barulho apareciam discretamente atrás da porta.

Depois parou, contemplou a tela, jogou-a no chão. Deixou a cerveja de lado e me perguntou de onde eu vinha. Ele repetiu:

— Como você veio parar em Villeneuve? Ficar o dia inteiro em cima de uma escada?

Olhou meu corpo e adotou uma postura indiferente. Aquilo não duraria. Precisava ser paciente. Eu acabaria crescendo. Mas a grandeza não é uma questão de medida nem de olhar.

Eu lhe contei como fui embora. Eu tinha ideias. E quando lavava a louça, no meio da cozinha, meus pensamentos navegavam, adormecidos pelo cair contínuo da água da torneira. Era o meu dom. Eu praticava a arte da dissociação.

Durante dois longos meses, visitei Luzolo todos os domingos. Passávamos horas juntos; o tempo de consolidar minhas

Ideias chegara. Eu recuperava o tempo perdido. Não entendia tudo o que o bom amigo dizia. Não entendia todos os livros que ele me dava. Às vezes, eles caíam das minhas mãos. As frases tortuosas pediam atenção. As palavras podiam até alimentar mentiras sedutoras, nós sempre nos apegávamos a elas. Elas contavam a novidade, o ciclo das estações. A vida que recomeça.

6.

Os lobos rosnam e não dormem. A fome os leva para fora do bosque. A raiva é um veneno que levanta as patas, eriça os pelos. À espreita das solidões. Precisamos temê-los. Eles desaparecem e voltam. Espiam. As criaturas selvagens conhecem o trajeto de suas presas. Elas são previsíveis.

O patrão me encarava. Observava minhas pálpebras, inchadas de sono. O rosto tomado pela insônia. E eu estava chegando atrasada nos últimos dias. Aquilo não era aceitável. No primeiro atraso, ele não disse nada. Me deixou passar enquanto eu gaguejava desculpas. Mas, ao cabo da quinta, me interrompeu, alterado:

— Se na segunda que vem você atrasar de novo, está demitida.

Eu fugia dele, e ele se amargurava. No entanto, ele repetia incansavelmente: "Quem foi que te tirou da sarjeta? Que te recebeu sem pedir nada em troca?"

Eu passava todos os domingos na oficina de Luzolo. Longa travessia de Villeneuve-d'Ascq, paisagem de ferrugem e concreto. As construções de cimento esmagavam o horizonte. A ocupação ficava na beira de um cruzamento de trânsito, congestionado por veículos pesados, caminhões de mercadoria. Eles corriam para a Bélgica, Países Baixos, para o norte da Europa. O bom amigo me esperava do outro lado de uma passarela, por cima do cruzamento das rodovias. As rampas úmidas estavam empesteadas de urina.

— Nasci no concreto — eu lhe disse uma vez.

Do outro lado da estrada, uma paisagem plana. Verde, lavada pela chuva. E, à nossa frente, a comunidade de artistas. Márcia se encantara comigo e se juntara a nós para o café da tarde. Ela festejava a autodefesa. Não devíamos esperar nada da polícia, nem do Estado. Os aparelhos repressivos não protegiam. Ela me mostrava como se defender de socos, se esquivar de um ataque. A melhor técnica de combate: desaparecer, depois surpreender feito uma águia.

Num domingo, voltando da ocupação, encontrei o patrão na minha porta. Ele havia me esperado a tarde inteira. Sentado no carpete, terminava, paciente, suas palavras cruzadas. Era o fim do mês de fevereiro; o dia abria vantagem sobre a escuridão.

Um sorriso imbecil iluminou seu rosto. As palavras se misturavam em sua boca. Queria saber em que mundo eu embarcava quando me deixavam sozinha na escada da cozinha. Onde passava meus domingos. Ele me avisara. A cidade era hostil. As ruas, perigosas. Elas esmagavam tudo que fosse muito frágil. Novembro e dezembro foram tão doces. Eu deveria ter me lembrado da serenidade do inverno nascente, das promessas que ele trazia, apesar da nudez das árvores e do burburinho do vento. As passagens tortuosas entre os conjuntos habitacionais onde ele me estendera a mão.

Aproximou-se de mim e me segurou como se segurasse uma bola. Respirou meu odor. Suas narinas se enfiaram na cavidade do meu pescoço. Seu nariz úmido se colou contra minha pele. "Abra a porta", murmurou levemente. "Abra a porta."

Vasculhou meus bolsos e pegou a chave que estava no meu blusão. Abriu a porta. Os batentes rangeram. Suas solas de borracha faziam um barulho de ventosas no chão. Ele cheirava a suor. Minha testa, presa em sua axila. Os halos de sua gola alta, seu casaco jogado no chão. Ele caminhou até o colchão. Um edredom, lençóis desfeitos. Ia fechar a porta quando o diabo surgiu gritando. O patrão deu um grito de horror e me soltou bruscamente. Caí no chão. Luzolo à sua frente. Ele retirou o cachecol, a touca, e arregaçou as mangas.

Eu estava no chão, mas minha mente, alerta, se reergueu. Ela deixou para trás minha velha carcaça dolorida e veio encorajar os socos do bom amigo. Eles rodavam como hélices, grunhindo, lembrando a decolagem de uns dez aviões. Cuspindo nos reatores o petróleo em combustão. Minha cabeça levantou um exército. Milhões de soldados em posição de sentido. Catapultas, canhões, mísseis surdos a gritos e lágrimas. Imaginei a vastidão do deserto. Campos devastados sob o assalto do relâmpago. Algumas portas do andar em que estávamos se entreabriram, curiosas com a confusão. O patrão, caído, acabara de perder o combate. Ele me olhou pela última vez. Depois se levantou e desapareceu nas escadas. O frio invernal do mês de fevereiro. A chuva glacial penetrava nas roupas, atravessava os pulmões, irritava a garganta.

Voltei à ocupação, cercada por Márcia, Giuseppe e Luzolo. Eles me deram uma boa dose de vinho, e minhas Ideias se ampliaram. Deveríamos armar um contra-ataque. Um golpe baixo. Márcia conhecia um covil de bandidos duros na queda, furavam pneus, quebravam pontos de ônibus. Giuseppe aprovava em silêncio. Ele bem que gostaria de desgraçar todos os "multiplicadores de correntes e opressão".

— O que você pretende fazer agora? Já é hora de abandonar a escada!

O bom amigo, pensativo, me encarava. Tentava descobrir as Ideias que se misturavam em meus cabelos encaracolados.

— Vou encontrar outro trabalho. E depois tomar a estrada.

— Você não precisa mais vagar. Você já encontrou sua família. Este imenso ateliê, à beira da cidade. Uma comunidade de amigos, sonhadores, artistas.

O prédio se encheu com o som de nossas vozes. Em certo sentido, era uma festa. A escada do restaurante ficara para trás! Precisávamos comemorar esse feito.

— Eu te levo comigo —, soltou alegremente Luzolo. — Podemos ser sócios-artistas! Criar um coletivo: "Melquior e a Rainha de Sabá." Os negros-contemporâneos se entopem de músicas e bíblias. Vou te ensinar a fazer dinheiro! E todo este dinheiro será jogado nas passarelas, nas estradas!

Marcial, Lucas, Maria, o patrão já eram lembranças distantes. Eles teriam realmente existido?

Luzolo falava, interrompendo as pessoas. Só ficava em silêncio quando eu abria a boca. A manhã logo nos surpreenderia. Ainda não tínhamos dormido.

— Sabia que meus traços de gênio se contam nos dedos de uma mão? — lançou Luzolo às minhas pupilas cansadas.

Ele exibiu, então, cinco dedos gordos. Ele os fez girar, hilário, no vazio. Batendo o ar com seu polegar e seu indicador. Como um mágico revelando sob um vasto universo os segredos de seu truque mais brilhante.

7.

O maço estava preso atrás da geladeira. Eu o tirei do seu esconderijo. Estava intacto. Em um dos meus sonhos, ele fora comido por uma colônia de insetos. Meu tesouro era a minha poupança. Atrás da geladeira, um cofre-forte, impenetrável.

Arranjei um emprego em uma padaria, a uma estação de metrô da universidade. Meu busto quase não chegava à altura do caixa. Quando o caixa se abria, batia em minha testa, marcando-a com uma linha transversal. Um caminhão entregava a mercadoria de manhã, bem cedo. Nós colocávamos as massas pré-cozidas no forno e os *croissants*, os *pains au chocolat* cresciam. Luzolo me visitava ao fim da manhã, antes da efervescência do meio-dia. Ele tomava meu lugar atrás do caixa. A outra funcionária aproveitava sua visita para fazer longas chamadas telefônicas no fundo da padaria. Luzolo recebia os pedidos. Se um cliente reclamava, ele diminuía cada um de seus gestos, sentindo naquilo um prazer perverso. Como uma coreografia que marcava um compasso, os segundos.

Quando as musas o visitavam, ele lançava seus discursos. No meio da clientela atônita. Indiferente aos grunhidos, às marcas de impaciência. Longas divagações sobre seu assunto favorito: a mistificação da arte, dos artistas. Uma tempestade de palavras lançadas ao rosto de diretores apressados, com o jornal da Bolsa embaixo do braço.

— Mas vejam — lhes dizia ele —, eu sou cuidador! Ajudo pessoas com deficiência a participar da vida em sociedade.

Ele me apontava então com o dedo. Os diretores, constrangidos, de mau humor, ficavam em silêncio e aguentavam seus discursos.

— A arte embaralha as linhas, as fronteiras! É a maior arma contra os preconceitos! Contra os tumultos, as violências do mundo. Para vender uma obra de arte desconhecida do grande público, é preciso elaborar categorias. Da minha parte, inventei todo um vocabulário para falar do meu trabalho: *a fonte, as raízes, o autêntico retorno, a rítmica eloquente, a vocação cromática, o batuque geracional, a sabedoria da matéria, a seiva.*

Meu dicionário da arte é o dicionário dos tiques e das expectativas. Para garantir um lugar no meio de um bando de cretinos cheios da grana, precisamos do apoio da melhor companhia: a metafísica! A metafísica é a arte de sublimar a estreiteza do cérebro humano! A arte de fazer acreditar que o limitado é ilimitado, que o que acabou é infinito! Que tem algo de divino no homem! Pegue seus guaches e sua argila, Artista! Feiticeiro do Absoluto! Quando vendo meus lixos — é bem disso que se trata —, disperso burguesmente a metáfora. Mas é preciso falar devagar. A lentidão é sinal de inteligência... Diretores! Empresários, transportadores! Compradores de sanduiches e bolos de chocolate artificiais! Antes de mergulharem na atualidade dos mercados. Aproveitem a sorte! Façam uma doação! Ajudem a cultura! Apoiem os artistas! Vejam como sei vender meu trabalho. Ele não merece ser cotado na Bolsa?

E recitava:

"Instalação: O Bruxo e a Naja." A espiritualidade da tribo L. se manifesta simbolicamente, na tradição oral, através da figura da naja espiando a cabana do bruxo.

Nesta instalação, o réptil está dentro da cabana: ele vigia os gestos do bruxo que trabalha com os elementos.

Era interessante para mim, artista, reinvestir o material contemporâneo — tela, ferros, aparelhos domésticos — para reinterpretar o sentido dessa espiritualidade primeira — rasgada, descartada pela história moderna e pelo grande apagamento colonial.

Quais passarelas nossa pós-modernidade é capaz de estabelecer? Como compreender, a partir da nossa época que perdeu qualquer referência à transcendência, um mundo todo atravessado por ela?

Cabe a nós, artistas, exibir, traduzir esse questionamento. Reativar os elos entre um presente desencantado e os saberes indígenas enterrados sob os escombros. O trabalho do artista é sabotar a mecânica de nossas contemporaneidades-padrão. Trabalhar na construção de um edifício. Captar o ritmo eloquente do batuque geracional.

Não encontramos uma concepção de arte idêntica no Ocidente pré-moderno? O artista não é o mago que possui o dom da visão dupla?

O artista não observa, não olha; ele vê! Conecta as tradições mais diversas em um gesto unificador. Compreende o sentido do universal apontando a entrelíngua, como um fato de tradução.

Pequena metáfora emprestada da tribo L.: "A obra de arte é um baobá." Que mergulha suas raízes em um solo bem firme e explode como um germe de seiva! Os pilares da estrutura se quebram, confrontados às dinâmicas da gênese.

Esse é meu trabalho, Artista, vindo do Outro continente. Criar pontes entre povos e gerações, descolonizar o desejo antológico do Um. Reconquistar um sentido esquecido, perdido.

O homem pós-moderno vive no Esquecimento da questão do sentido. Interrogação questionadora que o questiona e o questionará sempre, enquanto ele não compreende que cabe à arte fazer o questionamento inerente a qualquer questão.

Após um silêncio, ele chamou um cliente de lado:

— Não se sinta obrigado a aplaudir! *O Bruxo e a Naja.* Um sucesso de venda! De brio e entusiasmo!... Até eu acreditei!... Fui tema de artigos. "O Africano do futuro!" Aquele que transfigurou a África, acabou com a fome, os genocídios, com um cotidiano sombrio e brutal! A efervescência nas feiras de arte contemporânea! "Um novo artista do Terceiro-Mundo, com uma proposta de tirar o fôlego!" "África, mãe-terra, mãe dos povos!" Os mais entusiasmados vieram com o melhor argumento. O argumento canibal: "A África regenerará o Ocidente." O que faltava de alma ao grande corpo máquina, dedicado à circulação de bens e produtos. Preparem o caldeirão! Que ele reine no meio do vilarejo! Joguem corpos, membros, espiritualidades, máscara e todo o blá-blá-blá! E vamos comê-los! Eu os incito, senhoras e senhores, diretores, banqueiros, pequenos empresários e empregados, antes que peguem a estrada nos subsolos da aglomeração de Lille, apoiem a cultura! Façam uma doação! Vamos devorar chicória!

Eu observava os olhos arregalados dos clientes. Ninguém ousava abrir a boca. Alguns iam embora antes de serem atendidos. Luzolo franzia as sobrancelhas quando queriam interrompê-lo. Ele me apontava com o dedo, amedrontador e acusador, declinando seus títulos: "Cuidador! Eu ajudo a vida... a viver! A boemia precisa comer. Em tempos de fome, é preciso se adaptar."

Eu o encontrava na ocupação todo domingo. Ele insistia para que eu viesse morar com eles, definitivamente: "Vire artista. Você pode se instalar aqui!" Toda a economia do lugar se baseava em exposições, vernissages, que permitiam encher o caixa do coletivo.

Mas o dom da dissociação não era reconhecido como uma arte. Eu não produzia obra nem movimento tangível; não tinha nenhum talento para isso. Quando minha mente voava, meu corpo ficava inerte como uma gaiola vazia. O que não impressionava de um ponto de vista estético. No entanto, tinha Ideias. Tantas Ideias. Minha cabeça viajava e trazia milhares delas.

— As Ideias são como o vento. Se você não as anotar, não existem de fato.

Luzolo me deu um caderno. De folhas largas, grossas. Uma capa escura, violeta. Um caderno que eu chamaria de "Manual". Destinado à aprendizagem, para aquelas e aqueles que quisessem conhecer os segredos da dissociação. Eu anotava as Ideias que surgiam. Quando eu me encontrava dividida.

O mundo era uma farsa. Uma maldade. Um lugar nem sempre agradável. Eu havia me recusado a me estabelecer nele por completo. Vivia em outro lugar. Quando voltava entre os vivos, me dirigia ao ateliê, à beira da estrada. Os artistas pintavam, esculpiam, fotografavam, dançavam. Luzolo tomava meu Manual, e eu decodificava minhas notas:

— Só sendo cego para não reconhecer a dissociação como uma das maiores artes.

8.

Uma senhora vinha comprar pão na hora em que o bom amigo entrava em cena. Ela ria de bom coração, era o único público que Luzolo conquistara. Os diretores, desconfiados, a encaravam e acreditavam, por causa da sua complacência, que ela fazia parte do espetáculo. Ela aplaudia os discursos e uma vez até fez elogios, lançando, convencida:

— É preciso apoiar a cultura!

A senhora trabalhava em uma pensão não longe dali. A Casa Betânia, um lugar de acolhimento para mulheres. Trabalhadoras, estudantes. Silhuetas perdidas, fugitivas. Ela pedia umas vinte baguetes para o almoço das senhoras.

— Elas comem muito! Por quatro pessoas! E correm todas ao banheiro depois das refeições. Algo não bate bem na cabeça delas.

Quando estava com tempo, aproveitava um silêncio para contar as histórias das pensionistas:

— Tem uma jovenzinha que foi expulsa de casa. Seu namorado vem vê-la todos os dias. Mas ele não tem uma situação estável. Ver um casal assim, tão jovem, sem saber como começar a vida. Dói o coração. E, enquanto isso, os outros acreditam que nós não trabalhamos. Que comemos ajudas sociais e compramos telas planas. Atacam os empregados e os pequenos aposentados. O que vai me restar quando eu largar o avental? Já fiz as contas. Felizmente não sou sozinha. Tenho filhos, um marido. Além disso, eu me contento com coisas simples. Por alguns instantes, formávamos um trio. Indiferente aos passos apressados dos clientes, suas reclamações e seus descontentamentos. A senhora me perguntou se eu era artista também. Luzolo soltou, grandiloquente:

— Perdão, senhora! Mas à sua frente se encontra uma pérola. Ela tem um dom. Ela domina uma arte diferente de todas as outras. Todos os seus segredos estão num livro. O *Manual*. É preciso estar atento. Abrir bem os ouvidos.

A senhora inclinava o busto por cima do caixa e me lançava um sorriso de admiração. Ela invejava os artistas. Eles tinham imaginação. Ela tinha os pés muito no chão. Os javalis correm de cabeça baixa. Um pescoço massivo, a orelha comprimida, eles encaram os obstáculos que encontram. "Eu me bato contra as raízes", murmurava ela. E ia embora em seguida, com um grande saco de pão sob o braço, depois desaparecia na entrada no pensionato.

Eu saía do balcão e deixava Luzolo atrás do caixa. Olhava-a entrar no prédio, através da vitrine. Imaginava a configuração dos lugares. A altura do teto, a extensão dos corredores. Os cochichos nos quartos. As vozes leves, anônimas que se apagavam quando as portas se fechavam. Às vezes notava pensionárias saindo, de rostos vazios, fechadas. Quando as meninas cruzavam a senhora, quase sempre elas a ignoravam. Não respondiam ao sinal que ela fazia com a mão do outro lado da calçada.

Todos os dias ao meio-dia ela vinha. A três, por alguns instantes, éramos insensíveis à exasperação dos clientes. Até o dia em que Luzolo não se apresentou na padaria. A senhora do pensionato apareceu na hora habitual para buscar seus pães. Esperou um momento comigo, apoiada contra a vitrine. A espera ficou longa demais. Ele não chegava. Ela me pediu para lhe dizer algumas coisas e foi embora.

O dia me pareceu interminável. A outra empregada teve que sair dos fundos para me dar uma ajuda. Ela arrastava os pés, reclamava. Eu era tão lenta. Tão desastrada. Não acompanhava o ritmo. Luzolo não chegava. Por que motivo ele não vinha? Voltei para casa. Nenhuma palavra, nada. Nenhum sinal do bom amigo. O gotejar de uma torneira anunciava um próximo vazamento. O passo dos vizinhos no quarto ao lado. O ronco longínquo dos carros. Me instalei na cama, escrutinando o menor barulho, buscando perceber uma inflexão de voz, o farfalhar de uma roupa. Na tranquilidade do imóvel, dormi sem perceber. Vestida. Acordei com o rádio programado para as cinco horas. Engoli um pouco de café e, sem tomar banho, corri para pegar o ônibus.

A outra funcionária não demorou a chegar. Com os cabelos bagunçados, resmungando à meia-voz. E, até o meio-dia, o mesmo vaivém. Eu espreitava angustiada a entrada da padaria. A senhora apareceu como de costume.

— Seu amigo não está?

Ela o esperou de novo. Com as baguetes embaixo do braço. Examinou os clientes que chegavam, endireitava a cabeça assim que a campainha da porta tocava. Ninguém, mais uma vez. Ela foi embora e me encarregou de cumprimentá-lo por ela.

Ele tampouco apareceu naquele dia. Eu fui à noite ao ateliê. Corri por Villeneuve, no meio de dálias, ferros e cimentos. O rosto maltratado do céu cobria a cidade. Eu não sabia ler a linha das estrelas. O mundo à minha volta era sem palavras. Ele não emitia nenhum barulho, nenhum som. Quando as paredes caem, quando as vigas cedem, nenhuma voz nos responde.

As luzes do ateliê estavam todas acesas. Uma multidão na frente da entrada. No chão, bombas de pinturas, rolos de fita adesiva, tecidos. As pessoas gritavam, faziam escândalos. Márcia me viu, me abraçou e me trouxe com ela para dentro do prédio. Membros da comunidade, emocionados, não conseguiam reter suas lágrimas. As trocas eram tensas, febris. Levantavam o punho. Braços se mexiam, se agitavam no ar. Um lençol de linho branco fora estendido no chão. Giuseppe e alguns outros traçavam grandes letras sobre o tecido de algodão. Penduraram como uma bandeira, na entrada do ateliê.

Conseguimos domar a melancolia das árvores. Os galhos recobrem o caminho. Nossos rostos desaparecem à noite.

Tentávamos nos organizar, criar uma ação coletiva. Alertar a imprensa, as associações. Interpelar o prefeito, o deputado. Não desistir. Imaginávamos uma caminhada na cidade. Sem avisar as autoridades, a polícia. O incêndio perfurava a escuridão e queimava os corações. As chamas alimentavam os impulsos nervosos. Um sonho que desaba deixa um rastro de cinzas atrás de si.

Márcia não se mexeu mais. Ficou imóvel num sofá. Eu me aproximei e deixei cair minha cabeça em seus ombros. Foi assim que eu soube da notícia. Não, Luzolo não estava mais aqui. Talvez não voltasse mais. Ele fora levado. Embarcado. Algemas nos punhos.

9.

A história do meu bom amigo Luzolo, o Artista que não gostava de arte, deve ser contada. A lembrança perfura a espessura das telas que estendemos sobre o rosto. Que recobrem a testa, o nariz, as orelhas. Multiplico as vozes e começo a andar. Sigo uma memória. Sem nunca ceder ao desânimo, ao cansaço que ganha uma boca que se esgota e fala demais. Que tem sede de tanto receber palavras. A língua quebra como viga. A gravidade vem da palavra, dos dentes que salivam, da mão que pega, um a um, os fios da narrativa, enquanto a poeira, pacientemente, os desenlaça.

Luzolo morreu.

A Europa, maligna, não suportou que rissem da cara dela. Séria e imponente, dispôs de todo um arsenal de sirenes, bastões, furgões. Grades e chips eletrônicos. Rostos severos e fechados. Ela pegou Luzolo de surpresa, quando ele fazia seu número de arte, no meio dos guaches e pinturas a óleo. Depois de dez anos de serviços bons e leais prestados às Humanidades. À história da arte e à pintura.

Existiam gabinetes de curiosidades repletos de monstros, facões, ornamentos. Foram coletados por exploradores, em lembrança de suas longas viagens. Eles os encontraram aqui e ali, às margens dos oceanos Índico, Atlântico, Pacífico. Tirando o sono de famílias. Navegando, bêbados, sobre as ondas. A água recobria agora os litorais, enquanto neves e geleiras derretiam. A arte nunca pôde salvar o que quer que fosse. Ela não sabia conservar a beleza. Não retinha o fogo, nem a terra, nem a água, nem os grandes ventos. Ela se corroía como os solos, cúmplice das violências, dos roubos, dos desaparecimentos.

Luzolo não era bobo. As palavras eram mercadorias que vendiam bem. Serviam antes de tudo para encher a pança. E tudo aquilo em que um dia acreditara se dissipou ao longo do tempo. Ele acreditara na beleza, mas riram dele quando, mais jovem, pronunciou essa palavra com exaltação. Ser contemporâneo era ser cínico e descrente. Pisotear com os dois pés a maquinaria da arte com condescendência. Ele compreendera então que nada era mais sério que comer, andar e respirar. Acumular ar nos pulmões e cuspir tudo no rosto daquele que te olha e julga. Ele falara sozinho durante anos. Graças a isso, seu estômago se enchera. Seus cinco minutos de glória? No dia em que renunciou às suas crenças: "A arte é uma coisa estúpida. Uma grande fraude!" Ele aprendeu a ganhar um pouco de dinheiro, atravessando o mundo como um parasita. Que pintava, bebia, esculpia e ria.

Mas os pequenos marginais desse tipo nunca caíram no gosto da sociedade. Esta é construída para se defender deles e combatê-los. Espera os primeiros deslizes. Foi assim que a polícia desembarcou na ocupação. Procurando por Luzolo. A regra e a lei se opunham à sua presença no território. Pegaram-no. Algemaram suas mãos atrás das costas. Jogaram-lhe na cara nomes de povos e animais. E ele desapareceu em um camburão.

Ele foi jogado numa sala fechada ao público. Advogados bem que tentaram, mas seu destino já estava traçado.

É aqui, porém, que as narrativas divergem, entram em contradição, não distinguem mais o que é falso do que é verdadeiro. Mas eu sigo uma memória e sei como separar os múltiplos fios que compõem uma história. As primeiras versões indicam que o bom amigo foi jogado ao léu e que sua respiração carrega desde então o carinho do vento. Outras contam que o embarcaram num avião e o entregaram a mãos desconhecidas logo na primeira escala. Muitas adiantam ainda que ele nunca teve família, que não era de terra nenhuma. Foi impossível repatriá-lo; deixaram-no apodrecer num lugar tido como secreto.

A memória não faz nada com os buracos. Ou ela inventa, ou abandona. Mas um buraco não é nem uma perda, nem uma falta. É um escape, um ponto em que a narrativa desliza para correr em outro lugar. Ela não segue uma linha. Ela se afunda.

Navega como um barco desgovernado, que se espatifa contra as marolas e se levanta do outro lado das ondas. Eu ouvia o rumor. Ele corria. As paredes se erguiam. Os exércitos inalavam uma atmosfera carregada de chumbos e arame farpado. Os cachorros latiam, caçavam. Eram treinados para isso. Valentões inchados de carne e raiva. Mordiam os fugitivos e roíam suas canelas. Os radares identificavam aquelas e aqueles que pulavam os muros. Famílias. Crianças. Idosos doentes. De mãos nuas. Os aparelhos e a técnica caçavam sem dó os sinais de vida, os corações ofegantes. Os músculos que vacilam.

A senhora do pensionato vinha comprar pão. Ela entrou na padaria na hora em que geralmente o bom amigo fazia seu número sob o olhar exasperado dos diretores apressados. Esperava-o tranquilamente com suas baguetes. Eu não lhe disse nada. Fingia prestar atenção na campainha da porta. Cada vez que alguém aparecia, ela se inclinava até mim e dizia "não" com um movimento da cabeça.

Os dias passaram, ela ficava cada vez menos tempo. Não observava mais o vaivém da padaria. Nunca fez perguntas. Afinal de contas, desaparecer talvez seja uma coisa normal. Os artistas são singulares, eles não agem como os meros mortais.

*(Notas e observações para a redação
do Manual – recolhidas durante
minhas conversas, minhas viagens,
rabiscadas nas estradas)*

DO PENSAMENTO

O mundo das necessidades ilimitadas, da corrida aos objetos, arrasta a mente e a cultura na lama. O homem do século XXI, este grande consumidor de integrismos religiosos, ideologias vitimistas e bens materiais, deseja sem fim. Criatura esgotada, ele se debate contra o instante. Como o porco rola na lama. Ele nega qualquer filiação, pisoteia, sabota o que o enraíza no passado. Cérebro esburacado pelas telas e potentes algarismos.

A história da humanidade é a história do desenvolvimento do espírito. Ele chegou ao apogeu aqui mesmo, no Ocidente. Ao preço de uma disciplina ascética entretida com uma paixão exclusiva, única: a paixão pela verdade. Da Grécia antiga às margens do Atlântico, um mesmo esforço uniu os homens: trabalhar pela construção do universal. Contra os recuos selvagens, contra a proliferação das torres de Babel.

E o que acontece hoje? O que acontece na hora em que toca o sino do meio-dia?

O tumulto se opõe a tudo o que foi construído — a tudo o que eleva. A algazarra dos malandros, dos monstros, dos estropiados, das bruxas. Acorrentados aos ritmos do corpo e da emoção. Batendo em barris, fazendo um barulho do demônio.

Um clamor brutal ataca os únicos verdadeiros ideais. A paciência contínua do trabalhador. O estudo silencioso do escriba. A disciplina e a abnegação do maratonista. Nosso declínio está próximo. E, se não tomarmos cuidado, o tombo se anuncia, vertiginoso. A destruição das grades da escada. A queda final. Devemos ficar atentos. Preparar nossos corpos para a guerra. Retomar posse da terra. Desconfiar daquelas e daqueles que pisoteiam o que há de mais sagrado: a linha cortante das fronteiras!

Pensar é ter uma castanha nos dentes. Um tapa no meio da cara. Os grandes pensadores são todos desdentados. A felicidade de uma vida: acabar sem dente. Nada como uma má obturação — uma dentadura que escapa da boca na hora da refeição.

Quando as bochechas se afundam e se calcam sob a forma das gengivas, os discursos demoram mais para escapar da garganta. Ficam presos na língua, que acumula saliva. Depois saem como um cuspe grosso.

Cuspir sacode, vivifica. Cada gotícula de água projetada em um rosto, diante de si, intensifica a vida do espírito. É uma das grandes lições do Manual. Cuspir eleva. Os dentes brancos não dão nenhuma febre.

Basta retomar a acumulação de frases e verbos que nos antecede, colocar-se bem à frente. Arrotar, escarrar para cima como um chacal. Pulverizar e admirar as linhas de escrita se amolecerem, se desfazerem. Quando os lábios cospem, a cabeça se incha com mil promessas e revela um mundo saboroso como o mel. Máquinas a vapor. Trens de fumaça. Vendedores ambulantes de problemas. Livros sem páginas. Chifres de boi. Pelagens de cólera. A inquietude obstinada de uma víbora. Cujas glândulas salivares ejetam um líquido tão mortal quanto o veneno.

III
O REINO

1.

Villeneuve-d'Ascq mergulhava na neblina. Como uma imensa cidade de concreto. Os lobos se juntavam. As florestas riam diante da debandada. Houve mortos. E, nos cemitérios, os vigias se preocupavam. Os túmulos de pedra se abririam ao cair da tarde? Quem iria reaparecer? Uma alma em sofrimento? Um velho insone? Precisavam evitar tropeçar nos túmulos de pedra. Mil desgraças aos transeuntes nos cemitérios. Eles acordavam os cadáveres e não sabiam o que provocavam. Os mortos tirados do sono giravam sob si mesmos como chamas em um grande fogaréu. Eles gritavam a noite toda, assustando os coveiros e suas famílias. Alguns deles aproveitavam para mexer com os guardas e torturar seus filhos. Às vezes até fugiam. Provavam o ar fresco da cidade. Todos os sopros, todas as correntes de ar são apenas vestígios da intensa atividade das fossas.

Na neblina as lembranças se desfalecem. Eu não via mais nada do fundo do meu cubículo. A porta do armário de vassouras não deixava passar nenhuma luz. Eu ouvia sons vindos do corredor. Passos, murmúrios, barulhos na escada. O maço estava preso entre as costuras da minha blusa. O *Manual* numa mochila na qual eu apoiava a cabeça. Às vezes, vozes se aproximavam da porta e a maçaneta começava a ranger. Mas o rangido se interrompia brutalmente. Afastavam-se e não vinham mais me perturbar. Foi o que combinamos. Eu pedira silêncio e tranquilidade. Alguém deslizava uma bandeja de comida todas as manhãs na mesma hora na frente do armário. Eu entreabria a porta e pegava com a mão. Engolia tudo de uma vez, colocava a bandeja lá fora e desaparecia.

O ateliê não era mais habitado. Era uma ruína à beira da estrada. Restava a faixa que flutuava ao vento, como a ironia de um fracasso. Eu fora para longe de Villeneuve, vagara pelas ruas de Lille, perseguida pelos mortos. Entre seus sopros, nenhum vestígio de Luzolo. Fantasmas reclamões andavam em círculos, entediados, atormentando os transeuntes.

A chuva interrompera minha perambulação. Eu me protegi na entrada de um hotel. O recepcionista saiu fazendo sinais efusivos com a mão. A entrada de vidro era reservada aos clientes do hotel. Eu estava atrapalhando a passagem.

— Sou cliente do estabelecimento, senhor.

— Não temos mais quartos.

Apesar dos seus gestos, entrei no saguão do hotel. A arrogância me fazia ganhar alguns centímetros. Em um canto, no nível da escada, vi uma reentrância que dissimulava uma porta, em que estava escrito "Privado". Abri e descobri uma maravilha, um armário de vassouras. Sombrio como a noite em que cai nas cidades. O interruptor era inacessível. Eu me voltei para o recepcionista, lhe estendi três notas limpas, muito novas:

— Eu moro aqui. Sou a cliente da despensa. Minhas refeições, cada manhã às sete horas.

Tirei uma nova nota. Lisa como uma folha de papel. Eu a deslizei em sua mão. Ele não hesitou e voltou a se instalar tranquilamente atrás da recepção. Eu moraria ali a partir de agora. Na despensa do Hotel Béthune. Não era uma vitória, era um recuo, um retiro. O que se pode esperar fechada em um depósito?

As Ideias me faziam companhia. Eu as transcrevia no Manual. A escrita era uma concentração. Para seguir uma linha e não se afastar, não se precisa de luz. A mente não gosta do dia.

A maçaneta da porta rangia às vezes. O recepcionista interpelava alguém e a maçaneta se imobilizava de novo. Alguns barulhos, depois o silêncio. Uma manhã, a porta se entreabriu. Um lampejo iluminou um aspirador. Eu estava escondida. Não podiam me ver. Reconheci o andar do recepcionista. Ele se precipitou até a porta do armário, que fechou violentamente. Ouvi uma conversa animada.

— O que você esconde lá dentro?

— Toma conta da sua vida! Suba já para o quarto!

— Não use este tom para falar comigo...

— Você faz suas coisas e não mexo com você! Agora dê o fora e deixe este armário.

Alguns insultos foram lançados. A outra pessoa deu no pé e se afastou rumo ao elevador. Não fui mais incomodada.

O hotel era um teatro de sombras. Vaivém, burburinhos, timbres de voz. Respirações, as portas se abriam, se fechavam. Um alto-falante às vezes lançava notas ao fim do dia. O vigia noturno assumia seu posto, e o hotel dormia.

Um barulho me despertou. Estavam tentando colocar um objeto na fechadura. O atrito era contínuo. Eu estava escondida no fundo do depósito. O recepcionista tinha o cuidado de fechar a porta à chave quando terminava o serviço. Não deixaria ninguém lhe tirar o pé de meia com o qual fechava o mês. Alguém teria descoberto sua artimanha há uma semana e se aferrava, incansável, na maçaneta. De repente, um leve rangido. A porta se abriu devagar. O corredor estava sombrio. Uma lanterna iluminou e explorou o recanto. Primeiro com prudência. Deslizando sob as paredes. Depois, sacudindo os utensílios de limpeza. Me faltava luz a cada vez. Mãos começaram a vasculhar nervosamente. A lanterna se contorcia em todos os sentidos. Ao cabo de alguns minutos, a agitação terminou. A porta do depósito se fechou, e os passos se afastaram. Estiquei minhas pernas de novo. Os sentidos em alerta. Não ousava colocar a cabeça para fora. Minhas costas estavam coladas contra a parede.

De repente, uma luz explodiu. Na minha frente uma mulher, gigante, me olhava, sem palavras. Ela me pegou energicamente pelo braço e me tirou do depósito. Seu punho era sólido. Seu grunhido, o de um projétil caindo do céu. Uma segunda pessoa apareceu, atrás dela. Um homem com as costas encurvadas. Eu o ouvi exclamar:

— Mas o que é isso?

A mulher respondeu logo:

— Oh! Mas que lixo de homem! Ele sequestrou essa pequena pessoa.

— Quer que chame a polícia, os bombeiros?

A mulher me colocou no divã, em frente ao balcão da recepção. O vigia noturno desligou a televisão.

— O que você está fazendo aqui? — começou ela.

— Sou uma cliente do hotel.

A mulher e o vigia noturno ficaram em silêncio por um instante. Este último verificou o registro. Nenhuma menção ao meu nome ou sobrenome foi encontrada.

— Quem te ajudou a ficar aqui? Te pediram dinheiro? Eu logo entendi quando vi as bandejas colocadas a cada manhã na frente do armário. O recepcionista é um cretino. Ele acha que não percebo nada.

Indiquei a quantia de dinheiro que dera para me estabelecer na despensa. O vigia noturno soltou uma exclamação. Eu já pagara um mês. O malandro me extorquira. Ele se voltou para o quadro das chaves, a metade do hotel estava vazia. Havia quartos livres no primeiro andar. A mulher, imensa, pegou minha mochila e me acompanhou. Fui instalada em um cômodo, com uma cama de solteiro.

— Eu moro no quarto da frente. O 103.

Ela colocou minhas coisas na mesa de cabeceira e se virou para mim, antes de ir embora:

— Amanhã venho bater à sua porta.

2.

— Eu o massacrei como um franguinho! Ele confessou tudo, o canalha! E, dessa vez, eu aproveitei.

Entrou no meu quarto vestida como uma atriz. Era quase meio-dia. Bebia um frasquinho de rum e se sentou numa cadeira perto da cama:

— Você dormiu bem? Recuperei seu dinheiro. Ele é tão burro, que deixou tudo aqui. Num envelope na recepção.

Tirou do bolso as notas que eu dera ao recepcionista e me entregou. Contei escrupulosamente. Não faltava nenhuma. Ela esboçou um pequeno sorriso de satisfação.

— A conta está certa! E o quarto, um presente da casa! Pelo prejuízo causado. Forcei um pouco a generosidade do bom samaritano que sequestrou você.

Ela deu um gole no álcool. Um arroto lhe sacudiu o peito e fez seus colares tilintarem. Cinco fileiras de amuletos envolviam seu pescoço e tocavam como sinos a cada vez que se movia.

— Como você fez para sobreviver uma semana no armário de vassouras?

Seus grandes olhos me encaravam. Uma sombra rosa, dourada, sublinhava a íris marrom, severa. Os lábios se mexiam e formavam palavras que não chegavam todas às minhas orelhas. Eu estava absorvida por sua boca. Ela quase fazia esquecer o resto do rosto. Cada palavra sua provocava um movimento elástico da mandíbula, que engolia a língua, os dentes, as bochechas. Notou que eu não a escutava e retomou:

— Eu vivo neste hotel há muito tempo. É um pouco minha casa. Conheço todas as histórias. Todas as fofocas. Os clientes de todos os quartos. O 110, no fim do corretor, é melhor evitar: é de um cara depressivo. Ele chora o tempo todo. E dá azar. Se não quiser que grude em você, não fale com ele. É impressionante como essas coisas se transmitem. Mais rápido do que imaginamos.

Ela se chamava Andréa. Tinha cabelos curtos, cacheados. Tingidos de loiro, o crescimento de suas raízes era brilhante e preto. Era imensa. Eu nunca havia visto mulher tão grande. Seu corpo invadia o cômodo e poderia ter me engolido. Sua carne flutuava, leve, preguiçosa, quando ela mudava de posição na poltrona.

— Descobri que você vivia na despensa já tem quatro dias... O recepcionista não é muito discreto. E não há nada que me possam esconder.

Comecei a suspirar longamente:

— Ele não me forçou. Ao contrário. Uma semana no armário de vassouras para mim foi um paraíso!

Andréa se endireitou vivamente em sua cadeira. Seu frasquinho de rum caiu e saltitou no carpete. Ela ia abrir a boca, mas eu a interrompi:

— Uma despensa é como uma tumba. Ainda não morri, então não podem me enterrar. O armário de vassouras é um bom compromisso. Você está livre das tempestades. Ninguém vem cobrir seu corpo com flores de plástico.

— Você deu seu dinheiro para isso? Se você não sabe o que fazer com ele, posso te abrigar em meu armário e prometo nunca te incomodar.

Ela me estendeu a mão, como para fechar um negócio. Virei a cabeça, e ela explodiu de rir.

— Nunca ouvi nada mais estranho do que essa sua história. Você parece ter vivido coisas difíceis. Mas a reclusão, o recuo, não serve para nada e acaba matando seu cérebro. Nós precisamos de oxigênio. Até os mortos reconhecem! Um corpo desabrocha ao ar livre, na luz. Olha os animais que nunca veem o sol, são cinza e sem graça.

Ela olhou a hora em seu relógio e se levantou.

— Preciso ir. Vou trabalhar. O que vai fazer hoje?

— Vou ficar aqui.

— Não seja desconfiada. Você pode falar comigo, eu não vou fazer nada. Se quiser conversar um pouco, lembre-se, moro aqui na frente: no 103.

Deixou sua cadeira cair e quase derrubou a mesa de cabeceira. Uma música logo começou a tocar em seu quarto. Vozes espetaculares de cantoras populares. Havia muito barulho no hotel. Idas e vindas. Cochichos, murmúrios. Um homem se enforcou bem no meio da tarde, por causa de um acesso de tosse que rasgava seus pulmões.

Retomei o *Manual*. Nenhuma Ideia, só a lembrança obstinada de Luzolo. As horas se encadeavam, uma após a outra.

Uma névoa fina encobria o céu. Lá pelas vinte horas, saí da cama e atravessei o corredor, hesitante. Ia dar meia-volta quando a voz de Andréa escapou do quarto:

— Entre! Estou por aqui!

Fragrâncias de perfume atingiram meu rosto, quase me impedindo de respirar. Andréa estava caída na cama, com as pernas nuas e um copo na mão. Ela apontou para uma garrafa com o dedo e disse para ficar à vontade.

— Faça como se estivesse em sua casa. Aqui é o recanto dos vagabundos e dos fora da lei. Tem que beber para ser feliz. A receita da felicidade é muito simples. Você tem um rosto arrasado, e isso é uma pena. Então venha! Junte-se a mim.

Ela me cedeu espaço ao seu lado na cama, no meio dos lençóis frescos de algodão. E levantou o copo:

— Vamos brindar a quê? Às despensas? Nada disso. Brindemos à vida e ao amor!

Bebeu tudo em um gole, seco. Na mesma hora, a porta se abriu.

— Ah! É você!

Um jovem garoto ossudo se precipitou sobre Andréa. Ela estendeu os braços; seus lábios o engoliram gulosamente. Ele foi submergido de beijos. Quando conseguiu desvencilhar a cabeça, parecia bêbado e tonto. Andréa se virou para mim e lançou, com leveza:

— Quem é ele? Meu bebê! Meu protegido. Não é adorável? É tão jovem, mas gosta de mulheres como eu. Que têm a cabeça feita e experiência. Eu o chamo de Gatinho. Ele ronrona cada vez que me vê. Você pode chamá-lo assim também. Não sou possessiva.

Andréa se dirigiu então ao Gatinho:

— Viu, eu te disse. Você tem diante de si o segredo da despensa. Em carne e osso. Ela não é simpática? Minúscula como um rato. Eu me vinguei bem do recepcionista, depois de todas as sujeiras que ele me aprontou. E desta vez ele não corre o risco de esquecer. Mas enfim! Agora é festa! O que você trouxe na bolsa?

Gatinho tirou um engradado de cerveja de um saco plástico. Desvencilhou as garrafas do papelão e as colocou na geladeira. Empurrou as pernas de Andréa na cama, e ela se aconchegou em seus braços, com um copo na mão. Quase desapareceu embaixo do corpo dela, mas conseguiu colocar Andréa contra o próprio torso. Ela suspirou enquanto ele acendia um cigarro:

— Cuidado com o detector de fumaça. O alarme de incêndio vai disparar.

Gatinho respondeu colando sua língua pegajosa no pescoço dela. O barulho contínuo da sucção provocava um largo sorriso no rosto de Andréa, e ela se calou. Os copos valsavam, cerveja, licores. Andréa aguentava bem o álcool. Ela ficava lúcida e se divertia ao nos ver, Gatinho e eu, perdendo o equilíbrio. Contava sua vida, as histórias do hotel, enquanto a bebida nos subia à cabeça.

— Em cada andar você tem uma história. Às vezes engraçada, às vezes triste. Mas, no que me diz respeito, que se dane a tristeza dos outros! Dá desânimo limpar a sujeira que os outros arrastam consigo. Primeiro precisamos cuidar de nós. Evitar os parasitas e viver com alegria.

Andréa falava. Ela trabalhava no Hotel Béthune. Gostava de ser útil, às vezes fazendo faxina para fechar o mês. Conhecia todos os quartos. Fazia cara de nojo quando evocava a higiene questionável de certos clientes. Contava anedotas sem pé nem cabeça, revelava os segredos do hotel. Os amantes que se encontravam escondido. Os truques. As vidas amorfas que faziam idas e vindas entre o trabalho e a televisão. Aquele turista inglês que viveu lá três semanas e lhe pediu em casamento. Suas palavras desapareciam nas brumas do vinho, do álcool. Minhas pálpebras resistiam com dificuldade. Gatinho ria como um imbecil, me chacoalhava para que não dormisse.

— Você desaba como criança! Aqui não tem isso. Toma mais um drink para soltar a língua! Agora é a sua vez, conta uma história.

Eu me endireitava custosamente na frente de Gatinho e Andréa, de repente silenciosos. O álcool irrigava meu cérebro. Na minha frente, uma montanha, flores coloridas, um enxame de abelhas. E o burburinho obstinado dos insetos voadores que giravam em círculo numa noite alegre.

— Companheiros do 103, eu vou revelar meu segredo. Eu falo sob a maior autoridade, a de Luzolo, meu bom amigo, especialista em discursos e trapaças. Possuo a chave da maior das artes. Por isso o mundo inteiro me inveja. Nasci com um poder: o dom da dissociação.

3.

ONDE EU EXPONHO PELA PRIMEIRA VEZ, PUBLICAMENTE, MINHAS IDEIAS. DIANTE DE UM AUDITÓRIO CURIOSO E ATENTO

Gatinho e Andréa estavam sentados na cama, concentrados. Eles assistiam pela primeira vez a uma apresentação realizada por uma figura na sombra. Na frente deles, sentada numa cadeira, com a voz lenta, segura:

— Antes de começar, gostaria de fazer uma homenagem àqueles que nos deixaram. Diante de vocês, para honrar a memória deles, peço um minuto de silêncio por Luzolo, o artista que não gostava de arte.

Andréa e Gatinho baixaram o rosto com solenidade. Imóveis como estátuas de mármore. Mais nenhum barulho. As garrafas no chão. Os semblantes estavam sérios; as expressões, recolhidas. O rosto de Gatinho se mexia mecanicamente, tiques faziam o lábio superior saltar. Sua perna coçava. Ele começou a esfregar as coxas, Andréa permanecia impassível. Ele se coçava, raspava o tecido da calça. Andréa pegou sua mão e a imobilizou. Gatinho começou a rir sem parar. Sua cabeça, inchada, avermelhada, resistia, tentava conter a crise. Andréa se virou e disse, autoritária:

— Cala a boca, isso é sério!

As luzes do quarto se apagaram e meu discurso invadiu o cômodo. Como labaredas deslizando sobre pântanos, ou surgindo no meio das planícies. Nem sempre as almas encontravam refúgio e escolhiam o fogo, o vento, os elementos terrestres.

— Eu não sou um corpo. Sou um espírito. E meu esqueleto, uma forma elástica. Ele desliza nos meandros, como as lagartixas, nas dobras e nos cantos escuros. Ele percebe, sob cada coisa, dimensões indescritíveis. Mundos invertidos. Subsolos. Cargas. Toneladas e toneladas de contêineres. Escondem armas, revoltas. Protegem comunidades inteiras... recebi muitos tapas. Tortas e salto alto na cara. Mas eu nunca senti nada. Não sou um corpo. Sou um espírito. Flutuo, corro. E recebo — como um robô — ideias. Minha cabeça é um campo de batalha. Conto as fossas, as tumbas e as valas comuns. Os braços que faltam, os peitorais explodidos. Os corpos se empilham e se acumulam. No chão, em frente ao muro dos fuzilados... para além da estrada da usina, surgem jardins e reinos. Há palácios maravilhosos, uma natureza exuberante. Milhares de companheiros e amigos se abrigam e se aquecem sob as árvores. A morte e as palavras não têm nenhum impacto sobre eles. Eles não têm medo de se lançar na mais bonita das viagens. De embarcar, com a multidão, no navio.

Parei por alguns instantes, fiz um gesto para acalmar os suspiros de impaciência e corri para o meu quarto. Voltei com o caderno de capa violeta e o mostrei para o auditório.

— Apresento a vocês o *Manual*! Ele contém o segredo da dissociação. Conta como o corpo se torna uma sombra. Como se petrifica e libera o espírito. Também reuni nele todas as Ideias, que vão e vêm. Um tumulto. Aqui, na página 27! Os cuspes. Página 5! O capítulo sobre os babuínos e os sábios!

Gatinho interrompeu:

— Está bem! Já chega! Muito falatório, nada de concreto.

— Sim, acrescentou Andréa. Palavras, palavras! Elas contam o quê, suas ideias?

— Sim, sim! Concordo com vocês. É preciso colocar luz na boca e sob a língua. Cuspir forte porque este mundo não merece nossa clemência. Não desistir de nada e serrar os dentes. Podemos destruir um mundo sem justiça impunemente. Aqui está tudo estragado. A verdadeira justiça não traça linhas nem fossas. Ela dá de ombros diante de títulos e coroas. E diz, em alto e bom som: vocês nunca devem morrer. Nós nunca devemos morrer. Eis uma Ideia! Eis a Justiça! Nunca ter que escolher entre o que nos mata e o que nos mantém vivos. Nascemos para encontrar todos os ritmos, todos os milagres. Minha cara não foi feita para ossos e cadáveres.

Continuei de uma vez só:

— As Ideias vociferam e, como os micróbios, contaminam! Elas quebram a cara daqueles que vomitam: "Expulsem os babuínos que chantageiam o trabalhador e queimam seu trailer! Que levanta cedo e dorme tarde!" Fiquem de pé, mesmo quando a tempestade for forte. Levantem o punho quando o vento se levantar. Não tenham medo de encalhar como um navio na praia... Eu sou um navio destroçado. Um barco que afundou e que as ondas levam às margens. Resta minha carcaça, que não chama a atenção. Conto e calculo meus fracassos. E constato, com alegria nos lábios, que todos eles escondem triunfos. Estou bem aqui! E minha cabeça sonha. Sólida como um rochedo. Os bastões e os gazes que entopem nossas narinas não queimarão meu corpo. A justiça é a terra. O fim do que se quebra. É o direito que diz: abaixo as alturas e as hierarquias. É a fé que justifica. Não vamos morrer, Andréa, Gatinho. Eu estou dizendo. As Ideias racham o solo. O solo se racha onde as majestades afundam.

    Andréa e Gatinho, de olhos arregalados, não se mexiam. Fechei as páginas do *Manual*, em silêncio, e o guardei na minha cintura. Andréa, de repente, soltou um arroto barulhento; Gatinho explodiu de rir:

— A sede seca a garganta! Depois de grandes discursos, é hora de celebrar!

    Andréa atravessou o cômodo e pegou as bebidas. Levantou o copo e gritou como uma bruxa:

— Os canalhas não têm perdão! E senão: Talião! Talião! Talião!

    Gatinho me puxou para uma dança endiabrada enquanto Andréa aplaudia. Nossa brincadeira durou boa parte da noite.

    Extenuados, nos jogamos na cama. Ofegantes, sem conseguir recuperar o fôlego. Adormecemos felizes. Todos os três, colados uns nos outros. No colchão de Andréa, cujas molas arranhavam a pele e se prendiam às roupas.

— Salafrário! Filho da puta imundo! Eu vou quebrar sua cara!
— Chamem a polícia!

Acordei aos sobressaltos. Na rua, embaixo do hotel, uma briga. A rixa me despertou. Uma voz poderosa, enérgica, chegou aos meus ouvidos:

— Volta para a prisão! Some deste bairro!

O sol queimava o céu. Gatinho desaparecera. O quarto estava vazio. Juntei minhas coisas, voltei para o 104. O corredor estava envolvido pela luz pegajosa de um hotel sem estrelas. Minha porta estava entreaberta. Andréa estava lá, penteando os cabelos.

— É mais de meio-dia! Você afundou no sono; achei que não voltaria mais para nós. Não ousei te acordar. Me instalei no seu quarto. Não fique chateada. Para meu negócio funcionar, preciso de um pouco de espaço.

Andréa colocou a bolsa de maquiagem e perfume na mesa de cabeceira. Ela era bonita. Imensa e maquiada.

— Estou com fome. E tenho uma hora... vamos almoçar?

Na rua do Hotel Béthune, uma poça de sangue, cacos de vidro. Alguns transeuntes discutiam com o dono da mercearia. Andréa passou diante deles, indiferente. Cumprimentou três delinquentes sentados numa mesa do centro social cristão, na frente do hotel. Me levou até um restaurante na esquina da rua. Ela era conhecida. O garçom a recebeu piscando os olhos, fez longos elogios ao seu físico e preparou nossa mesa.

— Vou comer carne. Sou carnívora. Para as taxas de ferro no sangue, é importante. Você deveria fazer o mesmo.

Eu virava e revirava as páginas do menu. Um garoto se aproximou de mim. Quando meu olhar encontrou o seu, ele tampou o nariz e desapareceu.

— Detesto crianças! — disse Andréa, sem tirar os olhos do menino. — E você, tem irmãos ou irmãs? Oh... eu te imagino única. Já te disseram que você é um tesouro?

— Meu tesouro são as Ideias!

— Ah! Você é engraçada! Aliás, parabéns por ontem! Discurso um pouco abstrato, mas muito vivo. Ritmado como uma dança. Eu, contrariamente a você, não estou com raiva. Não quero viver e lutar por um negócio que não terei. Defendo a desenvoltura. O amor, o prazer e a desenvoltura. Os truques sujos também. Às vezes você não tem escolha.

— Não estou com raiva. Tenho convicções. As Ideias são afiadas como uma faca. Quando surgem, me dão a maior alegria.

— O que você diz é muito rebuscado para mim. Não fique chateada!

Uma grande garrafa de vinho tinto sobre a mesa me separava de Andréa. Ela a desviou lentamente e me fixou com o olhar.

— Eu acho tudo o que você diz incompreensível. Mas insisto: você é um tesouro.

Andréa levantou seu copo.

— O que sei fazer na vida é dar carinho. Sei dar, até aos desconhecidos. Sei fazer as máscaras caírem. E, sobretudo, sei o que é nunca ter recebido afeto. Você, tesouro, além do seu Luzolo, quem te amou? Quem te considerou? Você é tão pequena, que é preciso fazer um esforço para te ver. Para que não deslize entre os dedos. Não termine esquecida no fundo de um armário.

Andréa me contou que ela saiu de casa muito jovem. Brigara com seus familiares por causa de um garoto que a olhara de maneira sedutora na escola. Ele a seguia e assobiava quando ela voltava para casa. Chamava-a de "a mais linda", na rua, na frente de todos os transeuntes. Um dia, ele lhe trouxe uma rosa, e foi assim que tudo começou. Ela matou aula, foi pega por duas irmãs, que lhe deram um sermão. Teve brigas violentas com a mãe. Depois fugiu e não voltou mais.

A felicidade não durou muito. Seis meses apenas. Crises de ciúme, problemas de dinheiro. Um horrível bebê começou a crescer em sua barriga, mas ele nunca quis ver a luz do dia.

A garrafa de vinho estava vazia. Andréa pegou um cigarro e soltou fumaça em minha direção.

— Você! Tome cuidado. Não deixe que te pisem. Os homens prometem mundos e fundos, depois desaparecem. E isso marca. Por mais que você não queira admitir, machuca. Mas nem todos são assim. Eu agora prefiro os anões e os vulneráveis. Tem muitos, sabia. Nas ruas, nas cidades, nos campos. Eles também não são vistos. São esses que meus braços acariciam. Eles não arranham a pele. Tremem quando tiram a roupa. Têm medo da própria nudez. São charmosos, como garotinhos que se escondem atrás da mamãe. Por mais que você saiba que no fundo, se pudessem, te esmagariam. Não o fazem por falta de virilidade e força. Neste caso, é melhor aproveitar.

Andréa pagou a conta. Uma vez no corredor, na frente dos nossos quartos, ela parou:

— Você me deixa o 104? Está uma bagunça em casa. Preciso fazer faxina, mas estou sem tempo.

Abandonei Andréa no meu quarto e fiquei no seu à tarde toda. Do outro lado, uma série de idas e vindas. Cochichos, suspiros. O maço estava bem guardado, ninguém poderia encontrá-lo, eu não me preocupava. Abri o Manual e rabisquei Ideias. No meio das garrafas, no chão. Lençóis desfeitos. E aquele cheiro de umidade que empesteava as paredes.

No mato alto, na encosta das montanhas, os urubus estavam à espreita. Eles esperavam a pequena morte da anã. Ela vagava, buscava seu caminho, desviava das armadilhas que se abriam e fechavam de repente. Os melhores esconderijos estavam no subsolo — a vinte mil léguas embaixo da terra. Eu entrevi a felicidade e bebi água fresca. Tomei banho em um lago, que curou minhas feridas. Geleia e mel, rostos sorridentes, como uma recepção.

Ouvi soluços. Era tão tarde. Saí do quarto. Os choros vinham do 104. Bati levemente. Ninguém respondeu. Bati de novo. Uma voz minúscula disse para entrar. Andréa estava enrolada sobre si mesma. Como se tivesse encolhido.

— Sou muito emotiva. Vai passar.

Peguei um lenço, Andréa me interrompeu e me mostrou seu frasquinho de rum.

— É isso que acalma e consola.

Ela se jogou na cama. Sua maquiagem deixava marcas sob as pálpebras. Eu estava de pé a alguns metros dela. As cortinas, fechadas. Um pequeno abajur na mesa lançava raios de luz laranja sobre as paredes. Andréa fungou alto e secou as lágrimas. Se aproximou de mim e, como os grandes pássaros que giram acima da cabeça, repetiu com toda a velocidade: "Me beija!"

Me beija. Me beija.

5.

Era dia ou noite? O mundo mudou de dimensão. Do fluxo giratório que sacode o ralo da banheira até o eixo dos planetas. Uma boca carnuda me engolira. Os incisivos, os caninos, longas tesouras, poderiam ter muito rapidamente acabado comigo. Mas o ritmo da língua, apoiado pelo volume das bochechas, me levou mais longe ainda. Ao fundo da sua garganta. Ao orifício de uma laringe. Ao longo do esôfago. Os batimentos do coração retumbavam em minha cabeça. Os fluxos e refluxos do sangue me deixavam enjoada.

Eu estava em seu corpo. Andréa havia me engolido. Viajei por dentro da sua carcaça. O emaranhado das veias e artérias era envolvido num brilho estranho. Tubos azuis, violeta, avermelhados iluminavam a carne dos órgãos. Eu me agarrava como podia nas vértebras, nas raras paredes que minhas mãos conseguiam alcançar. Deslizava, escorregava no fundo da caixa torácica. Os carrosséis de parques de diversão dão vertigem. Percebi uma faísca. Bem na entrada do estômago. O coração continuava batendo em todas as direções, como uma percussão sem fôlego, como uma orquestra de fanfarra.

O dia, ainda mais intenso. Ao longe, os laços do intestino delgado, retorcidos uns nos outros. Eu parei no espaço sem proporções, envolto de músculos e tecidos venosos. Talvez ele fosse infinito? Um brilho esverdeado iluminava alguns móveis, uma biblioteca, um sofá. E, no meio daquilo tudo, Gatinho.

— Quer um sequilho?

Gatinho tinha esvaziado cinco pacotes de biscoitos e repousava, indiferente, no estômago de Andréa, repleto de lixos de plástico.

— Eu me refugio aqui, de tempos em tempos. Descanso e leio.

Ele me estendeu um livro. Na capa estava escrito: *O Contramanual.*

— Atenção! Não se confunda. Não é uma declaração de guerra. Ao contrário. Se você escapa pelo espírito, eu sonho na verdade em atravessar a terra. Meus movimentos são físicos. Mas ainda não sei qual caminho tomar. Isso dá pano para manga. Então me instalo aqui quando me falta lucidez.

Gatinho abriu um novo pacote e o jogou no fundo do intestino. Ele ingurgitou cinco madeleines. A cada espasmo, ria como um idiota.

— É estranho estarmos os dois aqui. Estou com um pouco de ciúmes! Os sentimentos, às vezes, vão muito rápido...

Sua boca se desligou de repente. Seu rosto ficou nervoso, tenso. Depois ele foi aspirado para fora do ventre. Eu o ouvi gritar. Não o revi mais. Andréa acabava de o expulsar. O coração vibrava. O corpo estava em festa. Andei no meio do estômago e comecei a ler os livros da biblioteca. Mapas--múndi, mapas, atlas. Nada além disso. E o *Contramanual* jogado sobre a mesa. Abri a primeira página; só continha folhas brancas. Eu o coloquei no sofá e continuei a explorar os velhos tesouros. Parágrafos rasurados. Estradas traçadas no meio dos cinco continentes. Sem destinação precisa indicada. Cada obra levava uma etiqueta com o nome de seu proprietário. Um capitão. Piratas. Exploradores do século XV.

Eu avançava prudentemente até o intestino, chacoalhada pelos soluços dos órgãos. Rastejava para não escorregar ao longo das paredes móveis. O corpo de Andréa, inteiro, me retinha. Como se quisesse me guardar o maior tempo possível. "Afinal de contas", ele parecia dizer, "lá fora não é para você. Enquanto aqui você não terá nada de mais agradável. Tudo te protege e tem a sua altura."

Eu nunca fui amada a ponto de ser prisioneira de um corpo. A ponto de ser absorvida, digerida por sucos e líquidos. A temperatura estava alta — o calor, a umidade de um clima tropical. Eu era ninada pelo balanço dos membros que se mexiam, assobiavam como uma máquina a vapor.

O estômago começou a se contrair. Cólicas torciam as camadas musculares. E fui, por minha vez, expulsa para o intestino. A longa deriva, deslizante, no meio dos alimentos quase não digeridos. Deixei o conforto de uma biblioteca e me vi presa no meio de carcaças. Os sobressaltos me empurraram até a saída.

Fui expelida para fora do corpo de Andréa numa fração de segundos. Minha cabeça oscilou sobre carnes firmes e macias.

Lá fora, ouvi um grito de êxtase. Andréa, caída na cama, com os olhos revirados. A boca aberta, a respiração irregular.

Gatinho, num canto do quarto, cochilava no chão. Estava enrolado numa coberta que cobria seus membros nus. Não se mexia. Eu sentia frio. A mão quente de Andréa agarrou meu braço e me trouxe para o colchão. Mergulhei nos lençóis, coberta por um edredom espesso e macio.

Os corpos enamorados são um abrigo. Uma casa imensa que dá as boas-vindas aos corações inchados de insônia. À meia-noite, no amanhecer do dia. Nossas peles queimavam como caldeiras. Esqueciam do tempo que passa. Quem está olhando? Quem está sendo olhado? A boca que beija engole seus próprios beijos.

Eu comi meu corpo, ele mesmo absorvido por um velho animal. Um gato andarilho com um olho e uma pata a menos. Segui seus passos abafados. Ele se voltou, depois fugiu. O amor descera em uma rua de Lille. No meio dos cacos de vidro e das poças de sangue. O entrelaçamento das estradas. O anel viário. Minha cabeça estava presa contra um ombro. As Ideias inchavam as páginas do *Manual* e festejavam os parentes novos.

6.

Abri os olhos. Gatinho, em pé como um guarda, estava enrolado num cobertor, na entrada do quarto. Ele saiu, atravessou o corredor e se precipitou no 103, fechando a porta com duas voltas na chave. Andréa se levantou, com movimentos lentos na penumbra:

— Fique com os olhos abertos! Gatinho é mau. Ele tem seus caprichos e acorda todo mundo.

O lugar onde Gatinho dormiu estava molhado. Andréa resmungou por alguns segundos.

— Ele se comporta como um porco quando sonha. Minhas noites são buracos negros. Quando acordo, não me lembro de mais nada.

Eram quase cinco da manhã.

— Eu bem que poderia ligar o rádio, mas as pessoas bateriam nas paredes. Vou esperar três horas assim, e ingurgitar litros de café para aguentar. Você tem sorte, não tem de acordar para ir trabalhar.

— Acabei de me demitir. Preciso encontrar outro emprego.

— Você vive com o seguro-desemprego?

Às vezes o amor faz perguntas materiais, antes de se arriscar nas grandes declarações. O coração teme bolsos vazios. Andréa estava cheia de interrogações e beijos. A mesma questão, obstinada, voltava sempre.

O maço estava escondido no quarto. Para encontrá-lo, era preciso adivinhar as entranhas que fissuravam os rodapés. O olhar habituado às proporções normais não era capaz de perceber nada. Andréa me perguntou onde arranjei o dinheiro que dei ao recepcionista. Contara as notas, havia muitas. Ela me envolveu com seus braços e abaixou as pálpebras. Quando abriu, eu estava na sua frente com o maço, quase intocado, nas mãos. Ela tomou o tesouro. Suas pupilas fixaram longamente as notas. Ela contou e recontou. O dinheiro era quase uma promessa, e ele acabava de cair do céu. Surpresa, ela riu, explodiu de alegria, exprimiu desejos, vontades, depois esmoreceu.

— Onde você arranjou tanto dinheiro?

O olhar apaixonado era também um olhar desconfiado, que rastreia as trapaças. O dinheiro, vivo, poderoso, suscitava inveja. Andréa saiu bruscamente. Atravessou o corredor. Bateu na porta do 103.

— Abre, Gatinho! Abre! Sou eu!

Gatinho avançou no corredor, seminu. Ele levava uma velha coberta nos ombros. Cheirava a álcool e esperma. Andréa o puxou pelos ombros, e ele aterrissou na minha frente. Ela tomou o maço das minhas mãos e contou todas as notas na frente dos olhos arregalados de Gatinho. Este último colou os dois lábios contra minhas bochechas e fez longos elogios. O dinheiro eram milhões de sonhos e o fim do trabalho. Por muito tempo Gatinho invejara os herdeiros. Possuir uma herança, não fazer nada. Ele se lembrava do caderno de contas de sua mãe, que anotava todas as compras, vigiava o menor erro de subtração. A memória operária é uma memória de números.

Gatinho saltava no meio do quarto. Andréa ria. Nós nos conhecíamos há três dias e já formávamos uma família.

— Sabe — retomou Andréa —, sempre sonhei em ir embora. Estou por aqui há uma eternidade. Gosto do frio de fevereiro. Mas queria conhecer vegetações exuberantes. O sol que bate no mar. Os desertos de areia.

— Há lugares extraordinários onde os corpos queimam sob calores intensos — continuou Gatinho.

O maço estava espalhado sobre o edredom. Havia muito dinheiro. Eu contava cada nota, e me parecia que eram mais e mais numerosas. Onde eu pensava ver cem, eram mil. Andréa e Gatinho não ousavam tocar em nada — absorvidos pelos cálculos que se aglutinavam em suas cabeças como uma alucinação. As viagens são primeiramente insensíveis. Um batimento que massacra o vento coloca os músculos para andar de novo. Um passo ultrapassa sete léguas, atravessa rios e montanhas. No meio dos oceanos, barcos fantasmas à deriva. Não há nem marinheiro, nem equipagem. Nenhum canhão que mata, nem fuzis armados de arpões afiados. Os verdadeiros itinerários não são caças ao homem. Eles partem em busca de uma terra, onde se reúnem, serenos, aquelas e aqueles que pararam de esperar.

O dinheiro transbordava das minhas mãos. Quem se lembraria de mim um dia? Nenhum chefe de Estado mandaria construir estátuas à minha imagem no cruzamento das avenidas. Ninguém colocaria nelas coroas de flores. Os novos companheiros que me cercavam sonhavam também com um Reino.

Com solenidade, tomei a palavra. Como na primeira noite. Com o Manual nas mãos — grande testemunha desta narrativa. Eram quase sete horas da manhã. As ruas de Lille recebiam os trabalhadores da madrugada. Entregadores, empregadas, lixeiros. As buzinas relançavam o ritmo e a atividade. Antes do dia. Antes da luz plena. Com a expressão branca do inverno.

— Há dinheiro suficiente para partir. Deixar definitivamente a cidade. Basta encontrar um lugar. As Ideias serão nossos guias. Buscar um lugar que não conheça nem raça, nem ódio, nem medida. Onde se possa descansar tranquilamente. Em volta de mesas e cadeiras. Num sofá, perto de uma biblioteca. Como nas histórias de amor.

7.

Notre-Dame-de-la-Treille era uma catedral sem torre. Esmagada como um teto queimado. No meio da Velha Lille. Foi preciso cento e cinquenta anos para construí-la. Os mapas, deixados de lado, conheceram as grandes guerras. No fim do século XX, ela foi abandonada. Seu pátio se tornou ponto de encontro dos drogados. Pequenas colheres escurecidas eram jogadas no chão. Às vezes, uns desocupados marcavam encontro no meio da sujeira. Amadores de contos fantásticos, sob o olhar preocupado das gárgulas e esculturas sem vida. Marie era a santa padroeira de Lille. Desde a Idade Média, o povo e as famílias nobres lhe prestavam culto. Durante séculos, ela foi responsável por diversos milagres. Cegos viram de novo a luz do dia. Enfermos puderam andar. Recém-nascidos, já mortos, reencontraram a vida e puderam ser batizados, antes de morrer de novo. E houve uma chuva de conversões. Muitos conheceram os milagres da graça e puderam atravessar o mundo confiantes, certos de escapar da danação.

O edifício protegia a estátua milagrosa da Virgem. Houve guerras — ela foi destruída e só sobrou a cabeça. Houve a revolução e ela foi esquecida num canto. Os revolucionários eram grandiosos iconoclastas. Eles queimaram os edifícios religiosos e fizeram fileiras de pedra. Um capelão salvou a estátua, escondida na água insalubre no fundo de um esgoto.

Um cadeado mantinha o portão fechado. Não havia ninguém em volta. As lojas abriam uma depois da outra, e não atraíam nenhum cliente. Eu quebrava a cabeça. Meus olhos navegavam ao longo das estátuas, perdidos. Andréa ficou no quarto. Gatinho dormia com os punhos fechados nos de Andréa. Não havia mais lugar, nem no 103, nem no 104. Eu saí para tomar um ar com o Manual na mão.

O som de um órgão escapava do edifício. Contornei o prédio e entrei atravessando uma pequena rachadura que fissurava a pedra. As notas, metálicas e frias, se elevavam até o teto. Me sentei em um banco, escutei as melodias que saíam dos tubos do instrumento. O organista devia ser um diabo. Sua música não me convidava nem à oração, nem ao recolhimento.

Ouvi um burburinho a alguns metros de mim. Três senhoras de idade e um cachorro farejando o chão. Os animais eram proibidos nas igrejas. Mas aquele cachorro parecia estar em casa. Ele se esfregou contra a fonte de água benta e ganiu algumas vezes. Sua dona o repreendeu para que se acalmasse. Depois o animal me cheirou. Sentiu meu odor suado e errante. E começou a rosnar. O órgão parou de tocar. Notre-Dame-de-la-Treille mergulhou no silêncio, preenchida de tempos em tempos com os latidos do cão puxando a coleira que atrapalhava seus movimentos.

Encontrei refúgio num canto da catedral protegido pelas grades de ferro. Adormeci. A terra se abriu; atravessei uma infinidade de galerias. Cordões, nós, laços. Um terremoto. Um exército de rochas. A alguns metros do coração palpitante do planeta. Era um périplo infinito. Os túneis afundavam a cada passo. Nos subsolos foram construídos muitos abrigos. Habitados por humanos sem rosto, cujas bocas e orelhas se colavam no torso. No fundo das cavernas, os sentidos eram inúteis. Era preciso atravessar galerias profundas, tão sombrias quanto a ponta de uma catedral gótica. A mão e o toque reinavam majestosos; nenhuma cor batia na retina.

Grunhidos se aproximaram da minha orelha. Abri levemente os olhos; o cão me observava com atenção. Virei-me e descobri uma mandíbula que gesticulava. Lábios se mexiam sem emitir qualquer som. Braços faziam gestos no ar e pareciam gritar por socorro. Reconheci as três velhas. Seus corpos se contorcionavam atrás das grades de ferro. Elas tentavam falar comigo, mas a linguagem delas era vazia. Eram mudas. Uma delas logo se desvencilhou e desapareceu atrás de uma porta. Voltou com um balde de água fria e o jogou sobre mim. Dei um salto imediato — o que pareceu satisfazê-la. Eu estava viva e bem consciente disso.

O organista fez uma aparição repentina. Ele se parecia de fato com a ideia que eu fazia do diabo. Era cinza e tinha uma barbicha pontuda, brilhante como metal. Ele me tirou do lugar onde eu estava escondida e me deu uma bronca.

— A catedral está fechada. A sopa é servida a partir do meio-dia no pátio. Você não pode ficar aqui. Tem uma recepção, a três ruas, se quiser se esquentar.

O diabo desapareceu e junto com ele as três velhas. Eu tremia de frio, embaixo da estátua da Treille. A Virgem dos mil milagres não teve piedade da anã. Atravessei, encharcada, as ruas frias de Lille. O recepcionista do hotel arregalou os olhos e me deixou subir as escadas sem me fazer perguntas. As portas do 103 e do 104 estavam abertas. Roupas, bolsas eram jogadas de um quarto a outro. Gatinho, agitado, saiu do 103 e se enfiou no 104, fechando a porta atrás de si. Entrei no cômodo que ele acabava de deixar e descobri, na cama, duas malas. Uma estava fechada, outra, estripada, transbordava de roupas. O armário estava vazio. Restavam ainda todos os cremes, toalhas, toda a maquiagem de Andréa no banheiro. Em um canto, pacotes, compras. Eles estavam prestes a partir. Preparavam a grande partida.

Encontrei Andréa e Gatinho, que estavam no meu quarto. Não sei se ouviram as batidas repetidas na porta, ninguém respondeu. Eu batia cada vez mais forte até que um homem saiu. Ele me lançou um olhar violento, como se fosse me amaldiçoar. Parecia o organista da catedral, barba pontuda, afiada como um bisturi. Depois escapou, irritado, pelo corredor. Gatinho retinha Andréa em seus braços.

— Não quero mais trabalhar. Não quero mais mexer um só músculo deste corpo. Quero matar todos os homens.

Gatinho sentiu minha presença e se virou. Colocou seu dedo apontador na boca e me fez sinal para avançar. Retirei o Manual da cintura. Ele estava molhado. A tinta, em certas páginas, borrara. Muitas passagens ficaram ilegíveis.

— Estávamos preparando nossas malas. Vamos embora. Você deveria fazer a sua.

— Para onde?

— Ainda não sabemos.

Andréa se levantou, mergulhou a mão em uma gaveta e tirou o maço. Ele estava menos grosso do que no dia anterior.

— Fizemos compras. Estão guardadas em um canto do quarto. Uma farmácia. Cobertores. Completaremos o que falta esta semana.

Andréa me estendeu o maço escrupulosamente — embora acabasse de admitir que eu não era mais sua proprietária exclusiva. Meu tesouro se tornara um caixa coletivo.

— Comecei a estudar os mapas — disse Gatinho, dando uma olhada, desanimado, no estado do Manual. — Não sei quando encontrarei o destino ideal. Em dias, semanas? Procurando bem, misturando abscissas e ordenadas, colhendo todos os dados, poderemos determinar o trajeto. Enquanto isso, precisamos estar prontos.

Gatinho levantou Andréa e a levou com ele ao outro quarto. Fiquei sozinha no 104. As notas colavam em minha mão úmida. A tinta do Manual borrava. A escrita se apagaria. Todas as conversas com Luzolo seriam apenas uma lembrança. Costurada em uma memória que às vezes fala, às vezes se cala. Ainda me lembrava de seu rosto. Sua voz que havia me deixado. Mas o chamado incessante dos mortos é necessário, às vésperas de uma longa aventura?

8.

Gatinho pendurou mapas do mundo nos dois quartos. Andréa sonhava com países. Cada canto do planeta suscitava seu desejo.

Precisávamos esquecer a Europa, deixar o que é familiar. Olhar outros lugares. A Ásia, a África, a América, a Oceania. "Parece que um grande deserto atravessa a Austrália. Que o lago Kivu é uma bolsa de metano." As melodias dos nomes encantavam suas orelhas: Titicaca, Victoria, Gobi... Andréa já viajava. Ela tentava adivinhar se a harmonia das palavras prometia tédio ou felicidade.

Andréa e Gatinho nunca tinham saído da França. E ainda conheciam muito mal o país. Andréa pensava, aliás, que ele não merecia ser mais visitado. Ela o conhecera de uma ponta a outra em aulas de história recebidas na escola. Na França não se sonha; as grandes evasões eram o sonho das Américas. Ela sempre soube intuitivamente; a verdadeira vida estava fora de sua pátria.

Ainda havia espaços a explorar. Era impossível acreditar na ideia de que tudo já havia sido descoberto. Tinha de haver um lugar escondido. Ela imaginava a si própria altiva, colocando sua bandeira em um território ainda não decifrado. E afirmando seu poder sobre essa terra. Era isso o Paraíso, o mais belo espelho — o que enviava a cada um o melhor dos reflexos. Sonhar alto quando se é pequeno. Tomar como testemunha quem imaginamos ainda menor que nós mesmos. A grande viagem devia permitir isso. Possuir uma medida de si, magnificada, diferente.

Enquanto Andréa e Gatinho planejavam nossa jornada, eu me pus a escrever o Manual. Reescrevi uma boa parte das páginas apagadas. As Ideias reapareciam de tempos em tempos. Rabiscava no papel fragmentos de frases, palavras, arrancava o que podia dos sonhos, durante o sonho.

Ao fim de alguns dias, Andréa nos interpelou. Ela trouxe mapas e uma enciclopédia. Apontou com o dedo um itinerário, sublinhado com caneta vermelha. Uma linha atravessava a

Europa, a Ásia e caía no meio do Oceano Pacífico. Ao cabo de inúmeras pesquisas, ela descobriu um lugar, no meio do oceano, inimaginável. Era para lá que precisávamos ir.

Era uma ilha? Um pedaço de terra? O mapa não dizia nada, a cruz de Andréa, fixada no mapa-múndi, indicava o vazio. Bastava encontrar uma embarcação, parar no lugar desejado e esperar para ver. As águas talvez se concentrassem ali, formando um turbilhão. Elas nos engoliriam — revelando uma passagem para um lugar esperado.

E, se não encontrássemos nada, buscaríamos um outro lugar. Um monte de terras inabitadas. Isso deveria existir. Ainda que já fosse possível prever o calor insano que tomava conta do mundo. Que engolia os arquipélagos. Fazia rugir os tsunamis.

Andréa se esgotou com os detalhes da viagem. Ela pensara em tudo. Contou e recontou o maço, cada nota oferecia novas possibilidades. Estimou o custo dos aviões, dos navios, das travessias de carro ou nas costas de um asno. O dinheiro faltaria, mas era preciso ter imaginação. Por que não se lançar em espetáculos de rua? Poderíamos aproveitar a vantagem do meu tamanho e dos talentos de contorcionista de Gatinho. Quanto a ela, sabia cantar. Cantava divinamente. Uma voz leve de soprano. Seu belo timbre fora até notado por profissionais, por clientes.

A três, possuíamos mais ou menos duas línguas. O francês, que diziam ainda estar na moda em vários lugares do mundo. Algumas palavras de inglês, que se prendiam entre os dentes. Precisávamos enriquecer nosso vocabulário, aprender outros léxicos, ainda desconhecidos. Gatinho não queria de jeito nenhum aprender alemão. Andréa temia se confrontar com outros alfabetos. Ela só conhecia a escrita latina, e os meandros dos caracteres chineses ou cirílicos a deixavam tonta.

Enquanto atravessávamos os mapas, o maço diminuía. Eu o contemplava de tempos em tempos. O tesouro parecia reduzido à metade. Andréa e Gatinho haviam gastado muito. Malas, coisas novas se acumulavam nos dois quartos. Eles renovaram o guarda-roupa para o caso de eventuais intempéries. O vento, as ondas poderiam surpreender em alto-mar. Era preciso se preparar para enfrentar todos os imprevistos de uma longa viagem.

Uma cruz desenhada no meio de uma vastidão marítima. Um cruzamento onde se encontravam as águas. Inexplorado. Inesperado. Onde os cantos dos seres voadores se dividiam no céu. Lá aonde levam as Ideias, pretendia o Manual. Nós nos preparávamos para encontrar um ponto no Pacífico.

Esperávamos um sinal. As malas estavam prontas; elas ocupavam respectivamente o 103 e o 104. Não havia mais idas e vindas no corredor. Mais nenhuma silhueta desfilava no quarto de Andréa. O itinerário foi desenhado ao acaso. O ponto de chegada era estável, mas nenhum trajeto fora estabelecido. Era preciso inventá-lo, imaginá-lo.

As condições favoráveis para a viagem seriam logo reunidas. Nossas coisas, juntadas. Muito em breve, deixaríamos a França. Longe de Lille. Longe de Villeneuve. Esperávamos um sinal. A evidência – que comanda a iminência da partida.

9.

Tesouro, meu grande amor, há sinais. Por toda parte há sinais. Que anunciam a data da grande partida.

Nós temos dinheiro o bastante para deixar esta cidade. Esnobar sua burguesia, seus pobres e mendigos. Quando ando, cruzo rostos. Olhares que observam. Que não deixam nenhuma oportunidade a quem quer que seja. E que julgam, lançam frases definitivas. Minha pele está repleta de fórmulas que condenam.

Que sabem sempre melhor do que ninguém e que falam daquilo que não conhecem.

Não tenho bom senso. É um horror — ele não foi feito para mim.

Durante manhãs inteiras, não saio da cama. Atravesso duas vidas diurnas — uma deitada num colchão, outra em meus sonhos conscientes. As batidas na porta me tiram dos devaneios. Os homens entram, ávidos de atenção.

Eu não amo esses homens. Mas fico sempre contente de vê--los. Eles não falam muito. Ainda que estejam lá, posso continuar a cochilar na presença deles. Continuar a sonhar, trabalhando ao mesmo tempo. Gosto de vê-los sorrir. Eles gostam dos meus carinhos e meu hálito fresco. Mordisco bombons de menta. Preciso tomar cuidado, o açúcar ataca os dentes.

Sei cuidar de corpos estranhos. Corpos sem vigor, sem tônus. Sei cuidar da timidez; massagear carnes flácidas. Não gosto dos peitorais. Das barrigas lisas, que não saltam para fora. Prefiro quando os músculos adormecem.

Sinto os cheiros. Os perfumes íntimos. O suor das axilas e do pescoço. A saliva que se acumula no canto da boca. O sopro da respiração que faz os pelos se arrepiarem e dá arrepio.

No meio dos mares e das correntes, imaginei um ponto. Para atingi-lo, precisamos atravessar cidades e grandes superfícies. As bagagens estão prontas. No mês de fevereiro, as temperaturas são frias. Os lábios gelam e os vidros se quebram. Na minha mala tem creme. Pode ser que tenhamos que andar muito. E que nossos ombros doam.

Pensei em tudo. Nos livros alegres, para evitar a tristeza. Para evitar os pensamentos sombrios. Eles se apropriam da mente quando percebemos que deixamos tudo para trás. Mas, ao mesmo tempo, não tenho nada. E o que deixei não vai me faltar.

Quando penso no passado, não vejo grande coisa. Às vezes uma família. Nunca uma casa. Nunca um abrigo, nunca um re-

fúgio. O passado não vale a pena. Ele está morto, enterrado, não merece nossos tormentos.

Aquelas e aqueles que nos deixaram o fizeram certamente por um bom motivo. Para que o futuro não seja tão sombrio. Os mortos não chamam por nós. Eles partiram definitivamente, melhor para eles. Meu olhar se volta ao horizonte. Alguns vestígios do presente ainda permanecem, depois se apagam.

O amor me aquece o coração. Como sua barriga contra o meu corpo, quando me deito. O que é pequeno é tão estranho e tão belo. Tão delicado e monstruoso. Às vezes, sinto nojo de amar você. De te amar tão doentiamente.

Atravesso os oceanos e as montanhas em três movimentos. O primeiro dispara o alarme. O segundo provoca um incêndio. O terceiro anuncia a subida das águas. A onda que leva tudo. Ela sai do polo e atinge as terras. Surpreende o banhista, que afunda e se afoga. O fundo dos mares receberá nossas vidas, às quais se juntarão mil outras vidas possíveis.

O grande órgão da Treille pôs-se de novo a tocar. As melodias são lúgubres. O organista não acredita em Deus, mas só toca música religiosa. Falta fé em suas notas. Seu jogo é, no entanto, sublime.

Às vezes te observo com o canto do olho. Você agarra as Ideias e as transcreve em seu Manual. Eu te leio escondida. Preciso admitir, dou um pouco de risada. Em tudo o que você escreve, ainda tem muita esperança. Muita expectativa. Como se o mundo pudesse mudar de verdade. Como se a matéria pudesse propor outra coisa. Ela é o que é — é assim. Olhe as montanhas, os rochedos. Apesar da erosão e das placas que se mexem sob a terra, eles ainda estão lá. Inatacáveis.

Não quero que o mundo mude. Mas quero ir embora. A existência vacila nas favelas e nos detritos. É muito injusto — mas o que podemos fazer de verdade?

Gatinho diz que as grandes civilizações conhecem ciclos. Mas eu digo que essas mudanças não mudam os homens. Em todo lugar reina a lei do mais forte. Não há justiça. Não há novos grandes sonhos coletivos. Então é preciso pensar em si e preservar a vida. Construir um abrigo, conquistar um lugar pacífico. Atravessamos de um lado a outro o mapa-múndi. E sonhamos, juntos, com um ponto no meio do oceano. Um ponto que não existe. Mas no qual você mais ainda que os outros começou a acreditar. Minha carta vem acompanhada de um desenho. Desenhei com precisão para você o itinerário dos nossos sonhos. É importante que guarde seu registro no Manual.

Não vou mentir. Temo suas decepções. Você sabe como ficar brava. Nós não o escondemos: o amor não anula nem a duplicidade, nem a malícia.

Esta manhã escutei o órgão da Treille. O sinal da partida. A música invadiu a Velha Lille. Deu até para ouvir daqui. Estão preparando um grande concerto para a inauguração da catedral. A obra finalmente está pronta. Porém, acredito que não convém a ninguém. Uma massa cinza que não olha o céu: como ela pode acolher as orações dos fiéis?

Não precisa chorar. É a vida. Ela é austera e má. Não dá presente a ninguém. Você sabe bem; não estou te ensinando nada. As Ideias são mentiras. Ilusões que enchem sua cabeça. Não precisamos acreditar nelas: nós morreremos todos, e nos esquecerão. Você vai me esquecer, e é melhor para você. Não me preocupo com você.

Minha cabeça está doendo. O órgão da Treille ainda ressoa. Nas minhas orelhas, o demônio, como uma flor, se evapora. Andréa

10.

Andréa dormia ao meu lado. Em um canto do quarto, malas.
Na mesa de cabeceira, o Manual. Algumas notas de dinheiro
no chão; o maço no fundo da gaveta. Eu me virava e revirava
na cama. As ruas de Lille ainda estavam escuras. Gatinho ter-
minara a noite no outro quarto. Ele ficava acordado até tarde
conosco, depois saía sem fazer barulho. Recebia companhia.
Era normal. Andréa não queria restringir seus movimentos.
Algumas virilidades crescem em linha reta e valem a pena, ela
dizia. Ela tinha, de todo modo, um lugar especial no coração
de Gatinho, e ele não a trairia.

— Quando eu for muito velha e não tiver mais dentes...
nem mesmo rosto... você notou que os velhos não têm rosto?
As rugas dão a mesma cara para todo mundo. Quanto mais
você envelhece, menos te diferenciam. Isso é que é sair do
grande circuito da vida. Veja, quando eu for igual a todo mundo, Gatinho ainda será capaz de me distinguir. Isso vale por
todas as fidelidades.

Precisávamos imaginar que a primavera viria depois do inverno. Os pássaros das cidades anunciavam a mesma novidade há
meses. Com exceção de alguns raros momentos ensolarados,
as nuvens recobriam as calçadas. Das planícies da Picardie até
a ponta do Norte, a França estava mergulhada mais da metade
do ano na neblina. A vista estava barrada por um vapor denso, que envolvia as paisagens, engolia todas as torres de igreja.
Quase não era possível distinguir o formato das planícies, suas
vastidões. Os pés se afundavam no chão. Pisavam na turva;
a vegetação se decompunha. O horizonte não crescia para as

alturas, todas as esperanças se viravam para a terra. O ar fresco agitava as bochechas.

Gatinho bateu levemente três vezes na porta.

— Dormi mal. Ainda estou bêbado e completamente gelado. Vou para casa esta noite. Deixo as chaves na recepção?

— Pode deixar lá. Eu vou sair logo. Vou encontrar Andréa para almoçar.

Os viajantes se apressavam em volta dos trens, eles iam para as grandes cidades, as capitais, Paris, Bruxelas, Roterdã. Outros passageiros saíam dos transportes regionais e paravam em Lille... Hénin-Beaumont, Douai, Arras... Todas as cidades do Norte se apressavam para ir trabalhar. Parei numa taverna flamenca perto da estação e esperei o nascer completo do sol. Um saco de plástico estava jogado no banco. Ele continha um livro — *O Tratado teológico-político,* de Spinoza — e o jornal de esportes.

"Se os homens fossem capazes de governar toda a direção de suas vidas por um desejo regrado, se a sorte lhes fosse sempre favorável, a alma deles seria livre de qualquer superstição." As primeiras páginas do livro falavam do medo e da esperança, do uso da razão. Eu nunca tinha sonhado com Deus, nem com a igreja. Desconfiava dos sentimentos, das emoções, como da razão. Nenhuma faculdade mental protegia dos delírios da linguagem, da violência dos humanos. Paixão e razão eram as duas cúmplices. Eu possuía somente um único conhecimento sólido: sabia que o corpo não era o espírito. Eles viviam aliás muito bem, cada um para o seu lado. Peguei o livro e deixei o jornal. Passei pela rua do Hotel Béthune e fui correndo para perto de Wazemmes. Desde que cruzara o diabo e as três mudas, não me aventurava mais para os lados da Treille.

— Ele brincou com um fuzil. Apontou sua arma. E atirou, assim. Ao azar. Em tudo o que se mexe. Pneus. Árvores. Uma vitrine. Pombos. Transeuntes. E a garotinha caiu, como um anjo no chão. A baba escorreu ao longo de suas bochechas. A ferida não deixou rastro. Não vi buraco quando me aproximei dela. Ela não respirava mais. Seus olhos estavam abertos, as pálpebras não piscavam. Ouvi um grito longo, agudo, da mãe. Ele cobriu todas as nossas vozes. O garoto ficou com medo. Saiu correndo como um ganso. Um rapaz grande o alcançou e descarregou nele. "Uma surra da qual ele se lembrará." É isso que se faz com os assassinos, quando eles têm essa idade...

A praça do mercado de Wazemmes estava cercada pela polícia, por ambulâncias e bombeiros. Testemunhas desfilavam na frente dos agentes e contavam o que viram. O corpo de uma garotinha estava cercado por um cordão de segurança. O assassino, alguns já o haviam cruzado nas ruas ao redor. As descrições se multiplicavam. Uma cara de árabe ou de tchetcheno — os vermes da África do Norte ou das fronteiras euroasiáticas eram, para muitos, quase a mesma coisa. Suspeitavam igualmente de grupos de ciganos acomodados no bairro. A prefeitura não fazia nada, os moradores se organizavam para limpar tudo.

Eu ainda tinha a impressão de ouvir, ao longe, o órgão da Treille. Eu era a única a notar a melodia fúnebre? Imaginava o grande organista se mexendo em sua cadeira enquanto seus dedos, velozes, galopavam sobre o instrumento. A vida atacava os inocentes, os piedosos, inúteis. O musicista não gostava de Deus, porém, a cada dia ele lhe prestava homenagem. Como um sacrilégio que acompanhava as mortes gratuitas. Uma garotinha de cachinhos ruivos estava caída no chão, no meio da praça do mercado. Bochecha esmagada contra o asfalto.

A multidão se comprimiu no fim da grande rua. Curiosos se espremiam para olhar o corpo inanimado. Sem medo nem esperança. Fiz o caminho de volta para a taverna flamenca. Devolvi o livro de Spinoza no bar, alguém o procuraria, talvez. O meio-dia esmagava a cidade. O rosto de Andréa apagou tão logo aquele da garotinha. Existia um ponto, no meio dos oceanos, onde seres frágeis não caíam duros no chão, onde as multidões não se juntavam para farejar a morte.

O Hotel Béthune, fixo na calçada. O recepcionista na entrada me parou e me estendeu indiferente uma chave de quarto.

— Teve um assassinato em Wazemmes hoje — disse ele, em um sopro quase inaudível. — Uma garotinha de onze anos e meio.

A lembrança da morte surgiu tão logo e acompanhou cada um dos meus passos na escada. O fim da vida é às vezes tão absurdo, que deixa os defuntos sem voz. Suas histórias se arrastam no fundo da memória e assombram os corpos sem que se saiba por quê.

A chave emperrava; não girava na fechadura. Insisti contra a porta; o número do chaveiro não correspondia ao do quarto. O recepcionista se enganara. Eu deveria ter pegado a chave do 103, enquanto Andréa ocupava meu quarto, até o almoço. Bati nas duas portas, sem resposta. Desci à recepção e pedi as chaves que Gatinho entregara ainda naquela manhã.

— A chave do 103? Ela foi devolvida hoje às dez horas. O quarto não está mais ocupado.

Subi os degraus, me arrastando, e abri o 104. Estava vazio. Não havia mais nada. As malas, desaparecidas. A cama, feita com cuidado. Os armários desfeitos. Restava minha bolsa num canto. O banheiro estava limpo. O quarto podia receber novos hóspedes. Eu me apressei até a gaveta da cômoda. O maço não estava mais lá. Nem uma nota sequer, nem uma moeda. Na mesa de cabeceira, meu Manual. Ele estava aberto. Uma página escurecida, com uma escrita infantil.

A lembrança da garotinha veio à tona. Testemunha do pequeno drama do Hotel Béthune. Ela me encarava com seus grandes olhos azuis. Mudou tão logo de feição, e pude ver seu olhar se encher de lágrimas.

Andréa havia escrito uma carta com caneta esferográfica. Ela cabia em uma folha, sem rasuras. As frases se encadeavam e roíam o Manual. Eles foram embora. Levaram tudo que eu tinha. Restava apenas este quarto de hotel que eu não podia pagar.

A pequena morta enxugou suas lágrimas e começou a rir. Como uma imbecil. "O tiro me dói", repetia ela. "Ele queima. Talvez alguém tenha furado meu cérebro, bem no meio da rua. Sem razão nenhuma."

11.

Andréa, hilária. Ela cavalgava um cavalo teimoso guiando uma equipe inteira. Velhos marinheiros, escravos alforriados, garotas, animais de formas desconhecidas. A mil léguas do Pacífico e dos oceanos. Ela lançava, a quem quisesse ouvir, suas últimas palavras agitando um lenço ao vento. Gatinho caíra da sela e flutuava no vazio. O álcool esquentava os peitorais. Ele gritava a plenos pulmões, e escutava, bêbado, o eco de sua voz.

Andréa se afastou com sua atrelagem. Espalhando euros, dólares em volta dela. E o clamor interrompeu-se.

Um barulho contínuo zumbindo no crânio. Abri os olhos, uma segunda vez. E descobri, na minha frente, uma forma sem rosto. Presa na escuridão. Ela se soltava das linhas desorientadas do armário. E se pôs, de repente, a ondular. Com a lentidão de um idoso. Um suspiro. Um sopro. Algumas palavras saídas da tumba me envolveram. Reconheci uma voz familiar.

— Tive sorte. Esqueceram de me enterrar. Não tinha mais lugar na fossa, deixaram meus restos em um canto. Uma garotinha ruiva, de olhos azuis, roubou toda a atenção. Ela não entendeu o que lhe aconteceu, o que é um pouco normal. Tem uma competição entre os mortos. Uma garotinha rechonchuda atrai mais olhares do que um velho corpo negro. Além disso, você me conhece; não tenho gênio bom. Muito orgulho, e o rancor tenaz. Não tinha nenhuma razão de apodrecer no meio dos crânios. Um dia eu te conto sobre o Reino dos mortos. Mas não é lá muito interessante. O melhor ainda é vir assombrar os vivos.

Uma explosão de risos fez tremer o armário. Surgido das profundezas da minha memória. Na minha frente, o fantasma era apenas um fluxo aéreo e correntes de ar. Um vento leve que quase não mexia a matéria. As assombrações dos contos são pobres criaturas comparadas às surpresas do mundo real. Os fantasmas são vozes e, quando se exprimem, adquirem o ritmo de uma respiração profunda.

A forma sem rosto assoprou em minhas orelhas:

— Nunca se esqueça! Você passa através de paredes e fortes. Você tem o maior dos dons: o da dissociação.

Era possível? Seria mesmo a sua voz? Ele estava lá, na minha frente. Andréa, desaparecida como uma miragem. Um novo sonho tomava o lugar de um pesadelo. Luzolo ao meu lado. De volta da escuridão. Nem corpo, nem carne. Sutil como um sonho.

Não tivemos tempo de festejar o reencontro. Resoluto, ele me empurrou para fora do meu esconderijo:

— O dia ainda não amanheceu. Os trens rugem nas plataformas. É hora de sair deste armário e encontrar sua liberdade.

Ele havia deambulado vários dias entre os vivos e os mortos. À minha procura, nas ruas de Lille, nas planícies do Norte. Notara minha voz na véspera. No momento em que o recepcionista veio me desalojar do quarto de hotel. Ele cobrava o dinheiro de todas as noites não pagas. As minhas, mas também as de Gatinho e Andréa. Escorreguei entre seus dedos, como num passe de mágica. E fui parar nos recônditos de um armário de fundo duplo.

Saí do meu esconderijo e deixei definitivamente o hotel. O espectro do bom amigo me seguia nas ruas ainda desertas da manhã. Pegamos o primeiro trem. Eu poderia ter me escondido embaixo dos bancos, entre os assentos. Quem teria me notado? Subi na plataforma, escapando da vigilância do chefe da estação, até chegar ao primeiro vagão. O maquinista, pela janela aberta, mascava chicletes. Ele se voltou a mim. Sobre seus ombros, a cabeça do diabo. O organista da Treille vestia um colete azul e um distintivo da Sociedade Nacional dos Caminhos de Ferro. Abriu a porta e me estendeu a mão:

— Suba. Você vai perder a partida.

Sua barba cortada em ponta ainda brilhava como metal. Ouvi os apitos. Luzolo, aéreo, girava à minha volta. O maquinista do trem insistiu uma última vez:

— O trem vai dar a partida.

Estendi-lhe a mão, e ele se instalou ao meu lado, no banquinho.

— A SNCF te oferece a viagem. Presente da companhia nacional.

O trem partiu da estação Lille-Flandres. A carcaça de ferro se roía pelos trilhos. Os campos rosas de uma manhã fresca. Em algumas horas, as nuvens invadiriam o céu. O espectro se derreteria na névoa, desapareceria entre os sopros e as correntes no meio da paisagem vaporosa e dos campos abertos. O ferroviário se concentrou no entrelaçamento dos corredores e das vias. De braços tatuados, cabelos presos na nuca. Um sorriso largo dividia, de maneira contínua, seu rosto.

— Eu andei por aí — ele acabou por me revelar no meio do caminho. — Andei por aí. Na França e além. Não há nada para se preocupar nem para esperar.

*(Notas e observações para a redação do Manual –
recolhidas durante minhas conversas, minhas viagens,
rabiscadas nas estradas)*

RESSENTIMENTO

*O homem divaga, grita e se repete. Vítima entre bandidos que
não se preocupam com nada. Ele se lembra e não esquece. Lança
um olhar reticente à sua volta. E infeliz, amargo, cultiva o veneno do rancor.*

*Ele exige que aqueles que o quiseram destruir sejam destruí-
dos. Inveja os sucessos. Se compara incessantemente. Inveja as vitórias que não são suas. Os sucessos dos outros são sempre crimes
e espoliações, e revelam, para todos verem, seu infortúnio.*

*Porque a vida não lhe deu nada. A vida, nós sabemos, tem olhos
sempre para os mesmos. Aqueles que receberam beleza, saúde, riqueza, por um feliz acaso da natureza. Aqueles cuja própria existência mancha os dias e as noites dos doentes, dos vesgos, dos fracos.*

*Foi assim que, pequeno, mesquinho, ele encontrou seus ami-
gos. E ele forma com eles um grupo de canalhas: o exército dos
vencidos. Juntos, sonham em pôr o mundo de cabeça para baixo.
Para impor a justiça mais terrível: a da maioria. Aquela que destrói as almas da elite. Beneficia os negros e os aleijados. Instala o
reino infinito da mediocridade.*

*Ô, Humanidade, Humanitas – atis! Seu declínio está ligado
à ação de uma multidão de médios e pequenos, que trabalham
para que nada ultrapasse. E que mexe, desde que o dia se levanta, a bílis que aquece suas entranhas. É preciso esperar o controle
soberano. O que eleva e reafirma a raça, a linhagem. Para esmagar os ratos, os piolhos que querem acorrentá-lo.*

Eu conheço o refrão — os cabelos loiros, os torsos musculosos e viris. Os palhaços e os poetas que exaltam o sangue contra os vícios democráticos.

O tempo de humores azedos acabou. Nem raça eleita, nem direito divino. A vastidão de um horizonte plano e sem fim. Em um mundo onde o último dos mendigos não quer ser rei, onde o nascimento não implica nenhuma herança, onde a pele não é a marca de nenhuma infâmia. Neste mundo, nada justifica as hierarquias. O que ordena o superior e o inferior. O que eleva o traseiro acima do coração.

Volte para trás, Pastora! Volte para trás, Pastor! Os vilões vão devastar tudo. Eles pisam com seus cascos os passos verdejantes. As ovelhas, em pânico, encontram refúgio na boca da raposa.

Não houve derrota. Esquecer disso é pura preguiça. A lembrança exige vivacidade, tônus muscular. Drogas, vitamina contra o pensamento das vísceras. Nunca se deve dar a quem quer que seja o prazer de esquecer. A memória é a vitória daquelas e daqueles que o mundo deseja esquecer.

A raiva é uma intempérie. Ela queima os castelos, arranca os telhados, afunda os navios, derruba lixos no Campo de Marte. Aplaude a debandada das grandes cavalgadas. O dia de luz é o dia dos condenados.

IV
O CAOLHO

1.

A capital era bonita como um cartão postal. Nós havíamos chegado a Paris. A cidade, insolente, mostrava suas avenidas, seus bulevares, e recusava as marcas do tempo. O centro só gostava de pedras grandes, fachadas regulares, avenidas ladeadas de árvores. Da repetição nascia a harmonia, as deformidades e as torres cinza tinham sido empurradas para a periferia. A cidade olhava do alto seu povo. Aquele que se escondia na neblina, mas que conhecia, no entanto, seus mínimos recônditos. O traçado dos subterrâneos, o entrelaçamento das passagens, os pontos onde as ruas bifurcam e cessam seu curso retilíneo.

O desânimo sempre tomava conta daqueles que chegavam à capital. Quando eles olhavam em todas as direções possíveis, percebiam simetrias, linhas suaves e idênticas. E, no entanto, a cidade era densa, embora dormisse em horários regulares. Ela reprimira sonhadores e desafortunados. Dissera-lhes para circular, ir a outro lugar. A periferia os engolira.

Em blocos de apartamento tão altos, que quase alcançavam as nuvens.

Meu bom amigo e eu deambulávamos na frente das vitrines. Eu estava com fome. Me esgueirava pelo vão das portas e surrupiava o que encontrava pela frente. Um nada, uma joia, uma bolsinha, um sapato. As bolsas estão sempre mal fechadas. Eu seguia as pessoas, com seus passos lentos, distraídas, e limpava seus bolsos. O bom amigo rondava em cima das cabeças. Ele vigiava os transeuntes lunáticos. Quando notava um bolso bem recheado, me enviava um sinal. Eu avançava, sem ser vista nem conhecida, levando o que minhas mãos encontravam. Chaves, moedas. Um lenço. Uma carteira. Notas. Vagar era um voo. Vivia da riqueza dos outros, pegando o que possuíam. Nem crime, nem delito, apenas um justo acerto de contas. Eu não sabia em que circunstâncias o que roubava havia sido obtido. Não era preciso se preocupar com isso. A justiça nunca é uma questão de escrúpulos.

Houve algumas refeições bem servidas, algumas dormidas em bancos ao longo do Sena. Noites em claro em que Luzolo lançava seus longos discursos. Paris era seu novo alvo. Os pombos mutilados do parque de Notre-Dame. As árvores em luta contra o concreto. A poeira levantada pelos pneus dos carros. Porém, quando o sol desaparecia e abraçava o leito do rio, a cidade dava a impressão de prometer alguma coisa. Ela se punha a falar, a murmurar nas orelhas dos moradores. Dedicava-lhes uma beleza que não apagava nem a fúria, nem a agitação.

O povo queimou o trono em Tuileries. Bloqueou certo dia a ponte de Austerlitz. Houve multidões que empurraram os portões das fortalezas cantando. A cidade foi às vezes sombria como uma alucinação. A cidade foi às vezes escura como um estandarte.

Era preciso poder imaginar isso, apesar do brilho artificial dos postes de luz, das publicidades luminosas dos centros comerciais. Era preciso imaginar que nem tudo era tão polido. Todos os campos conheceram vitórias, derrotas. Às vezes esmagadoras, às vezes sublimes. Mas nenhuma história realmente acabara. Algumas tentavam apagar outras, mas quase não conseguiam. Porque a cidade foi perfurada. Galerias, corredores, túneis. Era possível se abrigar ali. Bastava não ter medo do que pudesse ser encontrado. Uma fauna que temia a claridade do dia. Uma vegetação desgrenhada, que desafiava a solidez dos muros. Vidas perdidas, que deixavam suas tendas sob as pontes para se proteger da chuva. Quando outros escondiam um cadáver ou continuavam em paz com seus truques, seus tráficos.

Dormíamos perto dos abrigos improvisados, instalados ao longo do canal Saint-Martin. Nos jardins públicos. Havia favelas na estação Porte Dorée. Um acampamento em La Chapelle. Eu me limpava de manhã nas fontes de água potável. Era despertada pelos pássaros, que assobiavam já nas primeiras horas do dia. Não conheci de fato o inverno, nem o outono, nem a primavera. Só um corredor cinza contínuo, às vezes chuvoso, às vezes sufocante.

Nós nos aquecíamos à noite, esgotados. As luzes se acendiam, uma a uma. O trânsito se apagava. As lojas fechavam, as pessoas voltavam para casa. A arrogância da cidade desabava — ela calcava o ritmo das vidas regionais que menosprezava tanto.

Em busca de como sobreviver. Seguindo o Sena, aterrissamos nos bairros nobres. Nas ruas geométricas do XVI° *arrondissement*. Nas faixadas brancas dos hotéis particulares[*]. Uma

---

[*] tipo de construção arquitetônica residencial, muito presente em Paris, com largos espaços e um pátio interno, destinado a abrigar famílias mais abastadas, a partir do século XVI. (N.E.)

senhora idosa e seu marido passaram por mim e se assustaram. Eles eram tão pequenos — vértebras comprimidas, ossos frágeis. A senhora se agarrou em seu marido. Este último tomou coragem e me empurrou com sua bengala. De modo que tropecei e fiquei caída no meio da rua. Um caminhão de entrega quase me atropelou. Devo minha sobrevivência à vigilância de Luzolo, que começou a gritar para me alertar do perigo. Mas a máquina me atingiu mesmo assim, me fazendo rolar até o outro lado da rua, contra um portão. Caí de novo com força no chão. O bom amigo girava em cima da minha cabeça. Abri o olho. Um galo atrás do crânio. Luzolo, de repente, sussurrou:

— Olha onde você foi parar!

Um cartaz estava pendurado no portão: *Procura-se garçom/garçonete. Período integral.* Comecei a bater na porta de ferro. A bater bem forte. Sem resposta. Esperei num canto e espiei as idas e vindas em volta do edifício. À esquerda do portão, uma placa: Pensão Nicolo. Correios e Telecomunicações. A porta acabou se abrindo, jovens rapazes escapavam do lugar. Aproveitei para deslizar para dentro do prédio, envolto por um jardim quase abandonado. A grama crescia em todos os sentidos e invadia a passagem principal. Sacos de lixo se empilhavam uns sobre os outros. Um velho estrado quebrado dormia em um canto do pátio. Caixotes de madeira abandonados sobre o cascalho.

Corredores, quartos, banheiros. Um grande refeitório. No fundo de um corredor, no piso térreo, os escritórios da administração. Vozes altas, irritadas, se voltavam umas contra as outras. Se provocavam. Eu distinguia algumas palavras. Elas evocavam o futuro do lugar, que já parecia condenado.

2.

— Eu vim por causa do anúncio!

As vozes se calaram. Os olhares, surpresos, escaparam em todas as direções. Uma senhora, de uns cinquenta anos, parou de brincar, nervosamente, com o fio do telefone. O homem à sua frente transpirava. Vestígios de suor formavam auréolas sob suas axilas. Levantei o tom da minha voz. Eles me olharam, perplexos:

— Eu vim por causa do anúncio!

— Que anúncio?

— Aquele no portão de entrada. Estou interessada.

A mulher me examinou demoradamente, enquanto seu colega suspirava. Eu acabava de interrompê-los. Ela se reclinou no encosto da cadeira e se virou para o homem, que permanecia de pé.

— Ao mesmo tempo... Não é tão complicado. E podia resolver a vida de todos.

O homem não respondeu. Ele me observava com nojo. Seu nariz rosa tremia. As narinas faziam pequenos movimentos imperceptíveis. Eu cheirava mal. A senhora retomou, sem esperar a reação negativa de seu colega:

— Você sabe onde está botando os pés?

Fiz que não com a cabeça.

— Em uma pensão. O último bastião solidário dos Correios e Telecomunicações.

Ela interrompeu um momento, tirou um folheto e me entregou.

— Aqui, recebemos todos os estagiários que passaram no concurso dos correios. Eles vêm da França inteira. Ilha da Reunião, Guadalupe, País Basco, Bretanha... Cinquenta rapazes e três garotas. Nós os formamos, eles saem com diploma.

Depois são transferidos. Os sortudos voltam para casa. Os outros descobrem regiões inesperadas da França.

Sob seu casaco, um cartão. Ela era a diretora da pensão da rua Nicolo, no XVI° *arrondissement* da capital. O homem, que suava gotas espessas: seu assistente. Ela me explicou, em detalhes, o serviço a ser realizado. Os jovens estagiários afetados destacados para Paris viviam e dormiam na pensão. No fim de semana, voltavam para a casa; o prédio se esvaziava. Durante a semana, faziam suas refeições de manhã, ao meio-dia e à noite. O refeitório fechava às vinte e trinta e abria às cinco horas da manhã. Tudo era entregue, bastava apenas servir e esquentar a comida. O funcionário do refeitório fora embora em janeiro, arranjara emprego em outro lugar. Em agosto, a pensão fecharia definitivamente suas portas. Ela havia sido vendida a particulares que queriam transformá-la em clínica privada.

— É assim que o Estado dilapida seus tesouros. Vende a preço de banana seu patrimônio, e não sobra nada para a coletividade.

— Não vamos refazer o mundo — retorquiu seu assistente.

— Se o emprego lhe interessa, saiba que, em seis meses, nós fechamos. Em agosto, você precisa procurar outra coisa. Sobre o salário, é melhor que nada. Você pode fazer todas as suas refeições aqui. Tem que chegar às dez horas para preparar as duas refeições do dia. Com o café da manhã não precisa se preocupar.

O assistente me encarou, cismado:

— Nós não vamos contratá-la assim, vamos? Olhe para ela! Não sabemos nem de onde saiu!

— Ninguém está interessado no emprego. E, de qualquer forma, ela estará aqui por menos de seis meses. Vou lembrá-la novamente: vamos fechar.

Luzolo se jogou em cima do assistente e tentou, em vão, criar uma tempestade. Quando os espectros ficam nervosos, o céu se embala e cai sobre você. O assistente fechou a cara e correu para o escritório. A diretora tirou um contrato que assinei sem sequer ler. Ela chamou alguém no corredor. Uma senhora apareceu, de blusa azul.

— Béatrice, esta é a nova funcionária do refeitório. Cuide dela hoje. É seu primeiro dia!

A energia inesperada do tom reacendeu a dor do meu galo na cabeça. Segui Béatrice, que quase não falava enquanto atravessávamos os corredores vazios da pensão. Os jovens tinham ido embora. Voltariam por volta das treze e deslizariam suas pernas cansadas sob as mesas do refeitório. Béatrice me deu uma blusa. Ela caiu na risada.

— É muito grande para você!

Lembrei-me de minha avó e Odette, que desapareceram por meses sob montes de tecidos. Elas refaziam roupas, costuravam descosturas, retomavam cortes. O que teria acontecido com elas? O que aconteceu depois que sumi? Às vezes ainda podia ouvir fragmentos de suas vozes, que em seguida desapareciam em uma neblina espessa. Béatrice me tomou a blusa das mãos com doçura:

— Vou diminuí-la para você. Vai ficar muito larga, mas ao menos você não vai andar por cima dela! Se quiser ficar à vontade e tomar um banho quente, use os sanitários, à sua direita.

Béatrice não fez nenhuma pergunta. Não me perguntou de onde vinha nem quem eu era. Não gostava de se intrometer na intimidade dos outros. Uma distância educada, calorosa, costuma ser a mais sólida das generosidades. Ela me estendeu uma toalha.

— Me encontre em dez minutos. Tem café quente no refeitório. Bem forte.

Recolocou suas luvas de borracha, pegou um balde e a vassoura. Subiu as escadas e terminou a limpeza das partes comuns.

Eu a encontrei um pouco mais tarde, na frente do portão. Não havia mais trânsito. As avenidas estavam calmas.

— Você chegou para o melhor momento da manhã. Estou recolhendo a merda. Quilos de merda que encontramos neste bairro.

Béatrice ficou encantada com o efeito que suas palavras produziram em mim. Ela limpou a garganta:

— Os ricos daqui põem seus cachorros para cagar no portão da pensão!

No coração dos bairros nobres, uma luta subterrânea selava solidariedades inéditas entre senhores e empregados. Ela foi lançada pelos porteiros dos imóveis, indignados com a proximidade com os jovens trabalhadores.

Os funcionários entraram numa cruzada muda. Armados com cachorros. Eles faziam rondas em torno da pensão, rechaçavam toda dejeção animal. O povo não devia ficar muito à vontade neste território que não era seu.

Então, a cada manhã, há mais de um mês, Béatrice, com as mãos em luvas de borracha, apagava as marcas desta incivilidade esnobe. Escovava o portão com enxofre, espalhava o pó amarelo por toda a calçada. Derramava litros de desinfetante na rua. Se pudesse, dispersaria venenos de rato, admitiu ela.

Os cachorros não ousavam mais passar na frente da nossa porta. O trajeto dos passeios foi alterado após as lamentações dos animais. Os produtos de limpeza irritavam suas narinas delicadas. A entrada da pensão se tornou novamente limpa. Mas rostos, alguns olhos, apareciam às vezes, atrás de uma cortina, atrás de uma janela. Eles salientavam planos sombrios contra essa equipe de mendigos que ganhara uma batalha, mas nenhuma guerra.

3.

Os primeiros hóspedes da pensão foram chegando aos poucos por volta das treze e trinta. Os pratos eram aquecidos em banho-maria; os jovens se alinhavam em fila, com suas bandejas, e se serviam diretamente. Eu cuidava para que o buffet estivesse bem cheio, para que os talheres fossem suficientes. Os hóspedes me descobriram, surpresos. Alguns me cumprimentaram mecanicamente, meio sonolentos. Outros riram descobrindo a minha laia. Nenhum fez piada sobre mim. Eu já pertencia ao cenário. À noite, depois do segundo serviço, eu fechava a cozinha. A partir das vinte e duas horas, não se ouvia mais nada. Nenhum ruído. A calma dos dormitórios.

Encontrei um esconderijo na lavanderia. Me instalei atrás dos lençóis que Béatrice estendera pela manhã. Peguei um travesseiro, me enrolei em uma coberta e aproveitei da minha primeira noite em um lugar limpo, fechado. Luzolo me visitava durante os momentos de calma que antecedem o sono. Ele soprava em meu ombro, indiferente às minhas pálpebras piscando. Encorajava as Ideias. Logo antes da extinção completa dos fogos. As linhas do Manual se traçavam enquanto eu dormia. Bastava que anotasse ao acordar o que as sombras haviam ditado. Nossos sonhos eram povoados por ruínas. O bom amigo caminhava comigo; e, juntos, descobrimos um deserto. Aquele que se oferecia aos viajantes, aos vagabundos — na nudez da fé, a teimosia sonhadora do desejo.

Um neon amarelo se iluminou. Alguém entrou na lavanderia. A porta se fechou e o neon se apagou. Deviam ser cinco horas. Escondi minhas coisas atrás de uma máquina de lavar, dei uma volta no cômodo. Ninguém. Uma fila de zumbis, muda e disciplinada, esperava na frente do refeitório. Béatrice estava servindo o café da manhã com pressa. Ela abria as portas da cantina. Estava voltando para a lavanderia quando dois caras se aproximaram de mim:

— Você é a novata? Nós te vimos ontem no refeitório.

O primeiro, calmo e risonho; o segundo, cheio de músculos:

— A cada dia, Deus dá a dor e a alegria! Depois de trabalhar duro, merecemos comemorar ao fim do dia!

Eles pareciam se afastar, mas voltaram até mim e acrescentaram:

— Um amigo vai fazer uma festa. Agora é oficial, ele é funcionário dos Correios. Encaminhar correspondências. Entregar cartas registradas, encomendas da maior importância. Falar com vovós nas calçadas, apertar a mão dos comerciantes. Isso merece ser comemorado!

— Sim! — acrescentou seu colega. — E, para uma festa ser boa, precisamos de mulheres.

Ele parou, perplexo, e retomou:

— Só tem três meninas aqui, para uns cinquenta rapazes. Com você, agora que faz parte da casa, já são quatro! Bom, não dá para contar com a diretora, ela está fora da jogada... se você vier, será tratada como rainha. Você vai ter que escolher entre os cavalheiros. Sedentários e esportivos. Um loiro com porte celta. Temos especialidades também: um negro, um caolho e um com lábios leporinos. Vinte horas. Quarto do fundo, segundo andar.

Os dois indivíduos me deixaram bem no meio do corretor. Tive um mau pressentimento.

Os passos de Béatrice nas escadas marcavam o início da manhã, o dia de trabalho começava.

No dia seguinte, de madrugada, de novo. Uma tropa, em fila, se aglutinou na frente do refeitório. O despertador dos pensionários fazia as paredes ressoarem. Cochichos me tiravam do sono. Entravam na lavanderia.

O Manual, arma de defesa veloz, colocado no chão. Mais nenhum barulho. Entre os lençóis, silhuetas se moviam na penumbra. Luzolo percebia seus deslocamentos e me indicava cada um de seus movimentos. Eu tentava confundi-los e ganhar de volta o corredor, quando uma mão me alcançou.

— Peguei! Ela está aqui! — exclamou uma voz.

Os dois garotos da véspera se jogaram contra mim.

— Ela está morando na lavanderia. No subsolo da pensão. Como um rato. Bem no meio dos lençóis limpos. Com o uniforme dos grandes dias: blusa azul bem larga, luvas de borracha! Pessoas como você não respeitam o serviço público... isso me dá nos nervos.

Luzolo circulava no ar. Como poderia me ajudar? Ele não tinha mais nem músculos nem carne. Suas narinas fumegavam.

— Você merece uma punição.

— Uma verdadeira punição para chutar essa bunda de macaca. Ora essa! "Que gracinha, ora essa!"

Eles me empurraram contra a parede. Luzolo tentou trazer os espectros da região. Ele chamou todos os mortos da vizinhança. Dos fantasmas burgueses dos bairros nobres aos defuntos perdidos dos cemitérios. Só uma pequena corrente de ar levantou os lençóis. Ela não era forte o bastante para derrubar fachadas, reunir uma assembleia de pesadelos. Os dois rapazes apertaram meus punhos.

— Nós te vimos entrar e se esconder como uma barata. Vimos e vamos te denunciar!

— A menos que a sua boquinha faça um bom trabalho.

Eles me pegaram pelo pescoço. Uma dor furiosa, como um eco vindo do limbo. O som repercutia em meus tímpanos e ampliava a potência da minha voz. Gritei, sustentada por um sopro espectral. Os dois loucos, eletrizados, comprimiam minha nuca. Meus rugidos se intensificavam, aumentavam a brutalidade de seus punhos.

Então, alguém começou a bater na porta. A bater cada vez mais forte. Martelava sem cessar, golpes repetidos que interromperam os gritos. A porta se abriu, a luz se acendeu.

— O que está acontecendo aqui?

— Oh! Nada, nada... a gente estava só brincando... Sabe de uma coisa? — me disseram os dois caras se voltando a mim —, pelo menos a gorda da sua amiga Béatrice é engraçada!

Saí rapidamente do cômodo. Luzolo, agitado, se lançou nos ares como uma chama louca. Os dois monstros se aproximaram do jovem e lançaram, antes de desaparecer nos corredores:

— Mais uma história de sindicato!

4.

Uma mecha escondia seu rosto. Ele era alto e caolho. Observou minha cama improvisada, pegou minhas coisas e fez sinal para o seguir. Depois, vieram as portas. Um longo corredor cinza. Um cômodo, cortinas fechadas. Todos os ocupantes tinham ido embora. Na quarta cama, um pensionário ainda estava dormindo. Ele acordou, assustado.

— Quem é?

— Sou eu, Hakim. Estou acompanhado.

Hakim se levantou, acendeu com dificuldades um abajur. Ele me reconheceu logo — a garçonete do refeitório. Vestiu uma camiseta, abriu as cortinas, antes de se enfiar novamente em suas cobertas. O caolho tirou um colchão que se encontrava debaixo de uma cama.

— Pode descansar aqui. Pode ficar aqui o tempo que quiser. Não vai incomodar ninguém. Pelo contrário.

Hakim esfregou os olhos e repetiu em seguida do caolho:

— Ao contrário!

Peguei um lugar no colchão. O caolho se sentou em uma cadeira, enquanto Hakim engolia o resto de um pão doce abandonado na mesa de cabeceira. Dois outros pensionários compartilhavam o quarto. Eles tinham ido, naquela manhã mesmo, ao centro de seleção e voltariam, como todos os outros, um pouco antes das catorze horas.

Hakim era estudante; seu pai, carteiro; uma cota dos quartos era reservada aos estudantes cujos pais trabalhavam na empresa. Hakim escolheu literatura — para o grande desgosto da família. "Isso não vai te levar a lugar algum", repetiam constantemente, mas o deixaram livre para fazer a sua escolha. Sob seu edredom, livros. Sonâmbulo, ele acordava e pegava maquinalmente um livro, que folheava e colocava contra seu peito, voltando a dormir.

A cama do caolho era bem em frente à de Hakim. Estava perfeitamente arrumada, como em um acampamento militar. No chão, uma caixa de papelão repleta de folhetos, jornais, dobraduras, arrumada simetricamente. O caolho, divertido, me estendeu um. Ele convocava a um grande encontro, em menos de um mês, para salvar a função pública e os empregos. Uma manifestação popular — em Paris, em toda a França, o povo se encontraria e cantaria nas ruas para defender seus direitos, contra o "a precarização social".

Depois do serviço do almoço, todo o quarto ficou completo. Hakim mergulhava em suas leituras. O caolho escrevia, caído no encosto de sua cadeira. Gérard e Brunet tinham chegado, esgotados por terem acordado de madrugada. Quando apareci na porta, eles me receberam todos alegres. Gérard e Brunet se inclinaram. Começaram as apresentações.

— Gérard e Brunet! Os gêmeos! Gérard nasceu às seis horas. Brunet, às seis horas e sete minutos. Sete minutos que fazem toda a diferença. Gérard é loiro, Brunet é moreno. Na verdade, Brunet não é seu nome verdadeiro. Ele se chama Bérard. Mas Bérard e Gérard dava muita confusão. Então ele foi logo rebatizado.

Brunet se levantou, fez uma reverência e se sentou em sua cama. Cortando o caolho, Gérard continuou:

— É um prazer te conhecer. Um grande prazer. Na sua frente, o tesouro da pensão. Hakim. Nosso estudante. O único deste quarto que fez faculdade. Ele vai longe. Será escritor. Apostamos que sim. E o caolho é o presidente. O futuro presidente. Quem vai acabar com toda essa merda. Vamos em frente!

Gérard e Brunet encontraram o caolho quando chegou à pensão. Eles militavam na mesma organização sindical e preparavam, havia alguns meses, a grande manifestação de primavera. No dia 21 de março. Muitos eventos políticos o antecederam: o ajuntamento para a defesa do serviço público, em janeiro; a mobilização contra o governo, no começo de fevereiro; o grande encontro comum na praça da República, no fim de fevereiro. Depois da manifestação da primavera, previam uma caminhada intersindical e solidária em abril. Depois, no Primeiro de Maio.

Gérard e Brunet vibravam esperando o Primeiro de Maio. O bisavô deles era de Fourmies. Ele lhes contara, quando eram crianças, como as tropas francesas atiraram na multidão pacífica de grevistas fazendo nove mortos, no Dia Internacional dos Trabalhadores. A memória dos eventos se transmitiu, de boca a boca, de orelha a orelha, fixando uma vez por todas as convicções familiares.

— É preciso despedir todos os inúteis que nos governam.

— Já é tempo... porque nossa democracia está muito desgastada!

— Colocar o povo no centro de novo, contra o poder dos bancos e das finanças.

— Mas onde está esse bendito povo? — lançou o caolho. O enigma do povo fantasma, que assombra os sonhos da grande mudança...

Os quatro companheiros me falaram do fechamento da pensão, previsto para agosto. Contaram que a direção pediria aos funcionários que fizessem as malas na metade do mês de junho. O Estado dilapidava a função pública. Os Correios e Telecomunicações seriam privatizados. No centro de seleção, sindicalistas haviam sido intimidados. Alguns receberam uma notificação por incitarem o encontro do dia vinte e um de março.

— No mês de junho, vou voltar para Saint-Malo — me disse o caolho. Toda a minha família mora lá. E aquela que torço para ser minha mulher. Vou me casar no primeiro dia de verão; não sei por que isso me deixa supersticioso.

Hakim conhecia Saint-Malo e estaria presente na festa. Ele encontrou o caolho alguns meses antes, nos primeiros luares de setembro. A amizade foi imediata. Eles passaram alguns fins de semana juntos, na Bretanha, e, no coração da cidadela, fundaram a Amizade dos Piratas. Atacavam os servidores do rei, que defendera as muralhas da cidade nos séculos passados. Tiravam da rota navios negreiros vindos dos mares do sul. Saqueavam os navios que vinham das Índias. Atrás dos fortes, alimentavam sonhos de motim. Se imaginavam no meio de equipagens coloridas, bagunçadas, indisciplinadas, percorrendo mares, lutando contra exércitos regulares, embarcando com eles todos os naufragados. Aqueles que a terra vomitava, rejeitava, empurrava para o mar. Gérard e Brunet entraram na Amizade no dia do Ano-Novo. A partir de então, os quatro companheiros me convidavam a fazer parte de seu próprio navio. Era preciso juntar as multidões, organizar o formigueiro.

5.

As manifestações dos meses de janeiro e fevereiro não juntaram muita gente. As manchetes da imprensa haviam martelado, por meses, o fracasso dos sindicatos. O governo aproveitou para acelerar o ritmo das reformas. A rua ficara silenciosa. Os diferentes cortejos, nus, dispersos. A população aprovava a política do Estado, clamava por toda parte: o vento da modernidade soprava em um país que, uma vez maduro, enfim aderia ao espírito de empresa.

Uma caixa de folhetos reinava ao pé da cama do caolho. Alguns precisavam ser usados para a mobilização da primavera. O caolho, Hakim, Gérard e Brunet conheciam as temporalidades políticas. Elas seguiam o ritmo das estações. Os maiores acontecimentos populares ocorriam entre o fim do mês de março e o começo do outono. Não dava para contar com o inverno, nem com os meses de julho e agosto. Sete meses de doze para fazer o mundo tremer. Toda a pensão desfilaria, unida, sob uma única divisa: *Contra o fechamento da pensão Nicolo. Contra a austeridade. Carteiros em luta.*

As tardes do mês de março foram dedicadas ao debate, à escrita de folhetos e slogans. Desfilavam nos quartos para oferecer ajuda, organizar a distribuição no centro de seleção ou apenas conversar. Uma única questão: como mobilizar ainda mais do que em janeiro e fevereiro? Como fazer florescer a primavera?

— Precisamos parar de dizer que somos "contra" — replicaram, modestamente, Gérard e Brunet.

— É melhor ser afirmativo. Mostrar que temos um projeto, que defendemos uma visão — retomou o caolho.

Hakim tirou um caderno e começou a ler alguns parágrafos que ele escrevera. O caolho escutava. A respiração de Luzolo deslizou entre minhas orelhas. Hakim leu primeiro um poema. Gérard e Brunet lançaram assovios de admiração. Depois ele se pôs a detalhar um plano de batalha. Algumas frases, densas, bem ordenadas, preparavam outro mundo. Outro lugar. O bom amigo me cochichou que ele nunca ouvira nada mais bonito. Essa é uma voz, me dizia ele, que podia levar o Manual aos seus voos mais ricos.

Quando Hakim terminou, peguei meu Manual. O caolho, Gérard e Brunet me encaravam. Meu sono estava povoado de Ideias, de sonhos que forçavam muros, obstáculos, no amanhecer do dia. Depois da minha leitura, Hakim me tomou longamente em seus braços:

— Você é a coluna da nossa Amizade. Suas Ideias brilham como um raio!

— Filha da neblina e do trovão!

O olho do caolho brilhava como fogo. Reunindo nossas Ideias, produziríamos um belo manifesto. Ele seria lido nos primeiros dias da primavera e retomado em coro por uma multidão compacta, indivisível. Em um vinte e um de março. A terra se levantaria e poria o mundo de pernas para o ar. Os ventos tomariam Paris, o granizo cairia sobre a cidade. Nuvens se agitariam entre poderosos raios de sol. A primavera das pragas, a primavera das calamidades. E sob a chuva caindo no Sena, sob a tempestade, que levaria tudo... tetos, bicicletas, janelas, imóveis... renascer.

Ficamos juntos acordados. Estávamos sentados, em círculo, no meio do quarto. Os abajures iluminavam nossas folhas. Uma luz delicada inundava o rosto do caolho. Cicatrizes rosadas envolviam um olho que quase não via o dia. Os cabelos loiros e espessos recobriam sua nuca. Parecia um gigante, pronto para atacar a cidade. Ao seu lado, os camaradas do quarto não impressionavam: três fiapos de gente, de tamanho médio.

As Ideias nos chacoalharam como pauladas. Ter uma Ideia é traçar um território. Um lugar onde os sonhos nunca faltam. Não existe país árido. A colheita cresce sob o sol. É preciso ser agricultor, camponês, antes de ser arquiteto. O trabalho antecede a construção de prédios. As Ideias brotam diretamente no chão. Ficamos acordados até as quatro horas da manhã. Hakim e eu mantínhamos a cadência. Brunet não dormiu. Gérard não precisou beliscá-lo no primeiro ronco. O caolho concordava, decidia, dava sua opinião final. Quase não ouvimos as primeiras batidas na porta. Os pensionários se levantavam e corriam para a ducha. Nossos hálitos pastosos, nossas pálpebras inchadas. A noite insone maltratava nossos rostos.

Estávamos prontos para o vinte e um de março. Um primeiro jato de dez páginas. Um manifesto. "Podemos destruir um mundo sem justiça impunemente." A palavra de ordem, era preciso imaginá-la, seria retomada em coro por toda a população. E veríamos saírem dos esgotos passagens, dos entrelaçamentos de ruas, de trás de cada recôndito pequenos homens e mulheres que não valiam nada. As avenidas seriam invadidas pelas sombras, e Paris, mais uma vez, escureceria.

Os rumores da cidade estavam a pleno vapor. Luzolo ouvia tudo. Ele me trazia os cochichos, os fluxos e refluxos de ar. Suspiros, murmúrios que corriam soltos entre os bulevares e as avenidas. Paris era povoada por espectros; e eles não haviam dito suas últimas palavras.

Nos corredores da pensão Nicolo, a Amizade dos Piratas se organizava. Gérard e Brunet, içados no mastro, gritavam à equipagem reunida sob a ponte:

— Terra! Terra!

E o caolho, no comando, puxava o leme, lançando em um grito de alegria:

— Peguem as amarras! Dá para ver, lá longe, a ponta da folhagem. Não há torre nem pedras. Nem banco, nem exército, nem tribunal.

Hakim e eu corrigimos uma última vez o manifesto. Reproduzi uma cópia no Manual. Nós o lemos todos juntos, enfim reunidos, após nosso dia de trabalho. Era um primeiro de março. Em vinte dias, toda a pensão partiria, como um único homem, pelas ruas da capital.

6.

O caolho estava em pé. Hakim, vestido. Gérard e Brunet, tomando banho. Um grupo se reunira no saguão da pensão, com faixas, vuvuzelas e cornetas. Os escritórios da administração estavam fechados. O refeitório não abrira as portas. Vaivém nos corredores. Gente percorrendo depressa as escadas. Nos interpelávamos, de quarto em quarto. Por um casaco encerado. Óculos de ski ou de mergulho. Ou ainda alguns últimos conselhos: "Não se esqueça de não coçar os olhos. E de pegar a carteira de identidade."

Descemos os cinco, o caolho na frente, para encontrar o grupo no saguão. Nos aplaudiram. Tínhamos um brilho bonito. O caolho, cercado pelo poeta e pelos gêmeos. Eu estava atrás, um pouco afastada, encantada com a impressão que deixávamos. O caolho pegou uma placa: Não à destruição da função pública. Não ao fechamento da pensão Nicolo. Ele se virou para nós e, com uma voz potente, enérgica, gritou um vibrante "Avante!".

Cinquenta almas se puseram em movimento e atravessaram as ruas do XVI° *arrondissement*. Aplaudindo, na frente de cada banco, colando adesivos nos caixas eletrônicos. A diretora e o vice-diretor nos esperavam na estação de metrô. Quando nos viram, a diretora encheu os olhos d'água e se dirigiu aos transeuntes: "Nicolo não pode morrer. Vamos salvar a juventude! Vamos salvar os Correios e Telecomunicações!" Invadimos os metrôs cantando, batendo nos assentos. Alguns passageiros ficavam com medo, enquanto outros nos davam apertos de mão, entusiasmados: "Estamos juntos!" Um casal de octogenários, aterrorizado, fugiu do vagão. Assim que as portas se fecharam, nos lançaram: "Merda aos comunistas!" Todos os tempos se misturavam. Todos os espaços, todas as histórias. Não existe uma linha retilínea entre os eventos; eles se acumulam, se enlaçam e se prolongam entre si.

Descemos na estação République — as vuvuzelas, em fanfarra, respondiam. Na praça, já havia caminhões das organizações sindicais. Balões de partidos políticos. E, pairando no ar, marionetes gigantes dos doze membros do governo. Um grupo de adolescentes tirava foto na frente das caricaturas. E se revezavam atrás da máquina gritando: "Todos podres!" Em menos de vinte minutos, a praça foi invadida. O fracasso das manifestações de janeiro e fevereiro era apenas uma vaga lembrança.

O caolho me levantou e me pôs em seus ombros. Ao seu lado: Hakim e os gêmeos. À nossa volta: toda a pensão. E além: a imensidão da multidão. Eu sentia a respiração de Luzolo assobiando em minhas orelhas. O cortejo enfim começou a andar.

Do alto da minha torre a cidade se revelava. Eu estava bem firme nos ombros do caolho. A luz franca daquele vinte e um de março envolvia os corpos. Não iria chover. O sol acompanharia a longa caminhada de quatro horas nas ruas de Paris.

Hakim gritava. Gérard e Brunet não tinham mais voz. Sentimos todos uma emoção poderosa levantar o coração. A pensão se derreteu numa massa muito maior do que ela. Possuía um único pulmão, um único espírito.

Nos ombros do caolho, eu dominava a multidão. Formávamos os dois uma criatura estranha. Um titã desafiando o mandamento dos príncipes! Percebendo o que os outros não podiam ver. O entorno do cortejo pela segurança. Rostos que pairavam acima de nós, no helicóptero da polícia. Faixas de todas as cores que formavam um arco-íris. As crianças junto aos seus pais, que balançavam seus cartazes como se brinca com uma bola. As silhuetas que destoavam nas nuvens de fumaça.

Eu ouvia o murmúrio dos espectros que haviam tomado a cidade. Sua memória se apegava ao cortejo e o sustentava. Uma rajada de ar inflava o peito. Esquecendo-se das derrotas, da longa história de combates perdidos. De tiroteios, de túmulos de inocentes. Os fantasmas dos séculos passados aturdiam: as bocas lançavam gritos que impactavam o futuro. Progredindo, lentamente, até a place de la Nation.

De repente, tive pela primeira vez uma prova tangível: o mundo das superfícies estava cindido. Vi aparecer o que não esperava ou não esperava mais. A terra era um entalhe feito de linhas paralelas e reflexos. Sob nossos pés, um vulcão cuspia vidas. As bocas de esgoto se abriram; outra multidão de mulheres, homens e crianças veio se juntar à manifestação. Aumentando o número de manifestantes, explodindo nas artérias da cidade. Eles saíam dos subterrâneos e se juntavam alegremente à procissão. Gritavam também com todas as suas forças. Escapavam dos cantos, dos ângulos das ruas. Saíam das cavernas. Alguns, acostumados a ser confundidos com sombras, se deixavam iluminar pelo brilho da primavera. Fugiam das fissuras, deixavam galerias, aos montes, que furavam a terra. As portas dos imóveis se entreabriam, dali corriam indivíduos, às vezes sozinhos, ou em grupo.

Outra população irrompia na manifestação e juntava sua alma ao clamor popular. Mostravam seus rostos em plena luz do dia. Ninguém os distinguia ao certo, eles se confundiam com a multidão. Retomando, com uma mesma voz, as canções e palavras de ordem. Sentimos todos o barulho de nossos passos se intensificar, fazendo as calçadas tremerem. Dos ombros do caolho, eu vi o Reino. Ele submergia as ruas de Paris. Se esticava nas margens do Sena, beijava o asfalto, cada avenida, cada ruela. Vinha por toda parte. A imensidão humana irradiava, lançava faíscas aos astros. Eu via tudo isso, olhando de cima a caminhada. No topo de uma multidão imensa que se apropriava das luminosidades frias da primavera.

Paris se pôs a respirar. Descobri cada um de seus membros. Sua cabeça, seu coração, seu estômago. Suas vísceras. Senti seu pulso, seu hálito. O brilho dos muros da cidade, a insurreição das periferias.

Alucinados, Gérard e Brunet pensaram ouvir o som de mil badaladas. Os tímpanos de Hakim queimavam, confusos com o tumulto. O caolho balançava, empurrado para um lado e para o outro pelo movimento da caminhada. Ele tentava como podia se equilibrar, segurando minhas pernas com força para que eu não caísse.

Grupos de indivíduos começaram a se soltar do corpo da manifestação. Estávamos muito apertados, as avenidas eram estreitas. Há muito já havíamos passado da Bastille. O cortejo da frente entoou um novo canto, retomado em coro pelos manifestantes. Sindicalistas fizeram uma dança, levando com eles uma maré de crianças. Dois homens se beijaram na boca, esboçando alguns passos de tango. Um grupo de estudantes, fantasiados de cigarras, recitava fábulas, acompanhados por um conjunto de tubas. Ecologistas sacudiam imagens de ursos polares. Feministas com chapéu de burro. Clandestinos batiam em panelas. Trabalhadores gritavam: "Não vamos quebrar!" Pessoas sem nada — sem trabalho, sem família, sem teto. Profetas anunciavam o fim dos tempos. Cabeças nuas, rostos mascarados. Corpos cobertos. Esportistas, transeuntes do domingo. Alguns balançavam livros, outros estavam perdidos no telefone. Alguns contavam piadas, outros faziam uma cara séria. Nos perguntávamos como o evento seria retratado na imprensa nacional. Quais seriam as reações dos políticos. Porque sabíamos. Éramos milhares. As ruas transbordavam. Não podíamos acreditar no que víamos. A massa, a multidão nos inebriavam. Estávamos embriagados e firmes na marcha. Um sorriso beato não deixava os lábios de Hakim. O rosto dos gêmeos se iluminava. O bom amigo passeava entre todos nós.

Era um vinte e um de março. A seiva se embalava e protestava contra o inverno. Eu estava presa, em equilíbrio, nos ombros do caolho. Sólida como um pilar, em nenhum momento o fluxo o levou.

7.

Um urro estridente, gritos interromperam de repente a caminhada. Ouvimos vidros se quebrarem. A polícia tinha aparecido.

Caminhões cercavam os manifestantes, pegos numa armadilha. Era preciso evacuar. A tensão aumentou. Depois não vimos mais nada. Com a garganta seca, os olhos lacrimejando. O caolho caiu e me levou em sua queda. Ele se espatifou contra o concreto, quase esmagou Brunet, que se agarrava nos braços de Gérard. Hakim estava agachado, segurando os pensionários que deveriam ficar conosco. Juntos, formavam uma cadeia humana, pronta para desafiar a repressão. Apesar da tosse, apesar da queimação na garganta.

A polícia partiu para cima novamente. E foi um pânico geral. Os manifestantes começaram a se dispersar, correndo anarquicamente em todos os sentidos. Outros colocaram seus capuzes e escondiam os rostos atrás de lenços e óculos de mergulhadores. Eles arranhavam o chão da capital com o que encontravam. Com as mãos, as unhas, chaveiros. Se espremendo nas calçadas, apanhavam paralelepípedos, que se transformavam em poderosos projéteis.

Alguns pensionários ficaram com medo. Eles seguiram a diretora e o vice-diretor, que tentavam em vão fugir da manifestação. As portas do metrô estavam fechadas. A segurança filtrava as saídas e as passagens. Em todo lugar, escudos antimotim se erigiam em paredes impenetráveis. Alguns terraços, ainda abertos, serviam agora de abrigo. Grupos eram barricados atrás das cadeiras. Mesas aterrissavam no meio da multidão.

Luzolo sobrevoava a caminhada e seguia as manobras da polícia, dos manifestantes mais vingativos. Ele vinha rapidamente até mim:

— Rápido! Encontre um esconderijo!

Feridos se estiravam pelo chão. Uma senhora, já de idade, caíra na confusão. Ele me indicou uma boca de esgoto que estava aberta — tomada um pouco mais cedo por toda uma população invisível:

— Siga as galerias! Corra pelos subterrâneos!

Fui procurar o caolho e os gêmeos. Eles não encontravam Hakim. Tentamos refazer nosso caminho e o encontramos no chão sem consciência. O caolho o sacudiu. Ele voltou pouco a pouco a si. O caolho o tomou pelos ombros, e nos encontramos na boca de esgoto.

Fui a primeira a entrar. O lugar fedia. Era impossível imaginar que vidas haviam escapado de lá há pouco e puderam fugir por estes mesmos caminhos. Hakim foi o primeiro a me seguir.

Seus movimentos eram desastrados. Ele quase tropeçou. As barras da escada eram íngremes. Substâncias verdes, viscosas, se encrustavam na pala das mãos. Hakim me alcançou enfim e descansou contra as paredes imundas.

Foi a vez de o caolho passar pela escadinha. Vi aparecerem duas pernas grandes, que balançavam no vazio. Seu corpo era espesso, a boca de esgoto era estreita. A barriga do caolho ficou presa. Do outro lado, Gérard e Brunet empurravam seus ombros. Bastava forçar. Assim que o estômago passasse, o caolho deslizaria sem esforço.

Contribuí com o movimento puxando suas pernas. Hakim, apesar do cansaço, se agarrou em sua calça para levá-lo conosco. Puxamos, cada vez mais forte. Mas em vez de libertá-lo ficamos com suas calças na mão. O caolho ainda estava preso na boca do esgoto. A calça puxada para abaixo das panturrilhas. A cueca colada nas coxas. Sexo e bunda para o ar. Rosas. Uma massa de carne se contorcia à nossa frente. Um traseiro proeminente se agitava no esgoto.

Então, de repente, um grito de dor rasgou o mundo das sombras. Ele não vinha dos subterrâneos. Não, ele provinha de fora. O grito do caolho. Vimos suas pernas se imobilizarem de uma vez. Um medo estranho apertou nossos corações. Ele não se mexia mais.

Hakim e eu estávamos presos no subsolo. Adivinhávamos a confusão lá fora. Percebemos enfim um leve movimento. Tentamos liberar o corpo. Quando o caolho foi completamente puxado do outro lado, um raio de luz inundou nossos rostos. Depois, vimos a cabeça de Brunet:

— É grave! Fujam, meus amigos! Fujam! A gente se encontra na pensão.

Ao invés de correr pelos subterrâneos, Hakim subiu a escada. O caolho, enorme como um vulcão, estava estendido no solo. Socorristas ao seu lado. Ele ainda estava vivo. Mas seu rosto sangrava, desfigurado. O caolho não nos via mais. Ele acabara de perder seu bem mais precioso. Seu único olho.

Gérard estava abatido. Suas histórias, confusas, misturavam-se. Não sabia mais o que havia acontecido. Apenas se lembrava de ter empurrado o corpo do caolho para os esgotos. Ele havia forçado para que sua barriga pudesse finalmente passar para o outro lado. Para podermos todos nos encontrar novamente. Tomar o caminho dos subterrâneos, fugir dos uniformes, dos encapuzados e dos bastões de ferro que agora brigavam na rua.

Tudo tinha mudado num instante. Houve aquele grito dilacerante — o que chegou aos nossos ouvidos pelos esgotos. Ele viu o sangue. O sangue que inundava o rosto do caolho. Que grudava em seus cabelos. Que escorrera em torno dele e levara, em seu fluxo, um olho.

Um paralelepípedo? Um tiro de bala de borracha? Gérard não vira nada. Ele não sabia. Brunet permanecia mudo, aterrorizado. No hospital, saberíamos de tudo. Seria preciso estudar meticulosamente a fratura, seus ferimentos. As radiografias falariam por si, resolveriam a questão, permitiriam definir a natureza do projétil.

Hakim subiu na ambulância que evacuava a Amizade dos Piratas. Gérard e Brunet, furiosos, juntaram-se ao cortejo principal e desapareceram na névoa dos conflitos, sob os escombros da cidade. Pela primeira vez, eles me esqueceram. Eu estava sozinha, em meio aos destroços. Reconfortada apenas pela respiração de Luzolo. Ao meu redor, as pessoas continuavam correndo, sem seguir uma direção real. Perdidas na fumaça vermelha.

E, pouco a pouco, a primavera deu lugar ao inverno. Essa era a farsa, repetitiva, do mês de março. O frio e o granizo cobriam o sol.

A alguns poucos metros de mim, uma lata de lixo pegou fogo. A sirene de bombeiro soou ao longe. Os tiros continuavam. A praça de la Nation rugiria a noite toda. As televisões filmariam o estrago. No dia seguinte, o Ministro do Interior pronunciaria um discurso marcial. Faria o cômputo de todos os criminosos, de toda a juventude levada pelos furgões. Nunca diriam que um ciclope havia triunfado, dominando todo o povo de Paris durante a manifestação. Quis o destino que ele perdesse o olho. Era um vinte e um de março.

Eu precisava me refugiar num lugar protegido, antes de ser pisoteada pela multidão. Em minha mochila, havia o Manual, as Ideias. O bom amigo me arrastou até o bueiro. Havia a superfície e havia as profundezas. As profundezas eram habitadas. A agitação das luzes do dia só produzia dores e mentiras. Eu passei por cima de detritos nas calçadas e desapareci sob as ruas de Paris. O caolho e Hakim estavam no hospital. Gérard e Brunet, sob as pedras e os fogos de artifício.

8.

Precisamos ganhar dinheiro. E a pesca, na Terra-Nova, já não enche os cofres. Louis-Marie Breton pertencia a uma grande família de negociantes malouins.* Com seu sócio, o armador Briand Hyppolite de La Forge, eles fizeram o que precisava ser feito. Lançaram-se no tráfico, o tráfico de corpos negros, entre o golfo da Guiné e as Antilhas francesas. Sua missão: embarcar a negada nas Ilhas, em Caiena, onde faltava braço. E o lucro chegaria. O lucro chegaria pesado.

---

* Naturais de Saint-Malo, comuna francesa situada na região da Bretanha. (N.E.)

Os dois sócios fretaram um primeiro barco, A Bela Africana. *Um navio enorme e uma tripulação de aproximadamente quarenta marinheiros. No comando, um capitão de peso apelidado Olho de Gelo. Contam que, se desafiado para um duelo, a frieza de seu olhar mataria o adversário com um só golpe.*

O barco saiu de Saint-Malo no dia 15 de setembro de 1760. Navegou margeando a costa atlântica. Após uma travessia de cinco meses, atracou em um pequeno porto no golfo da Guiné. Em sua rota, cruzou com embarcações holandesas e portuguesas prestes a chegar à costa das Américas.

*A África. O primeiro contato com as tribos negras não foi dos mais simples, como relatou o capitão em suas memórias. As quinquilharias e miçangas já não satisfaziam velhos reis cujo comércio prolongado com os europeus os tornara cada vez mais vaidosos e difíceis. Ao fim de um ano, porém, a carga de corpos- -mercadorias estava pronta. Homens, mulheres e crianças de cabelos raspados, marcados com ferros vermelhos. Eles penetraram, cabeça baixa, o ventre d'*A Bela Africana. *Os corpos rebeldes foram diretamente subjugados, quebrados e castigados para dar exemplo. Um pequeno grupo, mudo, silencioso, desapareceu no porão, entregue à própria sorte.*

Deus não existe. Ele não escuta os gritos. Um pedido de socorro lançado na noite se perde na noite. A escuridão o abafa e ele se desfaz. Restam apenas a força, os músculos e os nervos. Quando os contraímos, eles se retesam como uma esperança indócil.

A travessia do Atlântico para as Antilhas francesas não foi tranquila. A Bela Africana *precisou enfrentar inúmeras tempestades. Os mantimentos diminuíam, febres desconhecidas assolavam a tripulação. Mas havia, acima de tudo, doentes e mortos no porão. O Olho de gelo deu ordens para jogar ao mar os corpos exauridos de cansaço, para que não contaminassem a tripulação. Havia a risada dos marinheiros. O arremesso dos deportados fazia plufts, hilários, que saíam de suas gargantas, o que irritou profundamente o Olho de gelo: era sua fonte de riqueza que jogavam no mar.*

Durante uma semana, fizeram triagens no porão. Tiraram os mortos, adultos ou crianças que não haviam resistido à travessia. E deixaram que as águas cuidassem de seus destroços. Mas durante toda essa semana os marinheiros, desatentos, não viram os olhares se cruzarem, o piscar de olhos, os sinais furtivos entre os cativos. Os silêncios súbitos no fundo no navio.

Houve então o que o Olho de vidro chamou de "domingo do julgamento" em suas memórias. O dia do Senhor foi o dia de Satã.

Um estrondo tomou o porão. Os marinheiros que foram inspecionar a saúde dos corpos foram degolados ali mesmo. Os prisioneiros conseguiram quebrar suas correntes. Armados com madeiras e punhos, eles foram até o convés e atacaram a tripulação.

O chefe dos motins partiu para cima do capitão, que tentou em vão abatê-lo. Enquanto recarregava o rifle, o rebelde sacou uma lâmina e a enfiou em seu olho. Mas ele não percebeu, atrás de si, um jovem oficial que pôs fim em sua revolta crivando seu dorso de balas. O rebelde olhou demoradamente o capitão antes de desabar. Fixando seu último olho, sussurrou algumas frases numa língua desconhecida, depois desabou.

Ninguém entendeu o que disse o chefe dos motins. Suas palavras se desvaneceram com ele no fundo do oceano. Ele foi desmembrado e seu cadáver foi jogado ao mar, junto de seus companheiros, para satisfação de sereias e tubarões.

Ao fim de dois anos, quando A Bela Africana finalmente retornou ao porto de Saint-Malo, guarnecida de açúcar e mantimentos exóticos, o Olho de vidro estava cego. Faltava-lhe sua mais bela arma, a mais majestosa, a mais cruel — seu olho.

Soube-se que ele acabou alcoólatra e sem um tostão — um vagabundo miserável nas ruelas da cidade de Saint-Malo. Por um tempo, ele teve uma esposa boa e caridosa, que o deixou no nascimento de seu primeiro filho. Assim que a criança viu a luz do dia, todo mundo percebeu que ele tinha apenas um olho. E nem era um olho mau, era doce e terno como mel.

O Olho de vidro havia sido amaldiçoado. E, até o fim dos tempos, toda a sua descendência seria marcada pela maldição. Todo primogênito seria menino, e sempre cego de um olho. Ele teria o mesmo destino que seu ilustre ancestral. Quando chegasse à idade adulta, um golpe do destino lhe retiraria seu único olho e o privaria, de uma vez por todas, da visão.

Eu vaguei pelos subsolos da capital e não encontrei nada. Nenhum rastro do povo das sombras. As Ideias foram pegas de surpresa. Elas não me indicavam nada senão caminhos já percorridos, perdidos no labirinto, atravessando um corredor, depois outro. Era impossível imaginar como toda uma população invisível pudera se misturar à multidão, em tão grande quantidade. Os ratos, enfileirados, percorriam as galerias. Mergulhavam os focinhos em águas sujas, nadavam, depois escapavam por fendas e buracos. Eu evitava tropeçar e continuava minha caminhada pelos subsolos.

Saí da boca do esgoto de manhã bem cedo. O ar fresco varria a cidade. Uma chuva fria havia recoberto o asfalto com uma fina película luminosa. O portão da rua Nicolo estava aberto. Pulei os degraus de quatro em quatro. A porta do nosso quarto estava fechada. Ninguém nos corredores. Nenhum rastro de Gérard e Brunet. A diretora e o vice-diretor, ausentes. Os outros hóspedes, desaparecidos.

Ao retornar à sala, escutei a televisão chiando na sala de estar. E vozes. Os dois energúmenos que haviam me sequestrado se afundavam no sofá. Eles se viraram para mim.

— Parece que o cegueta não tem mais olho! E os dois cretinos, Gérard e Brunet, estão sob custódia.

— Parece que ontem se divertiram além da conta! "Pode-se destruir um mundo sem justiça impunemente!" Já para a delegacia! Vamos ver se vocês estão acima da lei. Vão julgar e prender todo mundo.

— E o outro imbecil, o árabe! Ao pé da cama do doente, chorando feito uma cadela!

— Cada vez chegamos mais perto da vitória: a Europa livre dos judeus, dos negros e do Islã.

9.

A casa estava fechando suas portas. A diretora havia prevenido todos os hóspedes; precisávamos fazer as malas antes do fim do mês de junho. Alguns funcionários aguardavam ser transferidos. Outros já sabiam, voltariam para suas regiões. As terras bascas, a Picardie, todas mais ou menos distantes de Paris.

Depois do vinte e um de março, Gérard e Brunet foram vencidos pela amargura. O estômago revirado, retorcido pelo ressentimento. Eles nunca aceitaram o fracasso do movimento, a violência da manifestação. Os amigos espancados. O caolho, cego.

Eles desprezavam a polícia, odiavam o governo. A única solução contra o rancor e suas violências: o entrincheiramento. Construir zonas seguras, ao abrigo de todos. Formas de vida indiferentes à ordem do mundo, às suas garras, às suas leis.

Eles não concluíram o ano de estágio. Decidiram ir embora num dia de abril. Encontraram uma comunidade. Recusavam dinheiro, consumo, uma empresa ou um trabalho assalariado. Recusavam as torres de controle e o Estado. Eles moraram nas florestas, longe, muito longe da terra e dos homens. Construíram barricadas. Ninguém os encontrou nem jamais veio procurá-los. Eles desapareceram por lá. Eu os imaginava em uma casa, no meio de uma clareira. Observando, ao longe, os relâmpagos sobre as cadeias de montanhas. Viveriam, desconhecidos e silenciosos, sem deixar rastros. Seus parentes acabariam por esquecê-los.

Ao fim de sua hospitalização, o caolho voltou para casa, cego, em seu porto na Bretanha. Casou-se em junho. Hakim assistiu à cerimônia. Ele me falou sobre a felicidade dos recém-casados. O caolho recusou a bengala branca, deixava-se guiar por seu instinto. Era preciso desenvolver outras faculdades para se adaptar ao mundo ao redor.

Na prefeitura, ele esbarrou nos convidados. Esbarrou nas colunas do edifício público. Deu uma cotovelada numa avó, pisou nos sapatos das crianças. Fez um galo na cabeça ao entrar no salão de casamento. Caiu por cima de um casal e rasgou o vestido de outra noiva ao tropeçar em seu véu. Depois dos votos, errou os lábios de sua jovem noiva. Sua boca foi parar nos cachos dos cabelos dela, colando-se em sua nuca, procurando em vão uma abertura macia, úmida. Uma língua, um pouco de saliva. O caolho, cego, era um pacote de carne desengonçado.

Ele jamais reencontrou a alegria pura das suas primeiras relações. Seu rosto se tornou tão triste quanto a bruma cinzenta que, às vezes, toma conta da baía de Saint-Malo, quando a maré avança, recua, morde o litoral com lassitude.

Hakim e eu ficamos juntos, de abril a junho. Observávamos, impotentes, a casa desaparecer, apagar-se lentamente da história da rua Nicolo. Hakim descobriu a existência dos suspiros, da vida entre dois mundos. Ele tentou, em vão, captar o suspiro de Luzolo, penetrar nos corredores do vento. Servi de intérprete, e Hakim pôde saborear algumas piadas sobre arte e circulação de moedas. Ele reuniu algumas baforadas vingativas e fez disso um poema.

Por três meses, as páginas do Manual engrossaram. As Ideias esmagaram as fronteiras. Nós inventamos cinco mundos possíveis. Em um deles, reinava o templo das diversões. Em outro, grama alta e a maior das bibliotecas: os livros se inventavam, à medida que os líamos, seguindo as divagações da nossa mente. Nossa arquitetura não requeria planos. Os edifícios cresciam e se erguiam como plantas. Novas casas, novas paisagens. O bom amigo decretou que os possíveis não podiam ser mensurados. Nenhum deles reproduzia a ordem sensível que nos foi imposta pelo universo. A visão, os números. O corpo, a percepção das cores. Nossos cinco mundos variavam de acordo com tonalidades musicais distintas. Eles recusavam a lei da oferta e da procura, o equilíbrio e a harmonia das proporções.

Em junho, Hakim fez sua mala. Ele iria primeiro a Saint--Malo, nas férias, antes de começar seu quarto ano de estudos. Quando foi embora da pensão, eu não fui atrás dele. Desde que vi as sombras se ergueram, num 21 de março, eu só sonhava com isso. Esgueirar-me para o subterrâneo das cidades e desaparecer do mundo. Eu não queria conhecer o luar de Saint-Malo. As ondas e o mar. As belezas de um porto e suas fortalezas. Minha carne era feita para os subsolos, para os esconderijos escuros, onde párias e fugitivos encontravam refúgio.

Hakim saiu de casa por volta de meio-dia. Guardou a bagagem no porta-malas do carro do pai. Entregou o molho de chaves à diretora. Antes de partir, me deu uma bolsa. Dois cadernos nos quais ele escrevia todas as suas Ideias, todos os seus poemas. O motor deu partida. Ele ainda me ligou algumas vezes. Contou-me sobre o casamento do caolho. Continuou sua vida nas periferias de Paris. E assim se dissolveram as últimas lembranças da Amizade dos Piratas.

No fim do mês de julho, a pensão Nicolo estava deserta. Despovoada. Não sobrara nada. Os lençóis, a louça e os móveis foram doados a associações de caridade. A diretora e o vice--diretor foram transferidos para outro estabelecimento dos Correios e Telecomunicações. Iam transformar a pensão em clínica privada, para uma clientela afortunada.

Fiquei assombrando o prédio até agosto, antes da chegada dos incorporadores e dos novos proprietários. Ninguém me vira, ninguém percebera a minha presença. Aproveitei a lavanderia e o refeitório. Eu corria pelas escadas, encantada com o eco que meus passos faziam no prédio desabitado. As pinturas descascadas na sala de estar. A umidade dos boxes dos banheiros. O bom amigo provocava tempestades. As cortinas voavam. As luzes piscavam. Mau contato e tomadas chiando. Ductos gotejando. Nicolo, castelo assombrando, vazava feito um cano furado.

Naquele verão, não houve nenhuma tempestade. O outono chegou antes do previsto. As árvores do jardim se revestiram das cores avermelhadas e ocres que lhes caem tão bem quando chega, soberano, o reino de Saturno.

Certo dia, acordei com um barulho no portão. Um caminhão se embrenhava no prédio. Luzolo girava em torno de minha cabeça. O sinal da partida. Já era tempo, para nós, de deixar novamente a claridade, a aurora, de recusar a superfície.

(Notas e observações para a redação do Manual –
recolhidas durante minhas conversas, minhas viagens,
rabiscadas nas estradas)

A FÁBULA DO BABUÍNO E DO JAVALI

Numa bela noite, em plena estação seca, um javali caminha nas margens do rio. Exausto pelo calor do dia, ele queria saciar sua sede. Ao avistar, ao longe, os redemoinhos suaves da água clara, límpida, pôs-se a saltitar de alegria.

Um cardume de peixes prateados deslizava pelas correntes; o brilho de suas escamas refletia a lua crescente. O javali olhava, maravilhado. Contemplava as belezas da natureza, a harmonia que reina entre os diferentes elementos do mundo. Deixou-se arrebatar pelo espetáculo, atento aos cantos dos pássaros diurnos prestes a esmorecer.

De repente, percebeu uma forma estranha refletida nas águas profundas. Irreconhecível num primeiro olhar. Uma bola se movia energicamente na copa de uma das árvores mais altas. A coisa, vista do chão, estava parcialmente encoberta pelas folhas. O javali levantou a cabeça e examinou os galhos, em vão.

Então avistou um lugar onde o leito do rio era mais estreito, corroído pela terra firme. Posicionou-se e conseguiu observar com precisão o que estava se movendo.

Um pobre animal, em péssimo estado, sacudia-se de um lado para outro, procurando a solidez dos galhos. A lua iluminava sua pelagem curta, marrom-alaranjada, deixando ver duas pequenas nádegas vermelhas que se balançavam no ar. E, ao redor da cabeça, uma coroa de pelos brancos. O javali reconheceu imediatamente o animal: um babuíno.

O javali, cheio de piedade, quis ajudá-lo. Ele se dirigiu ao babuíno nestes termos:

— Ei! Babuíno! O que você está fazendo no topo dessa árvore? Você parece estar em apuros.

O babuíno não ouviu. Ele continuou se balançando perigosamente. Alguns galhos se quebravam quando ele passava.

— Ei! Babuíno! Cuidado! A árvore é muito frágil nessa altura. Você pode cair.

O babuíno continuou sem responder. A calma havia tomado conta da floresta. A fauna noturna, pouco a pouco, despertava. Ela ouvia esses chamados que sinalizavam a presença de um ser em perigo.

O javali gritava a plenos pulmões. Ele estava quase desistindo quando finalmente o babuíno respondeu:

— O que é isso, Javali? Pare de gritar feito aquele seu primo, o javali europeu! Seus gritos me fazem perder o equilíbrio.

O javali, surpreso com a arrogância do babuíno, pensou em ir embora. Mas persistiu:

— O que lhe deu na cabeça para se balançar desse jeito? Você pode cair!

O babuíno virou a cabeça e, com um tom desagradável, disse muitas coisas ao javali. Seguiu-se o seguinte diálogo:

— Diga, Javali! O que você acha? O que pode ter me levado ao topo desta árvore?

— Eu acho que você está aí porque estava sendo ameaçado por um predador.

— Você está insinuando que eu sou medroso. Mas ouça meu grito, olhe meu maxilar. Até as grandes feras temem minha mordida. Portanto, não foi para fugir que vim parar aqui.

— Certamente, Babuíno.

— Então, você concorda que não há nada de inabitual em ver um babuíno andando de árvore em árvore?

— Concordo plenamente, Babuíno.

— E você concorda também em dizer que a árvore é o meu elemento natural?

— Sim, concordo.

— Sendo assim, não há nada de surpreendente em encontrar um babuíno pulando de galho em galho numa árvore.

— De fato, Babuíno.

— Voltemos ao início. Você me vê em uma árvore. Ora, não há nada de surpreendente nisso! Então, o que realmente preocupa você é o fato de me ver empoleirado assim tão alto. É isso que é inabitual. E você sabe bem que não é necessário subir assim tão alto para escapar de bestas ferozes... Portanto, precisamos retomar nossa investigação. O que poderia ter me levado a uma altura tal, considerando que esta árvore é o meu elemento natural e que não fui movido por um predador?

— Tenho que confessar que não sei, Babuíno.

— Ah, Javali! Essa ausência de saber você deve à sua condição! Todos os dias os seus cascos se afundam no chão. Seu corpo permanece firmemente fincado à terra. Você nunca levanta a cabeça. Passa os dias revirando a terra com o focinho. Remexendo nas raízes. E não vê o que há acima da própria cabeça! O que você descobriu no reflexo da água de mais puro, mais brilhante e luminoso? Diga-me!

— Bem... Eu acho que foi a Lua.

— É isso. E quantas vezes você a viu, ela que é o mais belo de todos os astros?

— Essa foi a primeira vez.

— Bem, Javali. Saiba que, quando subo nas árvores, à medida que a noite se aproxima, eu vejo a Lua o tempo todo. Vejo o seu crescente, que se expande, incha, e depois desaparece. É esse astro que me guia quando busco meu caminho. E é esse astro que me encanta. Tento me aproximar o máximo possível, na esperança de alcançá-lo... Entre as árvores da floresta, escolhi a mais alta, a maior de todas — a que domina as outras. Eu vivo em sua copa e aqui permanecerei, o tempo que for necessário. Eu deixei famílias e amigos, clãs e tribos. Eu espero poder tocar na Lua, cavalgá-la, antes da minha morte.

— Mas, Babuíno, isso é impossível! Não se pode tocar na Lua!

O babuíno ficou furioso:

— Escute, Javali! Você está enchendo minha paciência. Quando você faz essas perguntas, não é para tentar entendê--las, mas para permanecer enfiado na sua lama. Então vá embora e me deixe! Minha ascensão requer paz.

O javali deu meia-volta. A natureza lhe pareceu hostil. Alguns animais se aglomeravam na grama alta ao redor do rio. Olhos cintilantes, malignos, brilhavam por trás das folhagens. O javali farejava em busca de um abrigo:

— Querer tocar a Lua: que ideia estúpida! Para mim, já deu a hora de encontrar abrigo.

E, desde esse dia, a pelagem do javali se tornou opaca como o solo onde ele encontrara seu abrigo. Ela se confundia com a poeira que seus cascos pisavam todos os dias.

PARTE II
PAUSA

*Satã, sonhador,
não gosta de prosa*

V
A INDEPENDÊNCIA

1.

Sou uma sombra. A sombra da manhã, que farfalha antes de o mundo acordar. A sombra da noite, que acompanha, do céu, os transeuntes noturnos.

Eu fujo da claridade e me escondo no fundo das cavernas quando se eleva no céu o sol de meio-dia.

Você não é como eu? Não prefere a luz claudicante?

Nós somos milhares. As mãos trabalhadoras cavam a mina. Trabalhamos em subsolos. Não ficamos à espera dos novos tempos. Tudo está desmoronando, mas isso não nos assusta. Trabalhamos, cavamos, atravessamos as camadas terrestres. Logo chegaremos ao centro — mistura de ferro e níquel.

A seiva das árvores, o humus da terra, todas as decomposições da matéria... A vegetação, os animais, os homens... A beleza só existe para ser destruída e recordada pelos nostálgicos. Ela não está aqui para durar e moldar nossas tristezas. Então melhor esquecer o que importa neste mundo, o que faz com que nos apeguemos a ele e amemos.

Você a ouviu? Você a viu? Ela se forma ao longe e troveja. A onda que se alastra e tudo leva. Já aconteceu muitas vezes na história. E te digo com toda a certeza: acontecerá novamente. Talvez você conheça essa velha fábula que se conta em família. O último homem construiu um barco. Levou com ele esposa e filhos. Um casal de cada espécie viva. Mudas, grãos, sementes. Uma orquídea.

A água cobriu a terra, por cem dias. A grande embarcação navegou pelas águas. Não havia mais nada sólido. Não havia mais corpos grandes, pesados. Apenas um líquido azul — as ondas, como fossas, haviam engolido tudo.

Ao final do centésimo dia, os oceanos se separaram, abrindo espaço para um pedaço de terra. O último homem e a última mulher ali se estabeleceram. Ali criaram seus filhos, que se tornaram agricultores e pastores. Tiveram fazenda, estábulo e campos. Cultivaram milho e trigo. Celebraram o nascimento dos primeiros bezerros, dançaram aos solstícios, comemoraram as colheitas e os safras.

Fundaram tribos, clãs e se multiplicaram. Eles amaram como é possível se amar. As mães às vezes tinham ciúme das filhas; os filhos às vezes queriam desafiar os pais. Os homens saíam de casa e faziam crescer barrigas em outros lares. Havia a autoridade dos anciãos. E as mulheres, de cabelos amarrados e cobertos, mantinham acesa a chama do lar.

As primeiras cidades floresceram. Virtuosas e íntegras. Ordenadas segundo as regras. Mas a ordem sempre se deixa abalar. Os clãs, que permaneciam puros, rebelaram-se e partiram para longe em busca do horizonte escondido. Há mais verde em outras terras? Mais justiça? Existem fontes de onde jorra água cristalina e fresca?

No caminho, ergueram tendas no deserto. Alguns decidiram viver sem território fixo, sem vínculos terrenos. Outros continuaram o caminho e construíram portos, cidades. Sedentários ou nômades, conceberam reinos, repúblicas; e reproduziram a ordem viciada, podre, da qual tinham acabado de fugir.

Novos barcos foram construídos. Exploradores e viajantes descobriram a vida em lugares outros. Em terras desconhecidas. Com deuses desconhecidos. Templos de ouro. Estatuetas de madeira de ébano. Colares de marfim. Açúcar, café, canela. Eles abriram caminho para comerciantes e exércitos. Drenaram planícies. Arrancaram árvores. Envenenaram poços e cidades. Perseguiram cada suspiro nas florestas. Queimaram seus rastros em grandes fornadas.

Ninguém sabe como termina esta velha fábula — esta que as famílias repetem, aos pés da lareira, desde sempre. Ninguém sabe o fim da história.

Mas eu sei. Porque estou atenta aos sussurros do mundo. Atenta aos ciclones, às tempestades. Aos deslizamentos, às enxurradas. A superfície está coberta de cicatrizes. Eu escuto os rumores do subsolo. Os litorais são lambidos por marés de sal. As calotas craquelam enquanto a neve derrete. A terra, novamente, será coberta. Novamente, o mundo conhecerá a elevação das águas. E a tempestade, enlouquecida, limpará tudo. Haverá justiça. Total, inflexível.

Esse é o fim. É muito simples. Você perderá o bebê. O marido, a esposa. A casa, o jardim. O lote de terra. Todos os seus bens. O banco e todas as suas economias.

Você perderá o tempo da esperança. O desejo e a expectativa. As lembranças do passado. O gozo do presente.

Você perderá o olfato, a audição, o tato. Não haverá mais perfume nem música. Nem dança nem ritmo. Se tiver conhecido o abraço dos corpos. Se tiver conhecido a doçura de uma boca. Se tiver conhecido o gosto que crepita na língua. Você perderá tudo. Estou do outro lado e espero. Vivo entre aquelas e aqueles que, reclusos e escondidos, cavam galerias sob a terra. Às vezes, eles saem em pequenos grupos e roubam o que as máquinas fornecem, o que as fábricas produzem e vendem. Eles recuperam o fruto da força de trabalho. O povo dos subterrâneos é um povo improdutivo, mas sabe estocar.

Eu conheço tudo do mundo. As humilhações, os insultos. As frases arrogantes. As palavras que cochicham nos ouvidos. Eu levei a sério todos os insultos. E disse a mim mesma que era bom não valer nada. Pouco a pouco, comecei a desaparecer. Levei comigo os mais incrédulos. Abandonei a vida sob a luz, forjei passagens e túneis.

Aqui embaixo, tudo tem gosto de fruta passada. Em vez de esperar o que não vem, podemos escolher o recuo e entalhar a terra.

Eu gosto de estar ausente dos olhares. Gosto da deserção. Gosto de ter descoberto que podemos cindir o mundo.

Sob a lama, eu espero. Conto as horas e os dias.

Se você me ouve, venha comigo. Venha penetrar no coração da terra. Cavar e corroer o solo. O que você está buscando não está aqui.

Longe das superfícies, podemos respirar melhor. E o silêncio, finalmente. Aquele que faltou — que ainda falta.

Nada aqui embaixo nunca importou de verdade. Nada aqui embaixo é sólido de verdade. Nada, aqui embaixo. Exceto, talvez, o nosso desaparecimento.

2.

Após as grandes manifestações da primavera e a letargia do verão, medidas de segurança foram tomadas pelas autoridades.

Encontros foram proibidos. Funcionários, vigiados. Restrições ao direito de greve. Aumento do policiamento. Perseguição aos sindicatos. Câmeras por toda parte. Na capital, algumas estações foram fechadas ao público. Nation, Bastille, République. A imagem do caolho representando a morte no asfalto. Gérard e Brunet engolindo chamas em nuvens de gás. Sob os esgotos, corpos haviam fugido. Na superfície, eles haviam sido maltratados. A lembrança do vinte e um de março circulava na cidade. E, pela primeira vez, nada foi esquecido. As entradas de muitos túneis subterrâneos estavam bloqueadas. Agentes da prefeitura se apressavam diante de nós. Os carros disputavam espaço na pista. Eu sabia esperar. Meu olhar fixava pontos no horizonte, prendia-se aos detalhes: a roupinha de uma criança, o formato de um sapato, as primeiras páginas de jornais estampadas nas bancas. Luzolo teve a ideia de voltar aos lugares da manifestação. Ali onde as sombras se multiplicaram e zarparam para debaixo da terra. Estávamos investigando, como nos filmes de suspense. Precisávamos buscar o invisível. O que não se deixa ver.

O bom amigo me parou. Ele distinguiu um som, uma voz, quase imperceptível. Será que era para ser ouvida? Eu me concentrei e também captei alguns fragmentos. Depois, com mais nitidez, uma palavra. As mesmas frases repetidas: *Eu conheço o fim.*

Virei a cabeça em todas as direções. Tivemos a mesma impressão: as palavras eram dirigidas a nós. Me esgueirei nas dobras da rua, em meio aos transeuntes. Luzolo me parou — como o estalo de um galho de árvore. A silhueta de uma mulher se mantinha imóvel, a alguns metros do metrô. Seus lábios balbuciavam no vazio. Quem a via? Quem podia vê-la? Passávamos à sua frente como se ela não existisse. Ela começou a dar alguns passos, sem olhar para trás. E assim começou uma longa perambulação pelas avenidas de Paris.

Andávamos atrás dela, sem a perder de vista. Ela atravessava os bulevares desordenadamente. Deslizava em meio ao trânsito, flutuava, leve como um sonho. Até as fronteiras da cidade. Ilhas de estrada e cimento saturavam a paisagem. Os carros cuspiam um ar mais espesso, que incomodava a garganta. Ela cruzou o anel viário, atravessou uma pequena praça. Aterrissou em meio a edifícios geométricos. Estrelas de concreto desgastadas pela poluição e umidade.

Um moinho de vento ameaçava as construções com suas grandes hélices de madeira. Ele não girava mais, desde o século XIX. Coabitava com moradias recentes, que inchavam toda a parte sul do subúrbio parisiense. No piso térreo dos conjuntos habitacionais, um cômodo imenso ocupava todo o andar. Na frente, em letras amarelas e azuis gigantescas, uma placa: *A Independência*. A sombra penetrou o ambiente e não saiu mais. O lugar estava escuro. Mesas e prateleiras. Ninguém. Qualquer um poderia se instalar e se servir sem ser importunado.

Eu entrei, girei a maçaneta e fui parar no depósito de uma loja. Não tinha outro cômodo. Não tinha esconderijo. A sombra se volatilizara. Uma explosão de risos brotou das prateleiras. O bom amigo, hilário, girava em torno da minha cabeça, ameaçando a frágil ordem do reduto:

— É um carrossel encantado. As portas se abrem, se fecham. E, no fim do túnel, há somente paredes e becos sem saída. Mesmo morto, não compreendo melhor as coisas. Posso jurar que não era um espectro. Ela estava bem viva.

Devia haver uma passagem que não tínhamos visto. Nossas imaginações trabalhavam como podiam. Eu estava levantando papelões, separando tábuas de madeira, tirando uma caixa do caminho, quando uma prateleira desabou. Minha cabeça foi atingida com força. Eu mal conseguia respirar. Nessas situações, os fantasmas não ajudam em nada.

Passos apressados vieram em minha direção. Mãos desconhecidas me descobriram com presteza. Percebi dois rostos. Outro galo crescia em minha cabeça. O primeiro despontava no alto da abóboda craniana. O segunda, sobre o osso frontal, acima das sobrancelhas.

Levaram-me de volta ao cômodo. Sobre as paredes, papéis colados por toda parte. Eles indicavam horários. Tarefas a serem cumpridas. Nomes de lugares em folhas rasgadas. Desenhos de ruas e avenidas, às vezes mal-apagadas. Armários e prateleiras entulhavam boa parte do espaço. Mercadorias díspares dispostas sem nenhuma ordem. Bebidas, latinhas. Maquiagem. Mil quinquilharias à venda ou dando a ilusão de que havia algum comércio. Dois homens se sentaram à minha frente. Eles me encararam — olhares severos. Suas feições relaxaram. Eu não era da polícia. O mais jovem me encarou por alguns segundos e disse:

— Olha, papai! Ela está bem, apesar dos galos. Parece um terceiro olho.

O pai lhe devolveu um sorriso:

— Sim, ela parece estar bem, mas não pode ficar aqui.

O filho colocou uma compressa na minha testa e se dirigiu a mim:

— Você tem para onde ir?

Não esperou minha resposta de fato.

— Sabe, seria melhor você não voltar aqui. Nós somos bons, generosos. Mas as coisas são sempre mais complicadas do que imaginamos.

3.

A noite caía, fria, sobre *A Independência*. Luzolo escutava o ruído das fronteiras da cidade. A oeste, o Kremlin-Bicêtre,

Gentilly. A leste, Vincennes. No centro, Ivry. Os espectros vagavam pelo anel viário. Mortos-vivos, voláteis, esfregavam-se nas camadas de concreto que cobriam o chão. Eles giravam em torno das cabeças humanas, fazendo brotar ideias sombrias. As ideias disparatadas que sufocam a garganta. Fazer um caminho inabitual e se perder. Não voltar para casa. Recolher-se, quando a noite vem. Entre os fantasmas deambulando entre a vida e a morte, alguns são realmente idiotas, o bom amigo me contou. Eles ainda tinham ilusões, e se revoltavam contra o destino. Quando os encontramos, às vezes é difícil se livrar deles. A morte em si não é uma tragédia; há coisa pior, solidarizar-se com aquelas e aqueles que não acreditam na própria morte.

Diante de mim, a fachada imóvel d'*A Independência*. As duas últimas letras da placa estavam quase apagadas. A alguns passos de distância, um salão de música popular, dedicado à música engajada. E o estranho silêncio da rua. Interrompido tão somente pelo latido dos cães. Os traficantes de drogas faziam sinais por trás das portas. Eles se infiltravam, escapavam por dentro dos prédios, voltavam pulando os muros.

A sombra que havíamos seguido se dissipara nas instalações empoeiradas de uma cidade adormecida. Luzolo fazia idas e vindas entre a árvore em que eu subi e *A Independência*. Nenhum rastro da silhueta que nos conduzira até aqui.

As chaminés do incinerador de Ivry cuspiam uma fumaça áspera sobre o Sena. Nuvens de vapor acariciavam o sul da capital, escoadouro de lixo e dejetos de toda a Europa. Do alto do meu ponto de vista, podia ver caminhos esquecidos, estradas evasivas.

Luzolo interrompeu meu devaneio e me disse, com insistência:

— Você que tem olhos, veja! Descreva para mim o que vê!

Duas silhuetas passaram correndo diante de mim. Alguns segundos, e mais três figuras apareceram. Elas se desvaneceram na escuridão. Meu coração se apertou. Alguns perfis se destacavam na penumbra, saíam dos corredores dos prédios e das escadarias. Tais percursos acompanhavam o luar da noite que se esvaía. A ronda de mobiletes havia parado, sem mais acrobacias nas vias reservadas aos ônibus. Uma fila silenciosa atravessava a cidade. Como num vinte e um de março. Ela ia em direção a uma capela, plantada em meio a torres de concreto. Tijolos cinzas, marrons. Um Cristo reinava no trono, completamente sozinho, no meio do corredor, nariz e orelhas quebrados. O barulho da cidade perfurava os vitrais. Seria um sonho? Eu estava acordada? Será que ainda estava em minha árvore ou já havia partido para outros lugares, por montanhas e vales? O bom amigo sobrevoava a capela e dominava as sombras. Sentei-me em meio a uma multidão muda. Os olhares estavam baixos. Um longo sussurro emergiu dos pulmões.

"*Hoje eu não pronunciei nenhuma palavra. Hoje minha língua se empobreceu. Hoje não dei nome a nada. Hoje esqueci todos os verbos da infância. Hoje não compreendi a pessoa que falava comigo. Hoje perdi a língua do meu pai.*"

Uma enxurrada de sotaques ecoava na capela, embalada pelo zunido dos cantos jogados ao léu. Então uma voz solitária se ergueu. Os rostos se abriram. Reconheci a essência de suas palavras. As frases repetidas. A fábula do último homem e da última mulher. As palavras, em círculo, idênticas. A sombra d'*A Independência*. Aquela que perseguíamos da saída de Paris até Ivry. Ela estava lá. Ela guiava toda a assembleia. O coro respondia com gesto misteriosos. Cada ser parecia mudar de tamanho, adquirir uma nova medida, tomar a aparência de um outro além de si. Uma visão fantástica. De repente, as sombras se agitaram. E, como se tivessem recebido um sinal, elas se dispersaram, evaporaram em meio aos prédios.

Eu chamava por Luzolo. Será que ele havia entendido o que acabáramos de testemunhar? Ele não respondia. O teto era tão alto. Devia ter se perdido. Chamei novamente. As formas irregulares da parede da igreja. Há muito tempo ela não era utilizada. Restavam alguns cartazes na entrada, que lembravam a história da missão católica. Houve um tempo em que os padres eram trabalhadores e condenavam a burguesia. Mas de tudo isso, nada sobrou. Tudo tinha acabado. Eu chamava por Luzolo novamente. Esperava a típica carícia do vento em meu rosto anunciando a sua presença. Mas não senti nenhuma respiração.

Nenhum rastro dele. Saí em sua procura pela cidade. A árvore enorme, plantada na frente da *Independência*. As torres sonolentas. Eu corria na esperança de capturar no voo uma rajada de ar. Ele não podia me abandonar mais uma vez. Justamente quando nossa jornada estava prestes a chegar ao fim. Foi quando senti uma mordida em minha perna. Dentes perfuravam minha calça. Um cachorro estava me atacando. Não tive tempo de gritar, seu dono correu e deu um chute na cabeça do animal. Ele o encheu de paulada.

— Quem é que manda aqui? Quem é?

O cachorro, todo machucado, gemia. Três garotos se aproximaram e se revezaram para bater nele. Pancadas no focinho, pontapés no abdômen. O dono ordenou que fossem embora. Agarrou o cão de guarda pela coleira e o jogou três vezes contra os carros. Quando considerou que a correção era suficiente, amarrou o animal, abatido. Ele se virou para mim:

— Você está no meu território.

O filho da *Independência*, alertado por meus gritos, surgiu no meio da cena. Trocou um olhar furtivo com o cara que mal tinha saído e voltou para o seu lugar, no saguão do prédio. O filho olhou o estado da minha perna e me levou com ele. Ele me colocou numa cadeira, no meio da sala. Uma segunda vez, limpou minha ferida.

— Ele não deixou você passar batido, aquele vira-lata. Os cães dos traficantes acabam enlouquecendo. Eles consomem de tudo um pouco. Lambem, engolem. No começo, é divertido. Mas logo se tornam perigosos e atacam qualquer um, transeuntes, crianças. O cão que te mordeu, o dono o castigou sem piedade. Você não o verá mais.

Ele olhou meu curativo, satisfeito.

— Você passou o dia na grande árvore, em frente à *Independência*. Estava nos vigiando?

— Acontecem coisa estranhas aqui.

— Estranhas?

— No limite entre sonho e loucura.

O filho explodiu de rir. Ele se chamava Yvon, mas detestava seu nome. Preferia "filho". Ele gostava disso, ser apenas uma função dentro de uma genealogia familiar. Tudo o que singularizava uma pessoa a tornava muito previsível, e ele não queria se destacar. Yvon era um filho; ele pouco se importava em ser outra coisa.

— Coisas estranhas! Já te dissemos para não voltar, não?

— Eu não tenho para onde ir.

— Veja bem... Nunca se chega aqui por acaso...

Meu ferimento doía e Luzolo não voltava. Eu estava sozinha com o filho, no térreo d'*A Independência*. Antes que ele falasse novamente, deixei escapar:

— Acredite se quiser... mas... eu segui uma sombra. E essa sombra desapareceu lá embaixo, no armário. Esperei a tarde inteira, para ver se ela apareceria de novo. Eu a vi novamente no meio de uma assembleia silenciosa, na capela da rue des Fusillés.

167

Enquanto eu falava, o filho se pôs a arrumar diferentes objetos sobre uma mesa, com um rigor todo geométrico.

— Sua ferida vai cicatrizar logo. Mas siga meu conselho. Esqueça tudo o que você viu. Esqueça até aquilo em que você acreditou. Isso não vai te levar a lugar algum. As sombras, todas essas coisas que temos a impressão de sentir e ver... não passam de desespero.

A porta d'*A Independência* se abriu. O pai, esbaforido, entrou no cômodo.

— Ela de novo?

— Ela foi mordida pelo cérbero da cité des Trois Œillets[*]. Mas o animal recebeu uma bela de uma lição.

O pai examinou o curativo. Suas feições se suavizaram. Ele trazia consigo duas sacolas, cheias de peixe e bananas.

— Vejo que você leva uma vida errante. Você precisa de um pouco de repouso. Infelizmente, não chegou num bom momento. Olhe ao seu redor... Bom, fique por enquanto. Tentaremos encontrar um abrigo melhor amanhã.

4.

Às sete horas da manhã, um barulho infernal acordou toda a ocupação. Berros repetidos e violentos: "Polícia! Abram! Polícia!"

O pai desceu os degraus de quatro em quatro. Seguido pelo filho. Eles arrancaram os papéis pregados nas paredes e os enfiaram onde podiam. Em seus bolsos, debaixo da pia, nos sapatos.

Houvera confrontos. Em outra ocupação, mais ao sul. A polícia mandou reforço. Por toda parte, olhares escrutinavam

---

[*] Bairro popular da cidade Toulon, que foi palco de assassinatos violentos em 2020. (N.E.)

as idas e vindas dos moradores das cidades do Val-de-Marne. Rumores de pesadas buscas e apreensões circulavam. Armas de guerra e grandes somas de dinheiros foram encontradas em um apartamento. Uma bomba explodira, há algumas quadras dali, em um grande supermercado. Em questão de segundos, ele foi completamente destruído. Os sistemas de segurança foram todos sabotados. Só se falava nisso. Era muito mais grave do que nas historinhas de tráficos de droga que alimentavam a vida cotidiana. Uma rede se organizara e corrompera toda a periferia.

Os policiais deram pancadas na porta. Sem dirigir a palavra aos ocupantes, eles inspecionaram o local. *A Independência* estava na mira deles. Esse lugar comunitário, meio café, meio loja, sempre deserto, sem clientes. Eles puseram a mobília de cabeça para baixo, vasculharam por trás do balcão. Pisotearam tudo que encontraram. Encurralaram pai e filho. Eu estava escondida em um canto da sala. Ninguém podia me ver. Eu via os cadarços amarrados e as mãos cheias de veias. Os cassetetes, junto com os gritos: "Mas que nojeira isto aqui! Que zona é esta?"

Pai e filho estavam sendo interrogados, quando um dos agentes gritou aos outros: "Vamos! Lá em cima!" O pai se debateu e quase esmurrou um policial, que o segurou com firmeza e o mirou com um punho ameaçador. O filho conseguiu se livrar e correu na frente dos policiais. Enquanto tentava bloquear o caminho, eles o capturaram e o imobilizaram. Subiram os degraus. Escutei um grito fraco, estrangulado. *A Independência* havia sido invadida. A febre e o ódio quebrantavam todas as racionalidades. Ao final de alguns minutos, os policiais desceram de volta. Um deles se aproximou do pai:

— Estamos de olho em você.

Assim que eles deixaram o lugar, pai e filho correram para o primeiro andar. Vozes distintas escapavam de um quarto. Vi uma mulher deitada, mal conseguindo se mexer. Ela falava baixinho, a cabeça do filho entre as mãos. *A Independência* ainda não tinha sido desmantelada. Não era preciso temer nem a vigilância, nem as intimidações. Afinal, aquilo não fazia parte da vida que tinham escolhido?

Nós controlamos a luz e seus reflexos. Não devemos nos deixar impressionar. Quando o que foi construído é espezinhado, é preciso recolher o que ficou no chão. E, com os destroços, recomeçar.

Os soluços do filho se acalmaram. O pai, taciturno, acariciava o lenço que cobria a cabeça da mulher. Os policiais não reviraram nada no quarto. Surpreendentemente, tudo permanecia em ordem. O lugar estava quase nu, comparado ao térreo que sufocava na bagunça. Nas paredes brancas, algumas fotografias. Eu distinguia rostos jovens, paisagens desconhecidas. A imagem de uma casa, cercada por árvores verdejantes. O retrato de um jovem, com uma boina na cabeça. O passado aglutinado nas paredes finas. Antes da vida nas torres de concreto, houve natureza. A umidade viva do solo.

Eu não ousava entrar no quarto. Ficava acuada, na soleira da porta. Foi quando, repentinamente, ela fez uma nova aparição. A sombra d'*A Independência*. Aquela que conduzia as vozes na capela. Semiviva, semimorta, ela se embrenhava entre filho e pai, que não a percebiam. Ela se acocorou perto da mesa de cabeceira. Transparente, indistinta. Suas feições se escondiam por trás de longas mechas que cobriam o rosto. Ninguém reparava nela nem parecia sentir sua presença. Ela escutava atentamente as palavras da mulher. Aos poucos, foi se esticando e se virou para mim. No mesmo instante, o pai se levantou e ela evaporou novamente, sem rosto.

O bairro ficou sabendo dos acontecimentos da manhã e os moradores se reuniram em torno do local. Eles se organizavam para arrumar o lugar. Munidos de sacos de lixo e vassouras. Separavam o que estava quebrado do que podia ser consertado.

Levantavam estantes bambas. Guardavam a mercadoria. Alimentos. Madeira, cosméticos. Mas, principalmente, remédios. Kits de primeiros socorros. Roupinhas infantis. Peças eletrônicas. Ferramentas.

Luzolo não voltava. Ele me deixara na véspera. Eu o esperei a noite inteira. Imaginava que ele havia encontrado uma passagem que desse para o subsolo. Indiferente à fronteira que separa o que está morto do que está vivo. Ele teria se apresentado na soleira e dito aos anfitriões: "Sou um fantasma. Estou procurando repouso."

A Independência pertencia a todos, como um ponto de encontro no coração da cidade. Os olhos das crianças se aglutinavam por trás das janelas de vidro. Curiosos e consternados, quando descobriam o caos que reinava ali. Os adultos perguntavam pelo pai e se preocupavam com o estado de saúde da mulher que descansava no primeiro andar. Soube que era mãe e esposa, ela se chamava Jeanne-Marie. Eles se ofereciam para ajudá-la, depois desapareciam na bruma do outono. Sob os raios frios e prateados da manhã. Alguns enraivecidos, o coração cheio de ódio. Outros, de cabeça erguida — a constância da destruição reforçava suas convicções. O mundo não pertence a todos. É preciso retomar sem parar, obstinadamente, a guerra de trincheiras.

O filho estava sozinho atrás do balcão. Ele alfinetava metodicamente pedaços de papel. Lia com atenção cada nome inscrito sobre as folhas, cada um correspondendo a um algarismo, um número. Tomado pelo cansaço, parou e desabou no chão.

— Que confusão! Temos sempre que recomeçar tudo...

Pegou uma garrafa d'água e lavou o rosto. Bufou e depois notou minha presença.

— Pronto, agora já sabe o que espera por você aqui. E nos últimos dez meses tem sido ainda pior... desde as novas leis de segurança e o levante do vinte e um de março. A perseguição apertou.

— Eu estava lá. Participei das grandes manifestações. A passeata dominou a cidade inteira... por algumas horas.

O filho esboçou um sorriso.

— Não se pode dominar uma cidade como Paris. Essa cidade pisoteia os esperançosos, os errantes, os sonhadores. Pessoas como eu e você.

A *Independência* fora concebida como uma pequena cidade inabalável. As mãos, os olhos da ocupação a protegiam contra todas as agressões externas. A chantagem, as telas e a lei não haviam se apoderado dela. Ela permanecia lá, imponente. Indiferente às agitações, às constantes demonstrações de ordem e de força.

Parentescos misteriosos se teciam entre carne e sombras. Universos múltiplos se comunicavam uns com os outros. Constituídos de becos sem saída e frestas — mas sem abertura franca que permitisse penetrá-las, atravessá-las. Os armários, as capelas, as fissuras — inúmeros caminhos, passagens que bloqueavam ou esboçavam uma via, inesperadas estadias.

O bom amigo desaparecera depois da reunião noturna da capela. Desorientado, em meio a vozes, ele devia ter se perdido no caminho. Eu estava sozinha na proa do navio. O oceano balançava. O rasgo no céu revelava os braços de um Anjo. Era preciso continuar a viagem, tentar a deriva nos subsolos. As Ideias me surpreenderam e deslizaram em mim. As páginas do Manual se adensaram – acompanhadas de longos poemas de Hakim.

5.

Depois de cada batida da polícia, o filho precisava lutar contra a insônia. Às vezes ela durava semanas. Sua cabeça não encontrava mais o sono. Imagens atravessavam sua mente. Assombradas, como premonições. Famílias expulsas das casas, levadas para lugares desconhecidos. *A Independência se desmoronava nas chamas.* Os prédios dos conjuntos habitacionais esvaziados de seus moradores. O filho sentado ao meu lado, atrás do balcão. Ele pegou distraído o Manual que repousava sobre meus joelhos. Deslizou o indicador por suas páginas. Depois, aproximou a boca da minha orelha:

— A *Independência* é uma ideia.

Nos anos sessenta, um sonho despedaçado destruiu toda uma juventude. Homens e mulheres cresceram às margens de uma alucinação.

Em um dia de junho, o som do chá-chá-chá invadiu a maior das cidades. Léopoldville, sorridente como um raio de luz. Houve gozo, houve alegria, houve a madrugada chamando pelo amanhecer. E todos se entusiasmaram muito rápido. Em treze dias, foi o fim. Tanques, protestos, secessão. Depois o assassinato, em janeiro, de três estrelas da liberação. O chapéu de leopardo* em todas as cabeças. Começaram os anos de miséria.

Como reconhecer a juventude? Ela tem uma memória que não se apaga. E, às vezes, as lembranças afloram.

Jeanne-Marie Mansala chegou a Kinshasa em setembro de 1968. Ela havia deixado sua família para estudar. Queria fazer economia, conhecer o segredo para aumentar as riquezas, consolidar a produção e construir uma grande nação. No ônibus que a levava à capital, seu olhar cruzou com o de um sonhador — Pierre Lembika. Ele adorava poesia, música, tocava violão. Vivia

---

* Tradicionalmente usado por líderes rebeldes no Congo, os chapéus de leopardo são um símbolo de autoridade, herança da cultura Bantu. Na conjuntura política moderna, o uso do chapéu passou a representar a adesão do país à independência, sendo Patrice Lumumba o primeiro a usá-lo. (N.E.)

com sua mãe e irmãs na comuna de Matadi. Único filho homem de uma família de sete garotas, ninguém ousava considerá-lo um inútil. Mas o que se podia esperar de um músico?

Durante o trajeto, Pierre contou de tudo para seduzir Jeanne--Marie. Histórias engraçadas. Fábulas. Cantarolou. Fez o seu melhor para parecer indiferente. Mas assim que desceram do ônibus eles não se desgrudaram mais. Pierre explorou todas as orquestras da cidade, Jeanne-Marie se lançou nos estudos de administração das riquezas.

A volta às aulas na Universidade foi movimentada. Chamadas de greve. Contra a crise do ensino superior, contra os programas. Jeanne-Marie aderiu à União Geral dos Estudantes Congoleses. Pierre a estimulou, por amor. Ele a amava completamente. Ele a via falar em público. Convencida e apaixonada. Era preciso defender os interesses do povo, o coração da revolução. Um senhorzinho, com chapéu de leopardo, a roubara alguns anos atrás. E, desde então, ele bebe das lágrimas e do sangue que espalhou.

Então Pierre também decidiu começar a sonhar e a acreditar. A cada semana, ele navegava entre sua orquestra e as reuniões dos estudantes, consolidando o polo do desejo e da contestação. Em breve, a imprensa lhes daria um codinome: os "cabeças".

As autoridades deram um primeiro sinal, encorajador. O Ministro se comprometeu em apoiar as universidades. Os estudantes participariam das decisões que lhes dissessem respeito. Mas os textos não foram respeitados. E os acordos, espezinhados. As associações e os sindicatos protestaram e organizaram uma passeata. Um quatro de junho.

Em junho chegam as friagens que refrescam o sangue e a cabeça. O ar fica menos denso. A cidade, menos empoeirada. É uma bela estação. Respiramos a plenos pulmões.

Eu adoraria conhecer a cidade de Kinshasa. Sentir seus ruídos. Adoraria me sentar à mesa. Tomar uma cerveja escutando uma boa música. E sentir um sol cálido se pôr sobre meus ombros.

Houve uma grande manifestação. Pierre ao lado de Jeanne--Marie. Emocionado. No coração dos estudantes encenava-se o futuro do mundo, o futuro do país. Há muitas semanas, Pierre usava uma boina preta. Ele queria impressionar Jeanne-Marie, solidária dos irmãos militantes dos Estados Unidos.

Jeanne-Marie, em meio à multidão, levantava cartazes para quem quisesse ver. Melhores condições de vida. Fim da ditadura. Adeus à Bélgica. Em meio a risos e canções, a juventude fazia sua revolução.

Uma primeira cabeça explodiu de repente diante dos rostos. Uma primeira cabeça que se destacou do tronco e aterrissou no chão. Os olhos fora de órbita. À esquerda, um camarada atingido, interrompido em sua caminhada. Uma bala havia atravessado sua coxa. Um vento de pânico soprou sobre os manifestantes; os soldados haviam recebido a ordem de acabar com o protesto atirando na multidão.

Pierre agarrou Jeanne-Marie. Eles correram por longas avenidas para escapar das armas. Impossível retornar ao internato. Um rumor circulava: o exército havia tomado a universidade; a perseguição aos "cabeças" havia começado. Pierre e Jeanne-Marie se esconderam por nove dias. Nove dias em que mal comeram. Juntaram um pouco de dinheiro graças aos amigos e à família, depois deixaram o país.

Eles nunca voltaram a ver as margens do rio Congo. As corredeiras, os jacintos. Depois disso, suas vidas acabaram na Europa. Nas periferias da França.

O filho colocou o Manual sobre meus joelhos, depois de tê-lo percorrido, sem de fato lê-lo. Ele olhou ao redor de si. As prateleiras organizadas. Folhetos colados na parede. Depois continuou:

— Na França, meus pais conheceram tudo. As alegrias, a violência. A fragilidade, a recusa. Eles retomaram os estudos. Conseguiram um trabalho assalariado. Puseram filhos no mundo. Meu irmão e eu. Depois pararam tudo. Tudo. Não reivindicaram mais nada. Não tentaram mais fazer valer seus direitos. Eles se recolheram, retiraram-se da ordem, da administração e da lei... empenharam-se para construir um enclave. Em meio aos prédios dos conjuntos habitacionais. Por trás das pistas congestionadas do anel viário. Minha família cresceu num esconderijo. Longe da cena, longe da luz. Nunca vivemos a falta nem a fome. Nem as cuspidas, nem os insultos. Eu me lembro dos grandes jantares e das festas. A música, o riso e a alegria.

Pouco a pouco, todas as outras famílias da ocupação também começaram a desertar o mundo. Uma rede de solidariedade e de distribuição se organizou. Alguns pararam de trabalhar. Outros mantiveram uma atividade remunerada. Mas, de resto, não devemos mais nada a quem quer que seja. Pode olhar em torno de si, nenhuma casa passa necessidade. Ninguém dorme na rua. Em nosso enclave, não existe nem credor, nem devedor.

A economia da *Independência* se baseava no desperdício. Nos sistemas de abundância, grande parte do que era produzido, era jogado. Em vez de dilapidar, era preciso recuperar. A *Independência* havia decretado a gratuidade do excedente. O que era colocado na lixeira saía do circuito da oferta e da procura. A comunidade vivia de uma pilhagem, em grande escala. Mas na cabeça dos moradores locais, tratava-se, na verdade, de um dispositivo de trocas racional.

Ninguém nunca desconfiou de nada. Raramente alguém se interessa por aquilo que a sociedade descarta. Mas as coisas começavam a mudar. Helicópteros agora percorriam o céu. Uniformes, personagens desconhecidos tentavam se fundir secretamente entre os habitantes. De vez em quando, caminhões militares paravam na saída do anel viário.

O filho me olhou nos olhos. Seu olhar, cheio de chamas, ainda se recusava a acreditar no que via:

— Durante a primeira perquisição da polícia, há dez meses, minha mãe ficou doente. Meu irmão mais novo foi embora, sem dizer nada a ninguém. Eu estou totalmente sozinho aqui, com um pai de repente frágil. Ele só pensa na perda. No luto. O que fazemos quando não queremos nos conformar com isso tudo?

6.

Uma distribuição estava programada de manhã bem cedo. Grupos autônomos iam de um lado para outro pela ocupação. Os porões e as garagens eram usados como depósitos. A divisão das mercadorias era organizada de acordo com os registros, as folhas coladas na parede da *Independência*. Cada nome de família remetia a uma série de números, que correspondiam a cestas e bens materiais.

As rondas eram solidárias à espessura da noite. Elas acabavam antes do amanhecer. As equipes móveis se desmanchavam na penumbra. As câmeras de vigilância que a prefeitura havia instalado foram sabotadas. A distribuição podia começar.

Os indivíduos, ágeis e rápidos, saíam da *Independência* e se dirigiam aos esconderijos onde as mercadorias eram armazenadas. Eles se esgueiravam, invisíveis. Se pudéssemos desenhar seus movimentos, traçaríamos finas caudas de cometa, dificilmente visíveis a olho nu.

As portas do apartamento se entreabriram silenciosamente. Elas eram fechadas em silêncio. Cães e animais de estimação eram mantidos em coleiras. Não se podia fazer barulho. Não se podia levantar suspeitas. A polícia e o Estado suspeitavam de que algo estava sendo tramado. As buscas se multiplicaram. Os jornalistas tentaram desvendar o mistério desse território silencioso, que a administração penava para enquadrar. Nunca encontraram nada; ninguém conseguira, até agora, colocar as mãos nessa imensa rede de roubo e redistribuição que existia há vinte anos. A ocupação permanecia opaca, guardando ciosamente seus segredos. Nunca revelara ao mundo nenhum de seus subterfúgios, de seus esquemas. Ela se recusou a aceitar o equinócio e mergulhou nas trevas compactas e insubmissas.

As vidas traçavam outros caminhos, aninhando-se na espessura de uma floresta de concreto. Como muralhas impenetráveis, que protegiam de todo ataque externo. Os conjuntos habitacionais se espalharam como uma área selvagem, devolvida à natureza. Orgulhosos e seguros de si, eles receberam a chuva que caía das nuvens, alcançando picos e estrelas. Os prédios não anulavam o horizonte. Eles direcionaram nosso olhar para as abóbadas. O buraco azul da noite, a extensão do crepúsculo.

O anel viário do sul demarcava um imenso território — um espaço de camuflagem, onde as vidas eram organizadas seguindo outra ordem. Não havia mais medidas. Não se falava mais em dinheiro. Não se falava mais em trabalho. Não se falava mais sobre as coisas que dividem e trituram.

Toda a economia da ocupação se beneficiava da abundância, dos gastos e dos excedentes de produção de fábricas e empresas. Frutas repletas de açúcar. Melaço e xarope. Ouro para joias, fivelas de cintos e sapatos. Licores. Livros e jogos. As mercadorias eram retiradas dos armazéns e distribuídas, gratuitamente.

Os habitantes locais indicavam os serviços necessários. Reparos em troca de trabalhos elétricos. Pintura em troca de encanamento. Cada um emprestava o que podia. Um talento, uma voz. Em troca de horas de faxina, uma senhora idosa cuidava de algumas das crianças da vizinhança. Ela contava histórias. Muitos elogiavam seu talento de contadora de histórias. Ela inventava contos e lendas. Animais falantes. Humanos enrijecidos como estátuas. Oceanos e terras proclamando a grande festa dos desaparecidos. Tudo era falso, nada era real. Por que repetir o que já havia acontecido? Por que retomar os eventos bélicos que dizimaram sua família sessenta anos antes? De que serve a história do sofrimento? As paisagens melancólicas do Leste Europeu? No mundo da *Independência*, podíamos inventar a vida. Recusar o castigo da memória. Preferir a leveza das fábulas.

Mais de mil famílias precisavam ser abastecidas. Com necessidades muito diversas. Cuidar de recém-nascidos. Preocupar-se com a educação das crianças. Elas não frequentavam a escola. Aprendiam a ler, escrever e contar em casa, entre si, às vezes na presença de um adulto.

Não havia horários, nem níveis, e tocava-se música o dia inteiro. Cada um tinha seu próprio instrumento — de plástico, latão ou madeira. Um coral se reunia uma vez por semana na frente da *Independência*. Os cantores vocalizavam uma única vogal, substituindo a narração e as letras por onomatopeias. A vida do bairro era pontuada por música, silêncio e a agitação dos dias de grande distribuição.

Os nascimentos eram ocultados. Os corpos eram cuidados e curados entre as paredes da ocupação. As mulheres davam à luz em porões improvisados. Os primeiros gritos sacudiam os muros do subsolo. Um registro de nascimentos e mortes era mantido e atualizado na *Independência*. Algumas perdas eram declaradas às autoridades, outras não. Dependia da boa vontade dos parentes. Não havia mortes solitárias. A solidão havia sido abolida. As pessoas sem vínculos sempre encontravam uma família.

Embaixo dos prédios havia um cemitério. As almas da ocupação eram enterradas sob as fundações e nutriam o solo. Duas vezes por ano, os moradores se reuniam para homenageá-las, contar anedotas felizes e selar o pacto que os unia. Eles tinham se recusado a participar do mundo, tinham escolhido a deserção. Para resistir à violência, precisaram criar outras trajetórias, dar à luz outras moradas. Não havia nada a esperar da sociedade do outro lado da fronteira e, para encontrar a paz, era preciso deslizar em espaços de indistinção.

Foi com a *Independência* que tudo começou. Uma ideia. Jeanne-Marie Mansala e Pierre Lembika tinham decidido um dia parar tudo e se retirar. Não se opor mais, frontalmente, àquilo que diminui a vida. A tristeza do exílio. Os bolsos vazios, os fins de mês sem trabalho. O desprezo pela inteligência negra.

A *Independência* foi a pedra angular de um sonho acordado. Algumas crianças só conheceram o mundo por meio dela. Ela foi o coração de suas vidas. Nascidas na ocupação, cantando em uníssono com ela. Ninguém as proibia de sair, de ver as paisagens no entorno ou mesmo de ir embora para sempre. Nenhum deles, porém, jamais expressou o desejo de sair, de tentar a vida nas ruas da capital.

Mas os tempos estavam mudando. Já vinha acontecendo há alguns anos. Tudo se havia acelerado com as manifestações de março. Planos de emergência foram decretados em todo o território. A ocupação fora vistoriada várias vezes. A ameaça estava lá. A caça, as repetidas intimidações, os ataques do exército, do Estado. Indivíduos não identificados em estacionamentos, em garagens.

Os veteranos, os homens e as mulheres que haviam construído a *Independência*, começavam a admitir: um esconderijo só pode ser temporário. Era preciso ir para outro lugar, se dissimular um pouco mais. Mas ninguém sabia onde traçar novos caminhos.

Agora Jeanne-Marie passava o dia deitada, no primeiro andar da *Independência*. A doença havia despedaçado suas esperanças. Seu segundo filho, enlouquecido de tristeza, desaparecera para nunca mais voltar. E se este fosse realmente o fim? Repetíamos a nós mesmos, sem muita convicção. O fim de um mundo, um fim total que não permite mais nada.

A porta do primeiro andar permanecia fechada. Eu só tinha conseguido me esgueirar uma única vez, depois da batida policial. Mas pude perceber uma voz que escapava com dificuldade do corpo que a mantinha prisioneira. Ouvi palavras. Palavras que minha memória nunca apagaria. Uma canção de ninar antiga, obstinada — como um luto impossível.

Nani uteta mbambu ku nzadi...
*Tela mama kambanzila mono kiadi.**

7.

A distribuição fora feita pela manhã, sem grandes problemas. Nada foi encontrado. Por causa da batida policial do dia anterior, nos mantivemos prudentes. Precisávamos organizar o cronograma das próximas pilhagens e garantir que não seríamos pegos. Que não haveria fugas nem prisões. A vida estava ficando precária. Esconder-se, desaparecer, cada vez mais di-

---

* Canção de ninar Kikongo: "Aquele que corta os arbustos do rio... / Diga à minha mãe que pense em mim, estou triste." (N.A.)

fícil. Novos roubos estavam previstos para daqui a algumas semanas. As equipes começavam a se preparar, visando as lojas. A próxima ação seria espetacular.

Uma reunião foi realizada na *Independência*. Pai e filho estavam no centro. O filho havia participado da distribuição no setor norte da ocupação. Ao lado deles, sorridentes, havia homens e mulheres. Eram jovens, muitos deles adolescentes de treze a dezoito anos. Ágeis e leves, eles deslizavam pelo cimento das cidades e escapavam da atenção das patrulhas.

Mapas e folhas de papel estavam espalhados em uma mesa. O filho me chamou:

— Encontramos um lar para você. Há um lugar disponível num apartamento no setor leste. Rime e Selima cuidam dessa parte da ocupação.

Rime e Selima se viraram para mim e me cumprimentaram. Elas usavam, as duas, o mesmo macacão. Eram mais velhas do que as outras. Pela maneira como se moviam, como falavam, dava para perceber que eram autoridades no grupo. Rime se aproximou de mim:

— É isso, chega de perambular.

Ela disse isso sem sorrir. Sem simpatia real. Ela não gostava de recém-chegados. A *Independência* estava vacilando, as presenças estrangeiras eram sempre suspeitas.

O Manual estava em minha bolsa, no chão. Ninguém havia tocado nele. O filho consultara as páginas na véspera, sem demonstrar muito interesse pelo conteúdo. Uma alucinação, poemas. O produto de imaginações que acreditam em amanhãs. O filho não habitava o passado nem o futuro. Ele odiava a simples ideia de poder se projetar e ter esperança. Havia um tempo único, o presente, e o que podíamos e *devíamos querer* era que o presente se repetisse indefinidamente. A repetição era o desejo das pessoas da *Independência*. Todas as suas lutas, todos os seus esforços visavam a um único objetivo: viver em um presente contínuo.

Uma refeição foi servida à guisa de café da manhã. Cerca de uma dúzia de crianças famintas avançou sobre a comida. Rime se sentou ao meu lado.

— Você vai morar conosco no setor leste. Selima e eu somos as delegadas dessa parte da ocupação. Não há líderes aqui. Ninguém gosta de líderes. Não damos nem recebemos ordens, e funciona muito bem assim.

Selima se aproximou de nós, com a bebida na mão. Rime não lhe deu atenção e continuou:

— Todos nós nascemos aqui. Todas as mulheres e homens que você está vendo reunidos em torno desta mesa. Todos nós nascemos aqui e nunca saímos. Tendo crescido na ocupação, nunca passei fome. Então para que sair e ir para o outro lado? Sobreviver como um cachorro? O que temos é mais precioso do que tudo. Vivemos sem regras, sem leis. Às vezes, damos o golpe. Alguns de nós trabalham na capital ou em seus arredores, e fingem. Quanto mais fingimos, mais nos deixam em paz. Bem..., enfim, cada vez menos gente acredita nisso.

— Você pode contar a ela o seu projeto? – interrompeu Selima.

Selima puxou a manga do meu moletom, como se quisesse me distrair de Rime:

— Não dê ouvidos a ela. É com um espírito assim que vamos despedaçar tudo o que temos. Aqui é um esconderijo. E, nos esconderijos, você se protege, não se expõe. Você não alimenta sonhos de inimizades e ataques.

A próxima pilhagem aconteceria dentro de um mês. O último roubo não fora muito bem-sucedido. Os estoques não foram bem abastecidos. Era preciso multiplicar as operações para manter a ocupação funcionando. Pai e filho explicavam a organização das ações futuras. Devíamos evitar uma nova batida policial. Não usaríamos explosivos. E precisávamos subornar os guardas, sabotar os sistemas de segurança, nos tornar fluidos como um líquido. Eles desdobraram um mapa diante de nossos olhos. Um mapa dos armazéns de um grande centro comercial às margens do Sena, a dez quilômetros de distância. As setas vermelhas; indicavam as vias de acesso. Em verde, o mapa dos esgotos, em azul, as linhas das estradas. Um segundo mapa detalhava todo o aparato de vigilância do centro. Os olhos viajavam sobre os mapas. As cabeças elaboravam estratagemas. A pilhagem era um jogo. Cada operação envolvia regras cada vez mais refinadas, mais velocidade, mais invisibilidade. O último roubo fora um fracasso. O barulho das sirenes, a loja pegando fogo, a perseguição da polícia em vários pontos da ocupação. Ninguém foi preso, mas as constantes patrulhas das forças da ordem atrasavam as entregas. Era preciso um cuidado redobrado.

As equipes se separaram no fim da manhã. Cada um sabia a partitura que deveria tocar. Rime conversava com o filho, às gargalhadas. A perspectiva de assaltar o grande centro comercial às margens do Sena a entusiasmava. O edifício, cuja arquitetura desfigurava as margens do rio, nunca havia sido atacado antes. O filho imaginava um roubo grandioso. Quantidades enormes de mercadorias inundando porões e garagens, explodindo nas geladeiras e nos armários. Uma infinidade de bens roubados. Obtidos sem suor, sem trabalho, e redistribuídos à comunidade.

Os mitos das origens falam sobre abundância e luxo. Eles descrevem um amanhecer sem esforço ou trabalho. Basta estender a mão para colher alimentos e frutas, para viver sem privações ou necessidades. Esse amanhecer era o amanhecer da *Independência*.

Rime pegou minhas coisas. Selima me disse para segui-la. Subimos um lance de escadas que levava a um prédio na parte baixa da ocupação. A zona leste. Três prédios decadentes cercavam uma praça com um escorregador e um gira-gira frente a frente. A grama, pisoteada em vários lugares, não crescia mais. O musgo abria caminho pelas paredes úmidas de concreto. Cada prédio tinha um nome, o de um grande homem ou de uma personalidade ilustre. Fomos para o edifício Berlioz. Eu ia dividir um apartamento com uma senhora e seu neto, que haviam chegado à França há alguns meses. Ela tinha pouco mais de um século de idade, e o jovem tinha por volta de trinta anos. Disseram-me que ele não gostava de mulheres e nunca saía da ocupação. Eles viviam juntos num apartamento de três quartos no edifício Berlioz.

Rime e Selima bateram à porta. Eu fiquei atrás. Ninguém abriu. Elas encostaram os ouvidos na parede e bateram novamente. Cinco batidas repetidas, mecânicas. Foi quando senti uma leve presença. Luzolo? Fazia dois dias que ele não aparecia. Ele não vinha mais sequer em meus sonhos. Eu me virei, mas ele não estava. Em seu lugar, vi outra coisa. A alguns centímetros de mim. Não podia acreditar. A sombra, imóvel no corredor. Ela estava ao lado de Rime. Eu não distinguia seu rosto. Ela estava de costas para mim, sussurrando algumas palavras. Dirigiu-se às escadas e depois saiu correndo.

Dei um grito e larguei Rime e Selima em frente à porta. Persegui a sombra pelos becos da ocupação. Ela deslizava entre os prédios. Minha cabeça ia para a esquerda, para a direita. Seguia em todas as direções. Avançava apressadamente, refazia meus passos. Eu atravessava os prédios, corria por todos os andares. Fui do setor leste ao setor norte. Do oeste para o sul. Pensei tê-la visto à minha frente, mas ela só fugia. Eu galopava, dava a volta por todo o território. A corrida terminou em frente à *Independência*.

A sombra, imóvel ao lado da entrada. Eu estava indo em sua direção, quando o filho apareceu na minha frente e exclamou:

— Você de novo?

A sombra se volatilizou novamente.

8.

As crianças brincavam na laje de concreto: recolhiam pedrinhas e as lançavam violentamente no torso e na cabeça umas das outras. Não podiam chorar. A primeira pessoa que admitisse sua dor pagaria uma prenda.

Tudo o que fora construído na ocupação era vulnerável. A comunidade da *Independência* se deparou com uma dificuldade insolúvel: aprender a se esconder em plena luz do dia. As patrulhas, as sirenes, a circulação das mercadorias: a ocupação havia se retirado das atividades legais e comerciais; mas, apesar disso, continuava sendo um local de passagem. A poucos metros do centro, ela funcionava como fronteira entre o resto da região e a capital.

Rime defendia a ideia de que, para se proteger, era preciso atacar e correr o risco de perder tudo. Acelerar seu próprio declínio, em vez de se deixar esmagar. Preservar aquilo que você valoriza significa às vezes ter coragem para destruí-lo. A agressão era contínua; se não quiséssemos ser pegos de surpresa, teríamos que renunciar à paz.

Os pássaros picaram minhas bochechas. Voavam em volta da minha cabeça, com sua plumagem cinza, marrom. Os animais das cidades, como todas as pragas, sobreviverão aos homens. Eles ainda cantarão entre as ruínas. Acamparão nos escombros de estanho e ferro, cavarão suas tocas, farão seus ninhos.

Sinto cheiro de queimado! Se você soubesse tudo o que sei, tudo o que ouvi. Vaguei por dois dias e duas noites. Prisioneiro de um redemoinho cuja origem ainda desconheço. Um tornado de vozes e suspiros.

O bom amigo reapareceu como uma divagação delirante e fez todo um discurso, de uma só vez.

Há um exército. E líderes. Você já sentiu o hálito de um líder? O hálito podre que vem das vísceras? O cheiro de mofo e caça fermentando em seu estômago? Eu nunca consegui suportar isso. Os homens que chegam e estufam o peito. Eles dão a impressão de estar no controle, mas fazem uma verdadeira bagunça, por onde quer que passem. Quando vejo esses caras, feito porcos brigando no esterco, tenho vontade de vomitar!

Eles perambulam pelas ruas. Com arcos, cassetetes e bastões. Excrementos e matéria marrom.

Em quem batem? Em quem querem bater?

Oh! Eles têm sempre as mesmas palavras na boca. Pretos, pretos, pretos, pretos, pretos! Loucos. Deficientes. Que usam véu. Que usam calças de homem ou calcinhas de mulher. Sem-teto. Sem grana. Que navegam em mar aberto, em balsas improvisadas. Loucos e loucas, os que gozam, as que gozam. Que tocam o terror. Com armas. Sem um maldito poema ou som de tambor. Sob a pele branca, sob a pele negra, sob a pele bronzeada. Sob os cabelos ruivos. Todos os vermes que se escondem sob a lua!

Vamos fugir! Chega de brincadeira. Acabou o tempo das gargalhadas. Da boca desdentada.

Os porcos comem o ódio. E vomitam seu muco na cara dos outros. Nas ruas das cidades. O padeiro, o comerciante, o pequeno vendedor de celulares, o motorista de caminhão, o chefe de empresa, o patrão... Todos, juntos, fazem a chacina. E iniciam a marcha da carne pendurada.

Me levaram por dois dias. Em um labirinto de timbres indistintos. Eu fiz uma investigação. Temos que dar o fora. Dar no pé.

A solução não é uma ilha perdida no Pacífico; precisamos nos aterrar. Descer ainda mais. Retomar nossa tarefa e cavar o solo. Cativo de uma miragem, Luzolo lançou o alerta: na superfície, tudo estava condenado. O sonho de Jeanne-Marie Mansala e Pierre Lembika, a Ideia deles, afundaria como todo o resto. Eles certamente tinham consciência desde o início. Eles se impressionaram, imagino, ao ver todas as batalhas que haviam vencido. Mas um estrondo se acercava.

O bom amigo subia no ar e assobiava ao redor minha cabeça. Ele voltara e não trazia boas notícias: não havia refúgios na superfície da terra.

A *Independência* se afundava no concreto. Eu precisava vasculhar o local. A sombra sempre retornava àquele lugar, como se tivesse se instalado ali. Eu caminhava rente à parede do prédio, com Luzolo me seguindo. A janela do primeiro andar estava entreaberta. Escalei a fachada. A parede era áspera, havia poucos lugares para firmar as mãos ou encontrar apoio. Estava quase alcançando a janela quando meu pé escorregou. Caí, e me atordoei com a queda. Levantei-me apenas depois de alguns minutos, para recomeçar. Centímetro por centímetro, escalei a parede. Minha mão finalmente alcançou o parapeito da janela. Agarrei-o, com as pernas penduradas no vazio, a alguns metros do chão. Consegui subir até o primeiro andar. E pulei para o quarto.

Meus sapatos rangiam sobre os azulejos frios. Eu mal conseguia distinguir os móveis e toda aquela bagunça — as cortinas estavam fechadas. Minhas pupilas começaram a se acostumar com a penumbra. Eu tateava, tocava a matéria, as texturas dos objetos heteróclitos que vacilavam sob meus dedos. Senti um tecido áspero que pinicava a pele. Eu avançava discretamente, com passos silenciosos, atravessava o quarto, atenta aos sons e movimentos. Minha respiração parou. Uma massa escura encontrava-se no meio do cômodo. Uma cama de dimensões gigantescas, multiplicadas pela escuridão.

— Quem está aí?

Uma voz surpresa escapou dos lençóis. Vi um corpo se levantar e procurar a luz. Uma lâmpada se acendeu e rasgou minhas pálpebras. Fechei os olhos. Quando os abri novamente, parecia que todos os móveis haviam trocado de lugar. As proporções do cômodo estavam distorcidas. Os ângulos, amolecidos, já não atingiam a retina. Fechei os olhos novamente e voltei a abri-los. Jeanne-Marie Mansala estava de pé à minha frente.

9.

— Faz muito tempo que não me levanto. Ajude-me a dar alguns passos.

Jeanne-Marie colocou a mão sobre minha cabeça e usou meu corpo como bengala. Demos a volta no quarto sem trocar uma palavra. Ela retomou o fôlego e se deitou. Apontou para um banquinho ao seu lado.

— Então tudo está acabado. Está escrito em sua testa. Eu achei que aguentaríamos um pouco mais.

O corpo de Jeanne-Marie estava amortalhado sob montes de lençóis. Ela não suportava mais as texturas lanosa, a espessura dos cobertores. Para evitar o frio, camadas de tecidos envolviam seu corpo. Ela os debulhava enquanto falava, como se debulha um rosário.

— Todos estão mentindo para mim, para me preservar. É estúpido. Principalmente quando os agentes da polícia vêm te acordar pela manhã e vasculhar em seus lençóis. Eles olham o couro envelhecido das suas pernas, levantam sua camisa para ver se você não está escondendo nada. Tiram você da cama para apalpar o colchão. E, quando acabam, eles te deixam ali, no meio do quarto. O colchão no chão.

Ela sorriu. Eu a escutava. Nas fotografias, imagens de juventude, de família. Seus filhos, com cerca de dez anos, aos pés da *Independência*. Retos e firmes, dois soldados protegendo a fortaleza das agressões externas.

— Por que ainda querem me preservar?

Tirei o Manual da bolsa e o coloquei entre suas mãos. Ela olhou detalhadamente cada uma das cartas, iluminadas por uma lâmpada.

— Nós não deveríamos ter mais rostos. Deveríamos sabotar as câmeras. Queimar nossas impressões digitais. Mas temos traços, expressões, figuras. Muitos sinais nos distinguem. Para estar em paz, não podemos mais ser reconhecidos. Seria preciso viver como se estivéssemos mortos. Ou, melhor, usar a morte como disfarce.

O bom amigo sabia que não havia nada a esperar da morte. Ela não oferecia abrigo. A morte era apenas uma longa caminhada infinita e de olhos vagos. Ela não dava nenhuma chave, não libertava de nenhum mal ou da dor. Por trás dos galhos, dos vales, das acácias, não havia nenhuma promessa. O único lugar inexplorado se encontrava nas profundezas da terra, nas múltiplas espessuras de um solo que nenhum viajante jamais havia descrito ou percorrido.

Jeanne-Marie se virou para mim.

— Eu sei tudo o que acontece aqui. Mas me diga... desde que você chegou... você não acha que os jovens da *Independência* estão cansados? Eu enxugo as lágrimas do meu filho. Tenho um filho homem que ainda chora. Ele encosta a cabeça em meus ombros. E eu o consolo. Para não desabar, ele mente. Mas ele choraminga como se tivesse cinco anos de idade.

Jeanne-Marie queria guardar o Manual com ela. Ela queria lê-lo em detalhes e, talvez, completá-lo. Acrescentar sua escrita às outras, participar do alfabeto comum. Cruzando as estradas, acabaríamos escapando dos caçadores e encontrando o bom caminho. Um sopro acariciou a minha nuca. Envolvida pelo fluxo do ar, virei a cabeça. Luzolo estava ao meu lado. Eu estava prestes a abrir a boca quando uma corrente violenta chicoteou minhas omoplatas. Gelada, ela fendia meu corpo como uma lâmina. Estava diante de mim. Um tigre arrancado do sono. Imenso, escondendo a calmaria que protege do frio e da neve. A sombra. Ela se afastou para o lado e se pôs na frente de Jeanne--Marie, que recuou. Ela percebeu um sussurro leve, indistinto, um feitiço distante. A idade avançada prega peças e te joga na cara, às vezes, ilusões, pesadelos. Embaralha Dia de Todos os Santos e Natal, confunde os calendários.

A silhueta se aproximou um pouco mais da cama. Mandou para longe o bom amigo. Ela avançava em minha direção. De frente. Eu percebia seu trajeto, suas pernas flexíveis, etéreas. Mais perto ainda. Ela se pôs diante de mim. E vi o seu rosto.

Uma máscara, sem traços, que se escondia dos vivos. Buracos, bordas, caminhos entrecortados rasgavam suas bochechas. Vi o olho vazio que vendava sua testa. A boca, os lábios. O nariz como o pico invejoso de uma montanha. As maçãs do rosto elevadas. Os dentes regulares e juvenis — como pérolas que enfileiramos. Olhei para ela. Encarei-a fixamente. Vi então o que ninguém mais podia ver. A sombra era eu.

10.

Sou uma sombra. A sombra da manhã que vibra antes que o mundo desperte. A sombra da noite que acompanha, no céu, os mercadores noturnos. É isso que sou.

Sou grande, muito maior do que pareço ser. Nunca fui tão grande. Já não preciso de pernas. Já não preciso de escadas. Nem de ombros. O reflexo de uma sombra sempre excede o corpo ao qual se prende. Basta olhar as silhuetas, em pleno sol — a forma alongada, que cresce como madeira.

Eu estava medindo três metros de altura, ultrapassava a estrutura da porta. Era preciso me curvar para sair do quarto. Nunca bati a cabeça no teto. Nunca precisei me abaixar para atravessar um túnel. Eu sabia me esgueirar em meio aos tubos, canos, encanamentos. Mestre na arte de parasitar o espaço, não era nem vista, nem conhecida. Agora precisava me adaptar às novas dimensões.

Vi o meu duplo voar, escapar como o vento. Brincar com a cadência do sol. Agarrado a mim. Uma sombra pesa. É o bloco de ferro que prendemos nos tornozelos dos prisioneiros. Condenados às águas profundas, eles nunca retornam.

As sombras circulam entre os humanos, mas elas evitam se intrometer em seus assuntos. Elas fogem do clarão rasante dos postes de luz. Vagam por ruas estreitas e abandonam as avenidas, os calçadões.

O planeta está cindido. Ele encerra múltiplos lugares onde se pode habitar. As fábricas e os exércitos cobiçam todos eles. Eles conquistaram o que está além da abóbada de estrelas, instalaram máquinas em novos planetas. Percorreram os oceanos e o fundo do mar. Colonizaram montanhas e planícies, lançaram sondas para explorar o subsolo. Mas não sabem nada sobre as sombras. Nada adivinham sobre a escuridão infinita do mundo.

Nenhum território se oferece totalmente ao olhar que o espiona. A quem conta os ratos, radares, câmeras e drones. Exploradores percorrem a parte elétrica das terras e dos mares, mas se desesperam diante da espessura da neblina. Na superfície, as estradas foram cortadas, séculos atrás, por governantes e um bando de ladrões que nunca se arrependeram. O que podem as sombras: apontar as falhas com o dedo, indicando onde se esconder, ou talvez elas só saibam mentir.

Meus membros começaram a se mover. Meu duplo assumia o comando e me arrastava em seus passos. Eu não sentia o chão sob meus pés. Avançava em direção ao fundo do quarto. A alguns centímetros da cama de Jeanne-Marie. Caminhava. Em direção à parede. Caminhava lentamente — ainda desajeitada. Como um gigante de pedra que recebeu seu primeiro impulso de vida. As articulações se esticavam e rangiam. O bom amigo percorria o quarto. Eu mal conseguia ouvir sua voz. Ela sibilava como um ruído parasita. Eu ia perdê-lo, novamente. Vagamos juntos, percorrendo grandes distâncias sem nunca encontrar um lar. Moramos em árvores, depósitos e sótãos. Dessa vez, eu estava me retirando. Levada por uma força vinda dos subterrâneos. Ela me levava diretamente a uma parede. Um passo, depois outro. Alcancei o primeiro pé da cama. No chão, ao lado da mesa de cabeceira, estava o Manual. Rosnando como um cão raivoso. Ele continha os últimos versos do poema de Hakim, contava sobre passagens, labirintos, entrelaçamento de estradas. As tocas construídas por aqueles e aquelas que tomaram a rota de fuga. Para evitar a captura. A apreensão de corpos que haviam se tornado restos mortais.

A parede estava na minha frente. Caiada de branco. As fotografias em que agora eu distinguia cada um dos personagens.

Conhecia suas histórias. Conhecia a *Independência* – uma Ideia erguida contra o mundo. Uma fenda, minúscula, rachava a pintura, do teto ao chão. Era difícil discerni-la. A parede era lisa, sem forro. Era preciso colar os olhos nela. Pressionar a orelha para sentir que era oca.

Escutei, atrás de mim, algumas palavras. Rime, Selima e o filho chegaram abruptamente ao quarto. Eles cercavam Jeanne-Marie. Luzolo voava sobre suas cabeças.

Jeanne-Marie, uma forma distante. Todos os seus filhos com ela. Eu havia começado a travessia. A sombra abraçou a fenda, eu me dissipava com ela. Penetrava outras geografias, outras fronteiras. A ordem, atrás de mim, já não existia. Ela não impunha mais sua marca. Eu flutuava, andava. Meus membros, deslocados, moviam-se e nada retinham do mundo.

Eu estava em outros lugares. Nos trilhos dos subterrâneos.

*(Notas e observações para a redação do Manual –
recolhidas durante minhas conversas, minhas viagens,
rabiscadas nas estradas)*

CANTO DE DOR

O organista da Treille, sentado em um banco de veludo, faz sinal para o coro se levantar. Sério e concentrado, ele entoa uma música de sua própria composição

Solista:
Peça a Elem, Homem lá de baixo,
Para te armar contra o ódio.
Peça a Ele. Ele concede.

Peça a Ele, das profundezas das Trevas,
O cetro, o bastão e a lei.
Peça a Ele. Ele concede.

Coro:
Mas não reze.
Não se ajoelhe.
Sua justiça é devida.

Das profundezas de suas entranhas
Sopram orgulhosas tempestades,
Revoltas múltiplas que estão por vir.

Solista:
Peça a Ele, Mulher de três vezes nada,
Para parar de dar à luz.
Peça a Ele. Ele concede.

Peça a Ele o Dom Único,
A espada e o poder.
Peça a Ele. Ele concede.

Coro:
Mas não reze.
Não se ajoelhe.
Sua justiça é devida.

Das profundezas de suas entranhas
Sopram orgulhosas tempestades,
Revoltas múltiplas que estão por vir.

VI
OS ÚLTIMOS DIAS

1.

O espaço girava em torno de si mesmo, infinito. Nenhum ponto de partida. Nenhuma entrada. Nenhuma saída. Fui tomada por vertigens. Nos contos de fadas, o duplo aparece para anunciar o fim. A máscara desmorona, desmonta as expectativas. Então, um fantasma se ergue na sua frente. Ele usa uma máscara, impassível ou hedionda. Imita gestos e expressões do futuro defunto.

Deitado no meio do deserto. Um corpo celeste engolido por um buraco que devora luzes e planetas. Eu inspirava o ar em meus pulmões, as membranas mal vibravam.

Meu coração batia. Ao colocar a mão sobre o peito, eu adivinhava seu movimento, ele não produzia nenhum som. Tive uma visão nítida da eternidade. Uma longa viagem sem destino. Almas cansadas deixam escapar os segundos, os minutos e as horas até o fim do dia. Não ser nada além de você. E não outra coisa. O único mundo que resta.

Eu havia sonhado com um universo sem palavras. Onde os objetos recusavam os nomes que lhes dávamos. Havia sonhado com bocas que se calavam e rostos sem orelhas. Eu guardava os traços do que deixara para trás. A memória preserva as imagens, registra o que escapa, o que passa. Mas as cores do passado se distorcem à medida que as juntamos. A memória também inventa. Ela convoca, desordenadamente, reflexos que confundem épocas e tempos. Uma fábula cada vez mais fantasiosa se opõe à primeira vida — a vida real, aquela que talvez tenha sido vivida. Misturando sons, paisagens, a memória fabrica o esquecimento.

Olhos fechados. Braços estendidos, sem encontrar obstáculos. O faraó contempla o que construiu sob o arco do sol e da vida. Guerras, conquistas, dinastias. A poeira se acumula sobre os livros que compilam suas histórias. Quando a pele não é mais uma fronteira. Nem gosto, nem tato. Nem cheiros. Há quanto tempo eu estava lá?

Alguma coisa estremeceu. Um pequeno tremor. Ínfimo. Espasmos silenciosos. Meus pelos se arrepiaram. Depois a calma, por alguns segundos. Um tremor, de novo. Meu corpo flutuava suavemente, jogado para a esquerda, para a direita.

Quando, de repente, um barulho ensurdecedor dilacerou meus tímpanos. Quebrou meus dentes, meu maxilar. Eu pressionava minhas mãos contra os ouvidos. Mas os sons, agudos, me atordoavam. Fui sacudida, transportada, balançada em todas as direções. A agitação fazia vibrar meus ossos, tensionava meus músculos. Gritei por socorro. Nenhum som saía da minha boca. Eu tentava fugir, escapar dos redemoinhos. Em linha reta, sempre em frente.

Uma chuva de pedrinhas caiu sobre mim. Esmagou meu crânio, minhas sobrancelhas. Atingiu minha pele. Ela caía forte. Machucou minhas mãos e meus braços. Tempestades de pedras. Tempestades de insetos. Febres e pragas.

Seixos e cascalhos batiam obstinadamente em minha coluna. O fluxo era denso — logo eu seria coberta por uma montanha de rochas. Uma tumba dentro de uma tumba. Transformada em pedra. O aguaceiro se enfurecia. Minhas costas se envergavam, dobravam-se em uma torrente de seixos. Eu perdia equilíbrio e não conseguia mais me proteger. Meus dedos esmagados lutavam para se agarrar uns aos outros. Estilhaços se infiltravam em minhas mangas, pelo cós da minha calça. Penetravam minhas narinas, abriam caminho para meus pulmões.

Ao meu redor, tudo era poeira. Uma nuvem de fumaça e matéria. Eu ia morrer... eu ia apagar completamente, quando uma onda turbulenta me agarrou e me acorrentou a ela. Ela me arrastou ainda mais fundo sob a terra. Eu afundava num ritmo constante. Uma aceleração insana, o rosto açoitado por partículas. Meu corpo era carregado por forças poderosas. Forças materiais e cegas que engoliam tudo que encontravam no caminho. Eu havia derretido em um oceano de rocha.

A chuva de pedras parou. A onda me levara para longe dela. Ela me resgatou e me arrastou por vários quilômetros. Milagrosamente, eu escapara da tempestade. Quando já estava protegida, o movimento parou claramente. Tive a impressão de que havia sido colocada no chão. Um chão úmido e escorregadio. Tentei abrir os olhos. Para minha surpresa, vi uma luz pálida e cinza inundando uma paisagem de minerais e pedras preciosas. À minha frente havia um lago. Alguém tocava em minha mão. Alguém me tocava. Eu estava coberta de feridas brilhantes. Minhas costas foram acariciadas. Os ombros doloridos. Eu me virei e encontrei uma multidão atrás de mim. Milhares de rostos. Milhares de braços. Milhares de mãos. Uma figura se aproximou de mim, e sua voz ecoou:

— Você pensou de fato que estava morta?

Os peitos se inflaram e soltaram explosões de riso. Eles traçaram sulcos na água do lago, como ricochetes. Cindindo a paz e o silêncio que reinava no local. Cindindo a paz e o silêncio dos pisos subterrâneos.

2.

Uma multidão sorridente e mutilada. Alguns corpos não tinham mais braços. Um rosto e três buracos: dois para as órbitas enucleadas, um para a boca escancarada, deformada por um riso contínuo. Um grupo, à minha esquerda, não tinha mais rostos; troncos vagavam pela multidão, aplaudindo com as duas mãos. À minha direita, mais de mil corpos fraturados nas articulações, nas pernas. Algumas cabeças ainda carregavam o facão que tentara quebrá-las, como um chapéu, imóvel. Mandíbulas quebradas. Bochechas perfuradas. Línguas torcidas ou dilaceradas.

Conheço várias histórias. Os braços e as mãos cortadas do negro malvado que foge para a floresta. A língua talhada daquele que se recusa a falar. Os dedos do violonista arrancados um a um no estádio onde a multidão se reúne para os jogos. A fruta madura, longilínea, pendurada numa árvore.

Uma mulher segurava sua barriga arredondada. Agarrados a ela, dois saguis que não respiravam. Várias crianças gesticulavam e jogavam seus restos no ar. Como uma dança, sem músculos, sem falanges. Uma alegre roda de trapos, peles e carne. Os corpos sadios se misturavam aos outros, emprestavam-lhes às vezes seus braços, seus torsos e seus rostos magros.

Cabeças saíam da terra. Mãos enlameadas. Enxadas e pás para corroer o solo. Buracos perfuravam a crosta terrestre. Os braços escapavam das cavidades, vozes vinham acrescentar seus tons às risadas que estremeciam o solo. A água do lago estremecia. A multidão permanecia afastada da borda. Alguns aventureiros se aproximaram das margens, mas não mergulhavam. As águas permaneciam proibidas. Minhas feridas estavam inchadas, doloridas. Meu rosto, coberto de pequenos cortes salientes, irritados pelo contato com o ar. Várias mãos me agarraram. Elas saíam, suaves e ágeis, do chão. Massageavam meus membros, aliviavam o sofrimento. Dedos de todos os tamanhos em minha coluna vertebral. Algumas palmas estavam quentes, outras geladas, como se o sangue não as irrigasse mais. Na multidão, eu via mortos, vivos, indivíduos perdidos entre dois mundos. Alguns rostos ainda carregavam a urgência da violência e da fuga; as coisas que deixamos para trás para fugir das armas, do assassinato. Em sua corrida frenética contra o perigo, eles haviam encontrado, por milagre, um caminho, frustrando as armadilhas de seus carrascos. Outros haviam hesitado antes de morrer; indiferentes à doença e à velhice, decidiram sozinhos quando chegaria o momento de se retrair e descansar. Havia ainda aquelas e aqueles que estavam ali por acaso. Não pediram nada; mas, às vezes, o destino prega peças.

Na multidão, cabeças vigorosas. Cabeças rebeldes. Elas haviam recusado a ordem do mundo. Algumas ainda carregavam um estandarte, uma bandeira. Insígnias no peito. Os sinais de adesão e discórdia, justapostos ao corpo, como uma braçadeira.

Insurgentes, doentes, fugitivos, famílias, mortos, vivos, no limite. Nas margens do lago que separava as profundezas da superfície, da atmosfera. Brisas quentes e contínuas roçavam em meus ouvidos. Logo eu não sentiria mais nada. Eu havia chegado aonde o mal já não afeta nem o corpo, nem a alma.

Ele já não se imiscui nos sentimentos, no coração das famílias. Existe um mundo subterrâneo, onde nada diminui a vida. Uma silhueta ganhou forma e pousou diante de mim.

— Você consegue ficar de pé agora?

Pouco a pouco, recuperei meu equilíbrio. Uma agitação alegre tomou conta da multidão. As águas do lago vibravam. Eu estava de pé. Alguns tremores novamente agitaram o local. Menos violentos, mais leves. Os braços me agarraram outra vez, e a massa, como uma onda, se afundou ainda mais na terra. O ritmo era lento. Eu podia vislumbrar, com clareza, a geografia subterrânea. Atravessávamos galerias. Uma luz difusa, de origem misteriosa, iluminava quilômetros de túneis. Passagens se comunicavam entre si, traçavam caminhos que se abriam em novas direções. Uma vasta rede de circulação na qual era fácil se perder. Nenhum sinalizador, nenhuma placa, corredores mais ou menos amplos, mais ou menos estreitos onde almas nômades se moviam sem fim.

Nos pisos subterrâneos, não havia pausas. Não havia lugares fixos onde se estabelecer definitivamente. Ficar parado era a melhor maneira de ser capturado. A continuidade do movimento era um esconderijo ideal. Para evitar a captura, dois talentos eram necessários: o da errância e o das metamorfoses. A paz residia nas idas e vindas, na ondulação, nas mudanças de formas incessantes.

A terra era vermelha, escura, às vezes roxa. Cores que não eram afetadas pelo dia ou pelo sol. Chegamos a um novo território, a mais de cem quilômetros dos últimos redemoinhos. Cada terremoto era uma armadilha. Os túneis podiam desabar e soterrar aquelas e aqueles que os atravessavam. Braços e mãos recuperavam os corpos afundados; eles eram reanimados e voltavam à vida. No labirinto de galerias, ninguém poderia perecer sob a lama e a pedra. Nós retirávamos o que estava preso na rocha. E recomeçávamos a cavar, a escavar. Consolidando as galerias, inúmeros pontos de fuga que moldavam o mapa subterrâneo. A onda me levou para longe do lago. A um lugar onde tudo era escuro e seco. O calor intenso tornava quase impossível respirar. Ouvi um apito e, em um movimento, a multidão desapareceu. As formas escaparam pelas diferentes galerias e retomaram o caminho interrompido.

Eu me vi sozinha, no meio de uma encruzilhada que propunha dezenas de direções. Não sabia por onde começar a andar. Cada perspectiva era idêntica. Um longo túnel sem saída à vista. Não havia nada mais. Nenhum prédio. Nenhum hábitat. Os buracos eram tocas. Inspecionei a entrada de uma das galerias. Ao pé de uma delas, meu pé se chocou contra um obstáculo. Um grito suave ressoou, seguido de uma tosse furiosa.

— Cuidado onde pisa!

O tom de voz me surpreendeu. Uma mulher surgiu no caminho:

— Meu nariz está sangrando. E o sangue está manchando minha blusa. Eu rezo todos os dias pela família, pelos inimigos, pelos entes queridos. Por aqueles que ficaram lá em cima e não encontraram a saída.

Ela tirou um lenço do bolso e limpou o rosto:

— Você acabou de chegar?

— Estou perdida e ainda atordoada com os terremotos.

— Os tremores? Não há com o que se preocupar! Você vai se acostumar com isso. Deixe-me descansar um pouco. Vamos pegar a estrada juntas.

Tive tempo de contar, de lembrar dos pesadelos. Uma mão esmagando meu nariz durante o sono. O barulho da máquina Singer. Dentes amarelados mastigando e ruminando as sonoridades do ódio. Uma bala de borracha se esmagando contra o osso da sobrancelha.

A mulher cochilara. Seu sono durou dias, semanas. Quando ela abriu os olhos, eu ainda estava lá. Faminta. Ela pegou meu braço e juntas percorremos um corredor imerso na escuridão.

3.

— Não precisamos de nossos olhos. Use seus outros órgãos, seus outros sentidos. O nariz. A língua. A pele. Os ouvidos. Não é preciso ver para se orientar, para seguir um movimento. Às vezes, você pode ouvir música. O som viaja através das galerias e acompanha suas longas jornadas.

Ela se chamava Qiao. Estava prestes a encontrar um ponto de água quando os tremores começaram. Ela alcançou a multidão que me levantara. Qiao conhecia inúmeros itinerários. Sob os polos, a história se interrompera. As coisas se deterioravam nos continentes. Ela preferia viajar na fronteira dos grandes oceanos. As cheias transformavam os solos em esponja. Eles se enchiam de algas e cheiros marinhos. O frescor da crosta oceânica contrastava com a habitual fornalha dos túneis.

— Conheço um lugar onde há muitas comunidades. De lá, podemos buscar coisas na superfície. Em lixões a céu aberto. Ou nos misturar com as multidões e tocar o terror embaixo do céu.

— Na superfície? No mundo que acabei de deixar?

O rosto de Qiao se descontraiu.

— Eu rezo pela minha família, por aquelas e aqueles que ficaram em cima. Eles acham que não há mais nada. Mas a vida real vibra sob seus pés. O mundo deve ser esquecido. Ele não oferece saída. Ou o destruímos, ou nos esquivamos dele. Eu escolhi me esquivar.

Qiao me guiava em meio a nós e laços. Meus pés roçavam nas pedras. Eu tropeçava, afundava nos buracos gigantescos que cortavam o caminho. Às vezes, ela cavava o solo com a mão e desenterrava raízes que estalavam sob seus dentes. A estrada que ela escolhera foi destruída muitas vezes por tremores. Ela foi consertada e consolidada, mas raramente era usada. Depois de alguns dias, um lampejo de luz atravessou a noite profunda. A névoa envolveu nossos membros. Quando ela começou a se dissipar, avistei uma floresta. Uma floresta no coração da terra. Uma caverna, cercada de nuvens, árvores e lagos. A natureza havia conquistado a rocha. O ar estava mais vivo; estávamos a apenas alguns quilômetros da superfície. Uma brecha deixava a luz penetrar vinda do exterior. O tamanho das árvores de folhas largas e a densidade da vegetação não permitiam ver os cumes. As folhas ficavam mais claras à medida que subíamos. Deixamos para trás o calor sufocante das profundezas, as temperaturas agora estavam mais amenas.

A luz aos poucos foi ficando mais fraca. Qiao me disse que a claridade durava apenas um curto período. Mais alguns minutos, e a floresta se tornava negra, escondendo seus infinitos detalhes dos olhares atentos. Era possível distinguir a efervescência dos corpos. Calafrios, carícias. Mechas de cabelo roçavam em minha bochecha. Mergulhei minhas mãos e meus braços na água fria.

A vida sonhada estava ali. Não havia nenhuma necessidade de construir grandes sistemas. Grandes discursos que buscavam entrever como todos os benefícios do mundo se realizariam no futuro. Pois o futuro não estava ao nosso alcance. Tudo o que tínhamos de fazer era parar de olhar para cima e cavar a terra.

Esse era o privilégio das pessoas de baixa estatura. Elas descobriam sem querer ao mudar de perspectiva, tendo apenas o barro como horizonte. O húmus. Não devíamos tentar nos levantar. Em vez disso, ir mais fundo, afundar ainda mais, onde o eco das violências já não abala os movimentos do corpo.

4.

Um odor acre, pungente, tomou conta de nossas narinas. Um pó escuro e gorduroso escorria pelas paredes. Um rumor circulava. Toda uma galeria fora destruída durante os últimos tremores, impedindo o deslocamento e as conexões entre diferentes pontos de água. Os corpos, vivos e mortos, se apressavam para dar uma mão. Com pás, garras e unhas, nos empenhávamos a reconstruir e reforçar os túneis.

Um líquido filtrava através da rocha. Pesado de toxinas e resíduos químicos. Emanações de gás atacavam os pulmões, atravessavam as artérias. Um grande tormento havia se apoderado da Terra. Colhíamos o sofrimento como se arrancam folhas de uma planta, uma a uma — em silêncio. Qiao agarrou meu braço. Um clamor ressoou:

— Uma perfuração!

Nas superfícies, as empresas se apropriavam das riquezas do solo. Elas causavam tremores, choques que destruíam as galerias. Uma longa haste de metal perfurava o teto e bloqueava a estrada. Não dava mais para circular. O tronco de ferro estava enterrado nas rochas, trazendo amostras. Do lado de fora, preparavam-se para instalar as bombas que permitiriam a extração de minerais, gás e petróleo. Trabalhadores cavavam minas, em que toda uma juventude era jogada. Músculos fortes e robustos, silhuetas leves e ágeis, capazes de remover pequenas pedras e limpá-las com seus dedos finos. Escravos acumulavam o que brilha, o que pode ser trocado. Num buraco, eles

esperavam a luz e acreditavam no único mundo verdadeiro —
aquele que dava dinheiro.

Às vezes, um mineiro se perdia. Ele encontrava uma brecha e se embrenhava no piso subterrâneo. Grandezas e glórias se desvaneciam. Milhares de mãos seguraram seu corpo. Ele esquecia tudo e nunca tomava o caminho de volta.

As máquinas cortavam grandes terrenos açoitados pelo sol e pela chuva. Caminhões, contramestres e mão de obra pouco qualificada circulavam pelos gigantescos canteiros de obras. Os rostos sujos de sedimentos e poeira. Limpavam a vegetação com a ajuda de serras, escavadeiras e motosserras. E, quando as árvores caíam, faziam vibrar o solo.

O tubo de perfuração estava coberto de argila. Ele vasculhava as entranhas, sondado todos os recursos possíveis. Várias mãos o agarraram e começaram a sacudi-lo. Eu também o agarrei, empoleirada nos ombros de Qiao. O tubo não resistiu por muito tempo. Sob golpes repetidos, ele cedeu enfim. Em poucos minutos, não havia mais nada.

Um grito se apoderou de todas as gargantas. As carnes se uniram e, como uma corrente compacta, começaram a descer pelos túneis. Fui pega por uma onda tão poderosa quanto a que havia me carregado antes. Eu era apenas uma ondulação. A velocidade chicoteava minhas bochechas. Aceleramos mais e mais, atravessamos as galerias como meteoros. Mais rápidos que o som, mais rápidos que a luz. Uma massa de energia movida pelas cavidades, alimentando-se do calor da matéria.

E nós fizemos a Terra tremer. E nós fomos o grande terremoto. Respondemos aos tremores de fora com uma convulsão ainda mais violenta. Era preciso imaginar o colapso das torres de perfuração. Caminhões tombando. Bombas explodindo. Carreiras desmoronando. A imensa onda do subsolo respondia, como um eco, às brutalidades da superfície. As deformações da terra eram o resultado de forças internas. Elas criavam paisagens feridas, como longas cicatrizes que atingem a pedra.

Quando você se aprofunda no segredo das profundezas, as mecânicas terrestres se complicam. O movimento das multidões molda as geologias. Mortos, vivos, navegando entre os mundos. A matéria inanimada é um protesto silencioso. O povo que vive embaixo se enfurece e estremece com ela. A partida em retirada não é nem melancolia, nem recuo. Colocar a cabeça em um buraco é uma bravata. Debaixo da terra, homens e mulheres continuavam a desordenar os lugares que haviam deixado para trás. As batalhas que não puderam ser vencidas ao ar livre continuavam nas galerias. O que governara o mundo de cima não devia ser repetido. Manter a paz tinha esse preço.

E foi assim que todo o povo dos subterrâneos veio para somar ao tremor da terra. O rugido intoxicava os corações e as cabeças. Nós ríamos, com os pés no chão ou no ar como nas montanhas-russas. Ao passarmos, túneis desmoronavam. Às vezes, perdíamos braços, pernas. As galerias que desabassem seriam reconstruídas de todo modo.

Meu corpo estava colado ao de Qiao, eu era guiada por seus movimentos. A extremidade de sua coluna vertebral pressionava a minha. Suas omoplatas adentravam em minhas costas. Eu era um redemoinho, um fragmento entre milhares de outros. Seladas, como tijolos de uma parede. Sob pressão, nossos dedos gradualmente se separaram. Qiao se afastou, levada pela corrente. Outras bochechas, outras peles se agarraram a mim. Éramos uma massa de carne, composta de incontáveis pedaços de carne. Ao cabo de alguns quilômetros, o tremor cessou. Alguns pegavam túneis que se abriam para a direita, para a esquerda. Outros iam ainda mais fundo e reencontravam os calores intensos. Cada um retomava sua trilha, seu caminho. Quando a onda finalmente parou, Qiao não estava mais lá.

Agora eu sabia o segredo de uma estranha tectônica. No coração da terra explodiam mil vulcões. Eles perturbavam uma ordem — uma mina descascada pelo sol. Cada injustiça na superfície recebia uma réplica intensa da terra. Foi um erro acreditar que o que era inanimado era indiferente. Que os objetos sólidos e materiais eram inconscientes. Que a crosta terrestre era passiva como um veado que se deixa abater por um caçador. Sob a sola de nossos pés, há uma vontade. Um nervo tenso.

Se tudo estava viciado na superfície, havia um universo subterrâneo. Na beirada do mundo, onde os rostos nunca se voltam para o céu. Onde nenhum espírito sonha em voar. A terra não é vermelha, nem amarela, nem ocre.

Na beirada do mundo, há a réplica. Mil cabeças de bois auroques se lançam na escuridão mais profunda.

Na beirada do mundo, tudo o que ouço é um assobio. Às vezes, uma melodia. O cérebro que mente foi destruído.

5.

Alguém puxou meu cabelo. Gargalhadas presas entre dois ombros. Eu me virei.

— Venha nos pegar! Em vez de ficar aí plantada. Venha nos pegar!

Vozes ressoavam, saltitantes: "Venha nos pegar! Venha nos pegar!" Elas se distanciaram, fundiram-se às galerias, engolidas pelos túneis. Logo não ouvi mais nada. Nem mesmo um sussurro. Eu encostava numa parede, percebia seus nervos, a pulsação da pedra. Formas redondas e agudas se desenhavam em minha palma. Meu corpo envolvido na calma soberana de uma noite de floresta. Sob minhas falanges, o calor pesado e a humidade da terra. Os flancos das galerias estavam inchados como uma esponja. Eles retinham meus punhos, que afundavam na matéria — os lençóis que assumem a forma dos corpos adormecidos. Senti que algo roçava em minha pele. Um sussurro: "Vem me pegar!" Uma voz se sobressaiu. Ela insistia: "Vem me pegar!" Ela repetia, obstinada: "Vem me pegar! Vem me pegar!" As palavras e as sílabas se descolavam umas das outras. Seu timbre me pareceu mais familiar. Como se tivesse me ninado por anos. Em outro lugar, em outro mundo. Aquele que brilhava acima da minha cabeça, que recebia a chuva, o ciclo das estações, a atividade humana.

"Pega ela!" Acordes múltiplos, como uma orquestra noturna, transpassaram as passagens. As galerias formavam um coral, cada eco repercutia nas paredes. Recebi um tapa nas costas seguido de cochichos. E escutei, novamente, essa voz, que eu conhecia tão bem. Ela recomeçou, com mais firmeza: "Vem me pegar!" A nota que se sustentava no espaço revelava uma lembrança. A dentição de uma boca que faltava. "Vem me pegar!", cantava o coro, em cânone. Um concerto inesperado surgiu do ventre do mundo. Os subterrâneos cantavam em uníssono: "Pega ela!" Comecei a correr, amparada pelos refrões que se se misturavam aos risos maliciosos. De novo, um tremor. E a voz, translúcida, recomeçou: "Vem me pegar!" Meus pés se levantavam sozinhos. A harmonia das cavernas encorajava minha corrida, aumentava a amplitude dos meus passos. Meus pés não podiam vacilar. A cabeça nem sempre entende o que é preciso fazer. O corpo tem a sabedoria de tomar a frente. Ele aciona os músculos e a carne, enquanto o crânio ainda está deliberando.

A criatura ia e vinha diante de mim. Roçava em mim e repetia "Vem me pegar!". Quando eu achava que estava conseguindo pegá-la, ela se esquivava. Ela dançava, mudava de forma. "Espere por mim!" Seu riso cristalino caia sobre meu rosto como uma estalactite. Um pedaço de calcário, transparente e gelado.

Nós fendíamos os subsolos. Os grupos nômades que nos viam riam e se juntavam aos timbres que repercutiam: "Pega ela!" A perseguição desvelava esconderijos, perfurava galerias. Eu corria, atravessava os diferentes estratos da terra. As brechas, os pontos de ruptura da rocha. Fósseis preservados na pedra. Vestígios de imensas cidades antigas desconhecidas dos livros de história, esmagadas em grandes artérias minerais. Um telhado, uma coluna. Formas de escritas jamais decodificadas traçavam sulcos sob os dedos — anotadas com arranhões de roedores e insetos. De touros e cavalos fugitivos. Pontos, sinais circulares em tinta de manganês.

A silhueta me provocava, se afastava e se aproximava de mim: "Vem me pegar!" Seu corpo, espumoso, escapava por encostas rachadas. Eu era uma péssima atleta, dava impulso com dificuldade a cada um dos meus movimentos. No meio dos escombros e da proximidade ardente do magma. Incapazes de manter o ritmo, minhas pernas desaceleraram. Eu estava prestes a desabar, mas braços me seguraram pelos ombros e me enlaçaram. Um peito se colou contra o meu. Senti os batimentos de um coração. O órgão batia como um tambor contra a pele. O medo, que recusa toda confissão — recusa-se a pronunciar o nome. Tudo estava tão claro. Tão transparente. As mãos, as unhas, a forma dos punhos. Tudo estava tão evidente. Eu apertava contra meu corpo a palma que segurava meus ombros. Eu a levava à minha boca.

Seu cheiro. O cheiro singular, único, de Andréa.

6.

Uma luz cinza inundava os túneis. Uma luz que eu conhecia bem. Diante de mim, as águas imperturbáveis do lago. Ali onde o povo dos subterrâneos me salvou de uma chuva de pedras e cuidou das minhas feridas.

— Andréa, é você mesmo?

Existiria um oceano que nunca traiu? Quais crueldades traziam as ondas do Pacífico? Seus fluxos não teriam suportado carregamentos cheios de corpos? Vidas abandonadas a quem dá mais, descartadas por seus companheiros, vidas que permaneceram na areia da praia, olhando as velas se distanciarem e partirem? Elas foram jogadas ao mar? Descobriram o abismo das profundezas submarinhas? Os continentes carregam o peso das mentiras e das covardias. Cada elemento, uma ausência de lealdade.

E, no entanto, eu conhecia histórias maravilhosas. Histórias de peixes cegos que nadavam como tubarões. Que devolviam os afogados à terra. Histórias de mulheres-pássaros que encontravam ilhas desconhecidas e guiavam os naufragados. E mais histórias. Havia uma história famosa sobre o oceano Pacífico. Ela ainda circulava por vales, relevos e depressões. A contadora de histórias da *Independência* a conhecia e a contara, entre tantas outras. Rodeada por um monte de crianças que a escutavam atentamente, aguardando o grande início. Eu não a esqueci.

A vida do marinheiro inglês Jimmy Joe. Um enfermo que já não andava bem da cabeça. Dizem que ele perdeu o braço no jogo. Incapaz de pagar suas dívidas, apostou que poderia se mutilar voluntariamente. Ele não se importava — isso não iria afetar sua existência. Um braço a menos era pouca coisa. Sendo destro, ele decidiu abrir mão do braço esquerdo. Uma lâmina fina, entre seus amigos, se encarregou de decepar o membro, em público. Seu corpo se recuperou muito bem — a cicatriz era bonita de se ver, um acabamento impecável. Mas ele enlouqueceu. Sua cabeça foi embora junto com o seu braço.

Ele passou a delirar. Assustava os burgueses e os transeuntes. Lançava maldições contra eles. Mas, principalmente, ele começou a desenhar mapas. Muitos mapas. Ele amaldiçoou três territórios, terrestres e marítimos: o Atlântico, a Europa e as Américas. Ele falou sobre a rebelião das correntes e das almas: um dia, ela dominaria o mundo. Uma tempestade seria o sinal. Ela primeiro apontaria sua face para o Oriente antes de chegar ao Ocidente. Varreria tudo em seu caminho. Em ondas, trombas d'água e ventos.

Os corações puros escapariam a esse destino. Jimmy Joe conhecia um lugar que seria poupado da loucura dos elementos. Ele teve uma visão. Um sonho. Nele viu um mapa com linhas sobrepostas. Abcissas que marcavam portos seguros. Superfícies escuras representando o inabitável. Superposições, ossaturas. Uma rede de curvas moventes, proteiformes. E na extremidade, quase apagado, um ponto. Um ponto no Pacífico.

Jimmy Joe correu em meio à multidão. Para anunciar a notícia. As pessoas cuspiram nele. Riram da sua cara. "Jimmy Joe perdeu a cabeça!" As garotas bonitas que antes esvaziavam sua magra bolsa agora tinham pena dele. Elas lhe davam moedas para que não morresse de fome na rua.

Jimmy Joe continuou a pregar. Tanto e tão bem, que seus discursos acabaram penetrando alguns ouvidos. Primeiro ele convenceu dez pessoas, que formaram o primeiro círculo de fiéis. Cada manhã, no porto de Liverpool, eles assediavam os transeuntes. Marinheiros e carregadores que descarregavam corpos e mercadorias dos três continentes.

As crianças se juntaram a eles e contribuíram com a alegre confusão. Órfãs de rua, maltratadas por alguns capatazes nas imponentes indústrias têxteis de Lancashire. Elas abandonaram as oficinas e aumentaram o tamanho do grupo. Agora já havia quase uma centena seguindo Jimmy Joe. O novo messias dos pobres esfarrapados.

Por toda a cidade, eles clamavam seu novo nome: Os Companheiros da Morada Sagrada. *Pediam dinheiro para financiar a grande empreitada. O barco para chegar a um ponto no Pacífico.*

Eles não precisavam de uma grande tripulação nem de navegadores experientes. A fé seria a timoneira entre as ondas: ela não precisava de bússolas, barômetros ou sextantes.

Então, o milagre aconteceu. Um sujeito maluco, filho de boa família, reconheceu em Jimmy Joe o Último Anjo — o arauto do julgamento. Ele reuniu parte de sua herança e investiu sua fortuna na empreitada da renovação. Logo se viu aparecer, no porto de Liverpool, um grande mastro, novo e reluzente, pronto para acolher Jimmy Joe e todo o seu séquito.

Foi nesse momento que Jimmy Joe teve uma segunda visão. Ela indicava a data de partida, do fim das amarras. Seria preciso esperar três luas cheias — e na quarta se elevaria a tempestade que impulsionaria as velas.

A grande noite chegou. O dia havia sido marcado pelo sol. Os campos ingleses sofriam com a seca. Nenhuma arrebentação, nenhuma tempestade. Jimmy Joe era motivo de chacota por toda a cidade. Os saltimbancos, nas tabernas dos portos, inventam fábulas e canções que ridicularizavam a empreitada dos Companheiros da Morada Sagrada. *"Pobre Jimmy Joe. O antigo garanhão que, ao perder o braço, perdeu a cabeça. Agora sabemos onde está o seu cérebro. O cérebro do pobre Jimmy Joe."*

Porém, todos ainda se lembram do clamor que tomou Liverpool quando as primeiras nuvens apareceram. Seguidas de estrondos enormes. Uma chuva pesada, violenta, caiu sobre a cidade e desencadeou as correntes marítimas.

Jimmy Joe deu o sinal. Seus fiéis o seguiram e entraram no barco, sem tripulação. Todos tentaram impedi-los. Mas nada, muito menos a razão, pode deter as grandes missões. As amarras foram soltas. No convés do navio ecoou uma prece, sustentada por cantos cristalinos. As crianças sonhavam com um país onde não faltava pão. Onde a luz acariciava as pálpebras. Onde os adultos não eram mal-encarados. A tempestade balançava a embarcação. Mais de uma vez, os fiéis temeram que o barco virasse. Mas o céu fez o que precisava ser feito e deu às preces um pouco de respiro. O barco deixou o porto, sustentado pelo coro das crianças, e deslizou em direção ao mar.

No dia seguinte, o sol ardia no cais. A tempestade havia destruído a cidade inteira; os moradores se preparavam para reconstruir tudo. Diante da amplitude da tarefa, rapidamente esqueceram que um barco partira naquela noite, e não naufragara. Levou com ele Os Companheiros da Morada Sagrada.

Aquelas e aqueles que conheciam a história sabiam que Jimmy Joe havia deixado alguns mapas por aí. Eles indicavam os caminhos para chegar a um lugar extremo — um ponto no Pacífico. Mapas cuidadosamente desenhados foram guardados pelos nobres da cidade. Continuaram guardados para não despertar novas esperanças. Para que o povo permaneça apegado à terra firme e a seus senhores, que todos os finais de semana se embriagam em ruas tristes e cinzas. Mas é possível que outros mapas tenham viajado por toda a Europa. É preciso vasculhar as bibliotecas, mas também esquadrinhar os sonhos. Jimmy Joe não era louco. Ao perder seu braço, ele ganhou em lucidez. Um foguete. Um espírito atento. Ele esmiuçava nas dobras de seu próprio cérebro, nas paredes e fendas, em busca do menor dos sinais. O elemento que indicasse o caminho para escapar do mundo. Para deixar as linhas e os revestimentos do mundo, a curva fina da superfície do globo.

Andréa me apertava contra ela. Um longo abraço insaciável, tão profundo quanto a ondulação de um vale. Depois ela se soltou de mim e se pôs a caminhar. Ela se afastou por cerca de vinte metros e parou na margem de um lago. Seu rosto escondido, voltado para a água. Eu colei meu corpo contra suas costas. Sua mão se abriu e apertou a minha. Ela fez minha cabeça deslizar por seu ventre. Com os olhos fechados contra o tecido áspero e úmido, sentia o odor terroso de suas roupas. Ela pousou a mão sobre meu rosto e o aproximou do seu. Meus lábios estavam secos. Abri os olhos com muita dificuldade. Lentamente. O bater de um cílio, como uma eternidade. Dias e dias me esquecendo das fronteiras entre a luz e a escuridão. As balas prateadas que explodem em pleno céu. Abri os olhos com muita dificuldade. Lentamente. O bater de um cílio. E, diante de mim, vi apenas um reflexo. Andréa não estava mais ali. No lugar do seu rosto, havia uma sombra do meu. Meu duplo me acalentava. Seu tamanho gigantesco ultrapassava mil vezes o de um anão. Meu reflexo endireitou sua postura. Sempre com o olhar fixo em mim. Ele me segurava contra seu peito. Ele deu alguns passos. Alguns passos sérios, em direção à borda. Então se deixou escorregar, lentamente, e me levou com ele para as águas profundas do lago.

7.

O filho segurava o rosto. Ao seu lado, um jovem carregava uma bolsa a tiracolo. Como um viajante que ainda não havia chegado ao seu destino. Seus olhos vagavam no vazio, fixos no chão. Se alguém o tivesse apoiado. Se alguém o tivesse tomado pelo braço, ele não passaria essa infeliz impressão de perder o equilíbrio. Ele caía. O pai não o segurava. Ele havia mergulhado o olhar no abismo e também caíra.

Jeanne-Marie Mansala estava morta. Seu corpo jazia numa cama. Três homens a cercavam. Um marido e dois filhos. Duas crianças que cresceram no concreto das cidades. Explorando territórios repletos de telhas e construções imponentes. De caçambas e detritos. Em plena tarde. As cortinas fechadas. Há muito tempo... Jeanne-Marie havia declarado a quem quisesse ouvir que ela não morreria. Foi assim que seu filho me transmitiu suas palavras. Quando se podia viver, morrer não era interessante. Só o sofrimento não bastava para desejar a morte. Ela conheceu o ponto final. Ela conheceu as grandes árvores. Ela conheceu uma ponte que liga duas margens. Ela conheceu os edifícios de ferro. Ela não podia morrer. Ela não devia morrer. E, no entanto, seu corpo estava ali estendido, no meio do cômodo. Cercado por seu marido. E por seus dois filhos.

A sombra me deixara num sótão coberto com papel de parede. A poucas quadras da *Independência*. A porta se entreabriu. Rime apareceu, acompanhada de um médico. Ele olhou para o corpo. Ninguém o havia tocado. Ele ajeitou a cabeça de Jeanne-Marie sobre o travesseiro e olhou mecanicamente o seu relógio. Quinze e trinta. O horário indeciso do meio da tarde. Nunca acontece nada no instante em que o sol deixa seu zênite. Ouvimos barulhos de louça. Retomamos o trabalho, de cabeça quente. Mas nada acontece. A verdadeira vida se concentra nos momentos precisos, nas manhãs e nas tardes, ou aguarda a noite.

O rosto de Rime estava deformado pela dor. Uma linha profunda cortava sua face, dividindo-a em duas. Ela marcava as assimetrias de seu rosto que, em alguns pontos, começava a se retorcer. Por causa da tristeza, mas sobretudo da raiva. Rime estava sentada, mas tinha dificuldades para manter o equilíbrio. Ninguém a segurava. Nem o pai. Nem os filhos. As preces para a defunta não clamavam por repouso. Quem pode querer morrer? Quem pode querer morrer quando ainda há tanto para ser construído?

Na cabeceira de Jeanne-Marie, repousava o Manual. Novas páginas foram acrescentadas ao livro principal e às anotações de Hakim. Dois cadernos, vermelho e azul, foram grampeados juntos. Um envelope de papel kraft estava caindo para fora. Mapas de países, territórios. Um mundo entre os mundos, que escapava pelas embocaduras de rios, planícies, portos e estuários.

Duas mulheres entraram. Rime, o pai e os filhos saíram do quarto, deixando o corpo de Jeanne-Marie em outras mãos. As mulheres se inclinaram diante da morte e sussurraram algumas palavras. Elas desforraram os lençóis cor de creme e liberaram os membros, deixando-os para fora da cama. Retiraram seu vestido manchado. Removeram os três curativos colados no coração. Com água e sabão, limparam a parte superior do corpo desnudo. Depois desceram para as panturrilhas, os tornozelos e os pés. As pernas de Jeanne--Marie eram magras e ásperas, como gravetos que queimamos no inverno. Ela tinha o hábito irritante de bater os joelhos quando caminhava.

As mulheres tiraram os grampos que seguravam o cabelo dela e o pentearam, separando-o no meio, antes puxá-lo para trás formando um coque na nuca. Os olhos foram mantidos fechados graças a um pequeno chumaço de algodão. Vestiram-na com uma longa túnica branca puxada pelos ombros e encostaram seu crânio no travesseiro.

Deram dois passos para trás da cama. Caminharam ao redor do corpo. Pararam. Depois se inclinaram novamente. Repetiram esse ritual cinco vezes mais ou menos, depois puxaram as cortinas e abriram as janelas. Gesticularam com as mãos como se limpassem o ar. Um cheiro forte de perfume exalava de seus movimentos. Elas afugentavam a maldade das correntes de ar, os micróbios, as bactérias, as malignidades que deslizam pela circulação do vento. Para o defunto descansar em paz, para não ser atormentado pelo peso do mundo que acabava de deixar.

Foram embora, e eu saí do meu esconderijo. Meu duplo me seguia enquanto eu me aproximava da defunta. Seu rosto me pareceu diferente, enrugado como a casca de uma árvore. E se os mortos abrissem os olhos? Mais uma vez. Se eles recuperassem a posse de seus corpos, surpreendendo seus próximos que vieram para velá-los? Eu olhava fixamente os traços de Jeanne-Marie, eles não se mexiam. O infinitamente pequeno se decompunha e ocupava os últimos espaços possíveis. O fígado, os pulmões, as entranhas. Aconteceu o que ela não queria — o organismo cedeu às exigências obstinadas da natureza. Ele se dobrou ao tempo e aos anos.

Havia um imenso esconderijo subterrâneo. Onde corpos provocavam, graças a seus movimentos, um grande tremor. Quando os restos de Jeanne-Marie estiverem enterrados sob a terra, mãos virão recuperá-la. Ela atravessará tempestades de pedra. Conhecerá cursos d'água, florestas escuras que crescem na ausência de luz. Ela poderá se levantar de novo e, uma vez de pé, retomará sua caminhada. Ela encontrará, ao longo do caminho, aquelas e aqueles que desapareceram sem deixar rastros. Alguns tiveram sorte; encontraram uma brecha, uma via de fuga. Vivos ou mortos, fizeram a travessia. Passando por fendas, com a aparência se desfazendo. Seus corpos vibravam em uníssono, reagiam uns aos outros. Produziam uma música singular que sustentava cada passo. Os subsolos, em sua extensão, não eram labirintos, não eram entrelaçados de falsas pistas e becos sem saída. Não pregavam peças para impedir ou retardar os movimentos. No coração do mundo, ninguém podia se perder. As almas enlutadas e as cabeças rebeldes finalmente encontravam o que sempre buscaram. Um repouso intacto. Doce como uma carícia amorosa, uma língua que estala na boca. Sob o arco do céu e da lua, atravessando os séculos e os dias.

8.

Flocos de cinzas atravessavam a ocupação. Meu duplo estava sentado aos pés da cama de Jeanne-Marie. Ele esperava com o rosto voltado para o chão. Um movimento, um sussurro, a inquietude das moscas que vão pra lá e pra cá e batem contra o vidro. A morta fora deixada sozinha. Em meio a objetos, tapetes, móveis e utensílios.

Uma coluna cinza se sobressaía por cima dos prédios da cité Berlioz*, e se destacava da luz esbranquiçada do meio da tarde. Uma neve negra flutuava no ar. Uma paisagem surreal de luto e poeira. Passos vivos ressoavam no imóvel. Eu me aproximei da entrada. Havia pessoas nas escadarias, com máscaras nos rostos. Elas batiam nas portas. Os moradores saíam e seguiam seus passos.

Uma fumaça espessa penetrava as construções. A inquietude aumentava, logo confirmada pelos gritos: a *Independência* está em chamas. O incêndio havia começado em pleno dia. Alguns porões, onde os bens da comunidade estavam guardados, foram atingidos. O fogo consumia tudo em sua passagem. Devorava fundações e armazéns, queimava toda uma economia de roubo e de sigilo.

Uma longa corrente se formou — passávamos os baldes de mão em mão, tudo o que podíamos. Precisávamos conter um furacão de chamas famintas por madeira e concreto. Os moradores tentavam preservar o prédio que ameaçava desa-

---

* Cidade universitária, com alojamentos para estudantes, nas imediações de Paris. (N.E.)

bar. Algumas famílias foram abrigadas, outras se reuniram do lado de fora, observando, impotentes, o espetáculo. O frontão da *Independência* se soltou; desmoronou, lambido pelas brasas do fogaréu. As letras desapareceram nas chamas, apagaram-se uma a uma. As janelas explodiram num estrondo. Longas madeixas de fogo atacaram a fachada. Queimada como o fim de um sonho, como o fim de uma Ideia.

Eu vi o pai, o filho, a alguns metros do incêndio; seus passos desordenados para ajudar em cada esforço. Rime e Selima organizavam os socorros. As caixas eram colocadas ao ar livre. O fruto da pilhagem, da abundância, do mercado. Toda a riqueza, distribuída entre todos e todas. A *Independência* acumulara todos esses bens roubando, pirateando, perfurando a capital, as grandes construções industriais. Os corredores que levavam a certos porões agora estavam impenetráveis, bloqueados por nuvens de carbono. Boa parte dos recursos perdida, destruída pelo sopro vermelho e incandescente do fogo.

Ainda esperávamos apagar o fogo sem recorrer a forças externas. Sem esperar o barulho das sirenes, como uma esperança. Então nos entregávamos ao trabalho. Evacuamos os últimos moradores dos imóveis. Uma parte deles havia se reunido espontaneamente na capela que se erguia, intacta, na frente da *Independência*. As crianças não choravam. Escrutinavam pelos buracos a imensa zona de fogo. Imóveis, silenciosas.

Era preciso correr mais rápido que uma chama, ser mais ardente que a própria fornalha. Centenas de braços, de pernas, de mãos lutavam, opunham os elementos uns contra os outros.

Ainda assim, a catástrofe aconteceu. A *Independência* colapsou, foi dilacerada pelo calor. Gritos atravessaram as torres. O pai, os filhos e equipes de resgate improvisadas pararam. Não sobrou nada. Uma montanha de detritos consumia o solo. O incêndio fora até o fim. Tudo consumira. Um buraco profundamente aberto, aquecido pelas brasas, atravessava o bairro. Os restos do local sibilaram, esmagados pelos resíduos da estrutura. Quando o coral da *Independência* se reunia, as músicas se elevavam e assombravam os conjuntos habitacionais. O coro de querubins sustentava os pulmões cheios de ar e de poder das vozes adultas. Mas naquele dia ele se extinguiu, definitivamente, como o próprio prédio.

Um murmúrio se espalhou: o incêndio nos porões da cité des Trois Œillets foi controlado. Algumas vísceras ainda queimavam, mas a determinação dos moradores havia vencido as chamas. Após três longas horas de combate, o fogo começou a enfraquecer. Os edifícios da cité Berlioz estavam intactos. Os armazéns nos setores sul e oeste foram destruídos. Alguns apartamentos do térreo sofreram danos, mas os andares superiores foram poupados.

Os corpos exaustos se abandonaram no asfalto. As pálpebras inchadas pelas partículas de carbono grudavam em seus cílios. Os primeiros rostos escaparam da capela. Não havia mais nada. O coração da ocupação jazia, estripado, sob um monte de vigas e escombros. As pessoas cobriram a boca com as mãos. Nenhuma lágrima, nenhum grito. Um deserto no coração da cidade. As vidas se interromperam em seus movimentos. As pessoas olhavam, atônitas, para o buraco que se formara diante delas. Uma boca negra e fumegante havia engolido um longo sonho acordado. Uma mulher falava, sozinha. Ela fazia gestos com as mãos. Um lenço lhe cobria a testa. Ela quebrava um silêncio mortuário. *Para onde ir?*

Suas palavras escorreram como uma ferida e não produziram nenhum eco. Ninguém queria prestar atenção nela. Ela continuava a interpelar as pessoas, mas as sílabas murchavam, destacavam-se de toda inflexão. Em pouco tempo, o som já não saía de seus lábios.

O tempo havia acelerado. Quanto tempo passei nos subterrâneos? Por quanto tempo vaguei pelas cavidades da terra? Têmporas grisalhas haviam substituído as cabeleiras negras. Rugas se insinuavam na testa e nas bochechas. Os pais abraçavam seus filhos. Outros voltavam para seus apartamentos. Alguns contavam, absortos, as caixas empilhadas na laje de concreto.

O pai havia envelhecido. Ele me parecia distante, tragado por outros ritmos, outros espaços. Nossos passos não pisavam o mesmo chão.

— Você foi embora há muito tempo. Você foi embora por tanto tempo. E, durante esse tempo, muita coisa aconteceu. Eu não sei o que você é. Gigante ou minúscula. Sombra ou matéria. Máquina de tecer ou olho de vidro. Mas, durante esse tempo, tudo se acelerou. Eu acompanhei os acontecimentos como um espectro pode fazer. De longe, sem participar. Ouvi tudo. Entendi tudo. Até as chamas. Até o desaparecimento de alguns, até o retorno de outros. Deduzi que algumas mecânicas são implacáveis e às vezes é impossível enganar o destino.

Luzolo girava em torno de si mesmo como a grama alta picada pelo vento. Ele assoviava como os caninos da mulher que ousou quebrar o silêncio: *Para onde ir?*

9.

Eu tenho uma cabeça nociva. Que não se oxigena bem. Eu bebo tão pouco. Como tão mal. Meus ossos são quebradiços como a caixa torácica de um esqueleto. Enterrada há uma eternidade sob um continente selvagem, eu me esgueiro por toda parte. Nunca fui sólida, de fato. Subo em árvores e cavo no solo. Assumo formas retas e curvas. A vegetação cresce em meu peito. Rica e abundante, oferecida aos ventos do sul. Sigo o rastro dos cães. Das raposas. Do rebanho e do pastor. As extensões da água. Os animais selvagens e a flora. Compartilho a abundância com o velho errante que também encontrei no caminho. Ele ri e fala, troca uma fatia de pão por uma Ideia. Cada folha lembra um nome. Um nome de lugar. O nome de uma estrada. O nome de uma travessa ou de um atalho. Quem riscou o fósforo? De onde pôde jorrar a faísca? Como se defender contra um incêndio criminoso?

Ao longo do anel viário, os carros espreitavam as idas e vindas dos moradores da ocupação. Nos furgões, os homens estavam afundados em seus assentos, com o cotovelo encostado na janela. As vozes vibravam no assento de passageiro. A circulação estava interditada. Os transeuntes eram interpelados. Documentos eram solicitados; os porta-malas, abertos; os condutores saíam de seus veículos. Uma verdadeira revista. Os gestos calculados para evitar todo tipo de contato.

O asfalto ainda estava fumegante. Ele trazia as marcas do incêndio do dia anterior: rastros de passos indeléveis, o ritmo lento de uma matéria que derrete. Ninguém havia dormido. Mas ninguém havia imaginado que haveria um cerco ao redor da ocupação quando despertassem. As rondas policiais haviam se escondido atrás da cortina de chamas e esperaram as luzes matinais para se levantarem diante das cinzas da *Independência*.

Eu havia dormido na capela da rue des Fusillés. Luzolo ficou perto de mim durante o incêndio. Ele havia surpreendido a respiração da sombra, na cabeceira da cama de Jeanne-Marie. Apesar do que acontecera, estávamos felizes por termos nos encontrado. Contei a ele sobre os subterrâneos. Havia de fato uma saída possível. Onde não se podia mais distinguir os vivos dos mortos. Onde não havia diferença de altura, raça ou sexo. Nem feridos, nem sãos. Nem ricos, nem pobres. Não se podia ver nada, e era o paraíso.

— Luzolo, é para lá que vou te levar. Eu te prometo. Nós vamos ficar bem! Vamos viver descendo os subterrâneos. Provocando grandes tremores, que desestabilizam a superfície!

— Não há negociantes de arte nos subsolos?

— Não. Nada de quadros. Nada de cores. Nada de brilhos. Túneis, nada mais.

Estava amanhecendo. Ninguém ousava abrir os olhos. Não se devia ver a paisagem. As fronteiras de Ivry enegrecidas pelo fogo. Outros moradores da ocupação haviam passado a noite na capela. Nós nos preparávamos para encontrar apartamentos e prédios devastados pelas chamas. Luzolo fez cócegas em meus ouvidos e me acordou. Ele deslizou algumas palavras pela minha nuca:

— Você partiu por muito tempo. Você partiu por tanto tempo.

Eu sorria, ainda adormecida. Aquela respiração familiar. Eu havia reencontrado a melhor das companhias. Nossa jornada terminaria em breve. As páginas do Manual iriam se fechar. Para os seres dissociados, o mundo sonhado estava vinte mil léguas abaixo de nossos pés.

O bom amigo inspirava suavemente. E, como o vento que infla as velas, ele declarou:

— Durante sua estadia, tudo virou do avesso. Olhe ao seu redor...

Então ele começou a contar a história dos últimos dias:

— Durante sua estadia. Horas, dias e semanas. Houve prisões, traições. Línguas espiãs revelaram o esquema; as pilhagens fracassaram. Membros da *Independência* apodrecem em fortalezas da região parisiense. Melun, Nanterre, Fleury-Mérogis. Porões e armazéns foram descobertos. Os menos aguerridos acabaram não resistindo. Em seguida houve uma série de partidas voluntárias. Os jovens foram para a capital. Eles estavam cansados dos sonhos desgastados da *Independência*. O assédio constante das forças da ordem e o desejo de uma vida diferente haviam se apoderado deles. Quem hoje aspira à invisibilidade e ao entrincheiramento? É uma Ideia que pertence a outra geração.

"As mecânicas são implacáveis", repetia o bom amigo, como uma sentença, um ponto-final.

— Três semanas antes do grande incêndio, a *Independência* foi cercada. Jeanne-Marie, seu marido e seu filho se refugiaram na cité Berlioz. Eles foram ativamente procurados. O silêncio da comunidade lhes ofereceu uma última proteção. Ninguém nunca tinha ouvido falar deles. Ninguém sabia de quem se tratava. Esses nomes eram desconhecidos. Eles teriam realmente existido? Eles iam de uma casa para outra. Jeanne-Marie começou a surpreender sua família e passou a sair dos trilhos. Ela recusou a comida que lhe davam. Recusou-se a beber. Recusou-se a ouvir. Recusou-se a tudo; recusou-se a viver, embora tivesse decidido, há muito tempo, que não morreria, que não podia morrer... Logo ela não conseguiria mais encontrar forças para se levantar, andar, abrir uma porta. Enquanto estava acamada, começou a chamar por seu segundo filho. Ela queria vê-lo uma última vez, acariciar seus lindos cabelos, ouvir o som de sua voz. Ansioso para realizar o desejo da mãe, o primeiro filho saiu à sua procura, acompanhado por Rime. Eles atravessaram os esgotos da capital, abrindo caminho pelos becos, atentos ao menor sinal. Reuniram muitas pistas que os levaram por caminhos tortuosos e difíceis. Tráfico, armas, o fedor que desliza pelas axilas, pelas calcinhas, pelos sulcos imundos do corpo. Encontraram o irmão numa espelunca da capital. Magro, faminto, os olhos marcados por olheiras. Ele cochilava, meio nu, em um sofá caindo aos pedaços. Um cachorro avermelhado dormia ao seu lado. Três meninas e dois homens roncavam no carpete, com as pernas e os braços roxos. O irmão se apoiou no caçula. Quando este último abriu os olhos, não o reconheceu. Em seu olhar, não havia mais nada, nenhuma lembrança. As formas se acumulavam à sua frente e desenhavam um universo distante que ele mal podia tocar. Rime encontrou uma roupa e enfiou nele com brutalidade. Ela o empurrou como a um vira-lata. O irmão agarrou aquele pedaço de carne e o pôs em seus ombros. Era como um pacote de ossos, muito leve. O medo acoplado ao ventre, como todos os fugitivos. Nunca se soube o que aconteceu com o segundo filho de Jeanne-Marie. O que é certo é que ele não apresentou nenhuma resistência quando Rime e seu irmão vieram buscá-lo. Simplesmente aceitou, como uma criança... Quando foi colocado ao lado da cama da doente, fez um esforço sobre-humano para permanecer em pé, segurava-se à alça da bolsa transpassada sobre o peitoral. Os olhos de Jeanne--Marie estavam fechados, ele levou algum tempo para entender que não se abririam mais. Como um tolo. Diante desse corpo, cujos traços mal conseguia identificar. Muito tempo requisitado por sua mãe, o segundo filho acabara por esquecê-la. Seu cérebro, perdido, tentava se concentrar, reunir os poucos elementos que permitiriam não se afogar. Ele imitava a aflição; ele havia compreendido que era isso que esperavam dele. Não queria contrariar ninguém. Menos ainda Rime, que o olhava com olhos malvados. Ele baixava a cabeça, olhava fixamente o chão, evitava também o rosto de mármore que, como lhe fora dito repetidas vezes, havia solicitado sua presença por longas três semanas. Era um filho e tinha um irmão... mas, em sua cabeça, o esquecimento reinava, supremo. No fundo, não se importava nem um pouco com nomes, rostos. Não se lembrava mais dos vínculos, da família. Nem do calor, nem dos afetos. Sentia, posto sobre si, o desdém de Rime. Evitava se mover e tomar iniciativas, para não a irritar. Ela era muito forte; se levantasse a mão para ele, ele não seria capaz de se defender. E o irmão, ao lado dela, ele tinha suas suspeitas, não faria nada por ele. Estava extremamente absorvido pelo corpo estendido sobre a cama. Um corpo que, segundo lhe disseram, havia chamado por ele durante três longas semanas, antes de morrer.

O bom amigo parou. Soltou uma risada pegajosa em meus ouvidos.

— As mecânicas são implacáveis — deixou escapar uma última vez.

10.

Rime olhava os furgões que cercavam a ocupação. Os músculos do seu rosto se contraíam involuntariamente. O canto esquerdo de sua boca se erguia, de forma mecânica, em direção à bochecha. Ela tirou algumas fotos e se esgueirou rumo aos prédios da Berlioz. Eu a segui discretamente, acompanhada de Luzolo, que voava, indeciso, pelos ares.

Selima abriu a porta do apartamento onde repousava o corpo de Jeanne-Marie. O irmão mais novo ainda dormia, no chão do corredor. Cruzei com ele, passei na frente do quarto da morta e deslizei contra um guarda-roupa.

— Estamos cercados. Eles não vão desistir.

— Precisamos nos proteger. Salvar quem puder ser salvo.

— Para onde ir?

O pai olhava Selima nos olhos. Ele apertava o punho de seu filho com a camiseta em frangalhos. Os combates não davam trégua.

— Temos que nos defender — disse o filho.

Na Idade Média, nas terras da Europa, uma comunidade foi cercada por chamas. Mulheres. Que repudiaram Deus e cuspiram no Diabo. Nem um nem outro para governar a vida. Apenas a razão e o desejo. Um incêndio alimentado pelo ressentimento dos príncipes e aldeões de todo o país pôs fim àquela secessão. Elas queimaram, consumidas pela fumaça das grandes florestas. Quando o fogo se apagou, não foi encontrado nenhum vestígio. Nenhum corpo calcinado. O solo estava virgem. Não havias rastros e nem mesmo ruínas.

Selima pensava nas palavras do filho. Ela conhecia o refrão. Rime espalhava suas ideias como um veneno. Ela queria travar uma guerra contra o outro mundo.

— Quem ateou o fogo? — inqueriu Selima. — Nós não sabemos quem ateou o fogo. Houve traições. Como podemos nos defender se não sabemos quem são nossos inimigos? Onde eles estão? Entre nós?

As perguntas de Selima constrangiam todo mundo. Um mal-estar atravessou o pequeno grupo. Era difícil entender como algo que se se sustentara por vinte anos agora desmoronava tão facilmente. O filho continuou:

— Quer seja um dos nossos, quer seja um novo ataque do mundo exterior, isso tem pouco importância. Nós não temos para onde ir. Precisamos defender até o fim o que resta da *Independência*.

— Tudo desmoronou. Não restou nada. Nós vimos com nossos próprios olhos. Acabou. Grande parte dos estoques foi queimada. Se algum dos nossos sair, corre o risco de ser preso.

— Você mesma disse, Selima — falou o filho. — Se um de nós sair, corre o risco de ser preso. A única saída é: se defender.

Um gemido escapou do corredor. O irmão mais novo estava se contorcendo, tomado por violentas dores. Espasmos, contínuos, dilaceravam seu estômago. O pai segurou a cabeça do seu rapagão e o tomou nos braços. Ele o deitou em outro quarto. As dores não se acalmavam, mas o caçula estava fraco demais para reclamar do que fosse. Os dentes batiam, emitiam um som metálico. Pierre Lembika colou seu corpo ao dele e abraçou seus membros febris, frágeis. Sentia a respiração ofegante do filho, que terminava em soluços agudos e barulhentos. Ele havia perdido sua esposa, não perderia seus filhos.

Rime andava de um lado para o outro. Tiques nervosos sacudiam seu rosto. Selima acompanhava as idas e vindas com o olhar e balançava a cabeça.

— Então, o que vamos decidir?

Rime, indiferente à situação do caçula, só pensava numa coisa. E era preciso agir rápido.

— Nós não temos para onde ir. Temos apenas a *Independência*.

Rime segurou Selima pela cintura e a abraçou. Selima fechou os olhos e se entregou àquele abraço. Inseparáveis desde a infância, dois soldados dedicados de corpo e alma à ocupação. Elas não conheciam outros lugares. Outros modos de viver. Protegidas pelas torres de concreto, pelos blocos de cimento, pela circulação sem fim dos carros. Elas haviam sido encarregadas pelo setor leste muito cedo, com apenas trezes anos. Conheciam a ocupação como a palma da mão. Sabiam onde se esconder, quais eram os melhores parquinhos. Elas haviam participado de diversas pilhagens. Nunca sonharam com a capital. Paris, seus monumentos, seu antigo arsenal.

Rime queria a guerra. Quando mundos estão em conflito, as coabitações se tornam impossíveis. O mais forte leva a melhor e destrói os outros. Rime sempre soube disso. A Ideia de Jeanne-Marie não podia se sustentar sem armas. As coisas a partir daí retomaram seu curso natural, e toda a ocupação enfrentou o dilema do qual sempre quis se esquivar. Querer a paz significava desaparecer. Para viver, era preciso desencadear as hostilidades.

Luzolo se agitava, impaciente. O guarda-roupa tremia. O irmão, surpreso, se levantou. Rime e Selima olhavam o móvel. Eu senti uma mão me agarrando pelo pescoço. Vi, num primeiro momento, o rosto perplexo de Selima. Ela me olhava como se estivesse diante de alguém que voltou do mundo dos mortos. Um monstro que assombra o sonho das crianças. Por trás de seus ombros, a expressão de Rime, perplexa. O filho me colocou no chão. Meu bom amigo colado à minha cabeça. Eu disse com firmeza:

— Existe uma solução. Mas ela não está deste lado do mundo.

(Notas e observações para a redação do Manual –
recolhidas durante minhas conversas, minhas viagens,
rabiscadas nas estradas)

A FESTA DOS MORTOS

Luzolo vem do céu. Ele confirmou. Não há nenhuma recepção na entrada. Nem anjos nem recepcionistas. Esta observação foi a oportunidade de um monólogo instrutivo que transcrevo aqui:

Pela graça do imbecil que tornou tudo isso possível, o drama do fim da vida é que ela nunca termina. Uma vez morto, ninguém tem direito ao silêncio.

Os apunhalados ficam de papo pro ar! Os malfeitores se espezinham. As vovozinhas retrucam. Os patriarcas dão sermões. O idiota da aldeia tira sarro. Os proletários continuam a revolução. Os patrões furam as greves. Os vigias sonham com comida congelada. Os manobristas ficam sem gasolina. Aqueles que sangram continuam sangrando. As crianças pedem sopa. Os carrascos decapitam a si próprios. Os rostos queimam de febre. Os ferroviários fazem ronda. Os cães e seus filhotes caçam codornas. Os fetichistas contam suas mágoas de amor. Os estrategistas estão perdidos no meio da ronda. A colheita não é abundante. Ninguém quer calar a boca!

Mas tem coisa pior. Entre os mortos, alguns não aceitam o seu destino. Eles choramingam e, feito idiotas, se perguntam onde estão os corpos. Comidos pelas formigas-safári! Mordiscados pela sujeira carnívora que cava buracos nos solos. Em meio às conversas, você ouve os gritos, as reclamações daqueles que não entenderam nada. Que não entenderam que sua substância é só blá-blá-blá! E que é assim que tudo termina!

Os livros santos são verdadeiras alucinações. Não há nem Inferno, embaixo, nem Paraíso, acima. Há apenas uma Ágora. No meio. O boca a boca! Morrer é deixar a terra com uma consistência tão fina quanto a de uma palavra. Os mortos são palavras; e eles fazem o que as palavras fazem. Um ruído eterno. Os espectros têm enxaqueca.

Quando se sabe de tudo isso, não vale a pena se preocupar com escrúpulos. Boas obras são inúteis. Nós vamos todos para o meio! No meio, não há nenhuma conta a ser prestada! Não se pesam as almas. Não se julgam os atos. Aterrissamos lá. E basta! Você pode sempre voltar para os vivos. As imaginações terrenas não têm envergadura: elas falam de almas sofrendo. Não, nada disso! A morte é uma algazarra. O caos contínuo. Entre os vivos, é muito mais tranquilo: eles dormem, às vezes não têm nada para dizer e rezam.

Então vamos, lá polícia de merda! Vamos, mafioso de bairro! Corja de imbecis corrompidos de todos os governos do mundo! Vermes felpudos do exército! Sem cabeça e sem cérebro! Os chefinhos de domingo! O patrão do banco, da Bolsa! Divirtam-se, vocês nada temem! Chicotadas nos braços, nas pernas, na boca, na vagina, nos testículos, vocês não conhecerão. Na vida, nada é uma provação. Não pesa sobre os ombros. Fardo algum. Um quilo de imundice. Uma sujeira que cheira mal e cola na bunda. Acabar de barriga para o ar, preenchida com mil garrafas de cervejas. Isso vale por todas as medalhas, todas as honras.

Esta é a lição. Nossa alegria. Nossa libertação. Nenhum Ser imponente para nos dar sermão, ou esperar por nós do outro lado. Nós nunca seremos julgados.

Luzolo tem a sabedoria e o conhecimento daquelas e daqueles que navegam entre dois mundos. Ele gira em torno de mim e me convida à embriaguez das palavras. Cadaverizadas como a pele. Agora é minha vez de falar. E minha voz se mistura ao canto dos mortos.

Haverá um tempo em que eu também gritarei como um demônio na Ágora. Eu não sou nada. Não deixei nenhum legado à História. Não produzi nada. Nem vacina nem fórmula. Nem roda nem quadrante. Nem dólar nem máquina. Um milhão de homens. Um milhão de mulheres. Um milhão de sexos indistintos. No meio.

Eu cresci acompanhada de um sonho. Numa dimensão paralela. Eu chamava a atenção com minhas besteiras. Deslizando pelo chão, esperando que ele desmoronasse. Como no primeiro dia.

O amor, quando você o derruba, te dá socos. Ele veste roupas bonitas, e esconde sua pele retorcida. Temos que rir. Temos que dançar. A farândola inflama os traseiros. Eu não ganhei nada. Perdi a corrida. Quando o apito anunciou a partida, eu não parti. Porque tinha gente chique no estádio. Meus olhos contemplaram e ficaram distraídos.

Não me queixo da má sina. Eu vivo atrás — o que permite recusar todas as mãos estendidas. Esmagar a boca piedosa, a língua que se compadece. Como últimos que se prezam. Eu até refiz a fila, quando senti o vento mudar de direção.

Meu punho bate e desaparece como uma toalha de mesa aveludada. Luzolo, não esqueça. Não há apenas os vivos e os mortos. Há também os seres dissociados. Nenhum lugar lhes pertence de fato. Nem no alto, nem embaixo, nem no meio.

Sem querer, eles miram sempre ao lado.

VII
UM DESAPARECIMENTO

1.

Eu adoro vestidos. *Adoro vestidos coloridos. De cetim. Tafetá. Vestidos pesados de algodão.*

No guarda-roupa não há grande coisa. Combinações cinza. Calças. Tonalidades bege, marrons. Blusas floridas já desbotadas. Caimentos disformes, quadrados. Roupas que vestimos porque, afinal, precisamos nos cobrir. Então não prestamos muita atenção. Se cola nas coxas, se aperta a dobrinha indesejada da barriga ou comprime o braço, não importa. A aparência é secundária.

Estou usando um vestido de tafetá amarelo. O único que consegui encontrar. Um milagre. Em meio a roupas tão enfadonhas. Encontrei uma caixa. Eu abri. Retirei o papel de seda e descobri um tesouro.

A textura do tecido é agradável aos dedos. E essa cor. Amarelo-canário.. Amarelo-pintinho. Amarelo brilhante. Um raio de luz em meio a essa cinzarada. Ele tem babados. Nas mangas e na parte de baixo da saia. Babados não envelhecem bem. Eu não consegui encontrar nenhuma tesoura. Então foi preciso arrancá--los do jeito que dava.

Meus dentes são fortes. Eu ainda não os perdi. Eles estão bem presos, não se soltam da gengiva. Rasguei os babados com meus caninos e incisivos. Parei ali. Não era regular. Se eu tivesse mordido a saia, teria sido um desastre.

Coloquei o vestido. Olhei-me no espelho. Eu estava belo. Mesmo flutuando um pouco naquela roupa grande demais para mim. Mas eu gostei. Eu estava apresentável.

Sim, meu nome é "Joseph", fico feliz por me lembrar dele. Podem me chamar como quiserem. Não faz diferença. Eu não gosto de imposições. Um nome é uma obscenidade, que te força, que te obriga: te foi dado e você não pode escapar! Escapar do seu pai, da sua mãe! Da sua família! Você não pode apagar uma longa linhagem de ancestrais que depositaram suas esperanças em você.

Se for o caso, eles devem estar bem decepcionados. Eu sou uma decepção. Uma decepção que não tem nomes. E isso me cai muito bem. Eu não espero nada de mim mesmo, por que aquelas e aqueles que já não estão aqui deveriam esperar alguma coisa de mim?

Tenho uma pele pálida. Não vamos mentir para nós mesmos. Tenho uma aparência de doente. Dá para ver que alguma coisa ataca meu sangue e já ganhou a batalha. Eu não gostaria de que um médico legista abrisse meu corpo. Nem sei se ainda tenho um coração, pulmões, um fígado. Devem ter sido comidos pelas bactérias. Bactérias roedoras de carne e relógios. Que dizem: "Olhem aqui o tempo! Eu contei!"

Nos livros, conta-se o começo da grande devastação. Mas os debatedores se enganam, por dez anos mais ou menos. Em 1483, os reis e as rainhas colapsaram. Um marinheiro dividiu as águas oceânicas e fincou o padrão na embocadura do rio. Não era grande coisa, mas foi o fim. Eu não sou idiota. Se meu corpo *desiste de mim, é por causa desses pequenos gestos e monumentos da História. E, no entanto, eu me esforço. Eu me recuso a ser memória. Eu me recuso a ser um flagelo de memórias. Eu não tenho ideias. E é melhor assim. Porém, elas me assediaram em minha infância. Sou esperto. Eu nunca as escutei. Elas tentaram me perseguir. Eu precisei fazer alguma coisa. Dar no pé. Bater em retirada. Esvaziar a cabeça. E o ruído parou. Agora não escuto mais nada. Minha cuca está vazia. Com um capuz de metal. Um caçador preso na taiga. Um cão que late e recebe sua tigela de comida não precisa de cérebro. Eu não preciso de cérebro. Mas não sou um cachorro. Sou outra coisa. Não sei outra coisa.*

O fru-fru do meu vestido amarelo incomoda todo mundo. Tento não me mexer. Mas é difícil. Basta fazer um movimento, e o vestido responde com um barulho infernal. Em meio ao silêncio e às cabeças abatidas.

Há alguém em minha cabeça. Há alguém que escuta tudo o que digo. E que não me deixa em paz. Há alguém. Que escuta e que presta atenção. Que percebe que eu não sou muito concentrado. Eu sou distraído. É da minha natureza. Nunca presto atenção no que estou fazendo.

Eu dobro um joelho e meu vestido faz uma barulheira insuportável. Meu pai se vira para mim. Esboça um sorriso. Rime faz como se eu não existisse. Ela poderia me matar. Então ela tenta esquecer que eu estou ali. Selima é doce, mas eu a envergonho.

As rondas continuam à espreita. Posicionadas atrás do anel viário. Elas esperam. A sombra imensa da meia-noite. O castelo das torturas circunda a fortaleza dos contos. Há corredores e enormes salões vazios. A galeria de espelhos que não emitem nenhum reflexo. É fácil comprar quem tem medo. É fácil comprar quem tem fome. Um ser humano é muito pequenininho. Três vezes menor do que uma cadeira que range no assoalho e se quebra.

Há os olhos da anã. Os olhos esbugalhados e sombrios. O olhar dela não sai de mim. Ela me olha fixamente. É desagradável ser olhado assim, tão detidamente. Ela me olha fixamente e eu não sei o porquê. Ela está próxima de mim. Muito próxima. Próxima demais. Ela está dentro da minha cabeça. Ela não sai. E então, você quer fazer o favor de sair? Ela sabe tudo o que eu conto. Sendo que eu não falo com ela. Violação de propriedade privada. Ele tem que ir embora. Sua presença me incomoda. Seus olhos. Ela está em mim e, ainda assim, ela se aproxima. Ela está em toda parte, eu a vejo por toda parte. Você vai embora? Eu me agito e meu vestido faz muito barulho. Seguro meu vestido. Mas meus joelhos batem. E o tecido produz um eco bizarro. Ele é muito pesado, farfalha a cada movimento.

A anã se aproxima. Ela já está aqui. Ela está em minha cabeça. Você vai embora, pelo amor de Deus? Ela não sai e me olha fixamente. Por fora. Por dentro. Eu a vejo por toda parte. Ela se aproxima. Seus olhos! Seus olhos...

O filho caçula desabou sobre o caixão de Jeanne-Marie Mansala. Ele enganchou os pés nos babados do seu vestido. Uma expressão de profunda tristeza no rosto. *Você vai sair? Você vai sair?* Ele repetia a mesma frase, como se estivesse falando com o túmulo da mãe. O vestido deslizava pelos ombros dela e deixava à mostra um dorso completamente nu. Suas vértebras formavam uma crista pontiaguda até a coluna vertical. Uma criatura aquática, enfarpelada com uma cauda de tafetá amarela, se agarrava ao caixão e recusava a morte.

O caçula reconhecia sua família? O filho agarrou seu irmão e colou a mão em sua boca. Ele precisava se calar. Jeanne-Marie não iria se levantar. Muitos começaram a acreditar que no último momento o filho caçula acabara por reconhecer a sua mãe. Mas era preciso estar dentro de sua cabeça para saber. Ele estava perdido, ele havia caído. E nunca mais voltaria.

Uma assembleia clandestina havia se reunido na capela. Ela desafiou os guardas que cercavam a ocupação. O povo da *Independência* prestava uma última homenagem à morta. Seu corpo esperava uma sepultura. Disseram-me que, no passado, o coral da *Independência* se apresentava em situações importantes. Em nascimentos, casamentos, enterros. As sopranos eram a atração principal. Por volta de vinte moças, um pouco gordinhas, cujas notas subiam ao céu. O público marcava o ritmo com o pé e acompanhava voos líricos com aplausos entusiasmados.

Não houve canto no funeral de Jeanne-Marie. Seu corpo ia ser enterrado. E depois? O que aconteceria? A inquietude se instalou nos corações. O pai colocou uma última flor sobre o túmulo de sua esposa. Uma dezena de pessoas vestidas de preto transportavam o caixão pela capela. Um alçapão se abriu, e elas desapareceram.

Sob a *Independência* repousava um cemitério. Jeanne--Marie Mansala e Pierre Lembika tiveram inúmeros companheiros que compartilharam com eles a aventura. Viver com autossuficiência, sem pedir a ninguém o direito de existir, a liberdade tinha um preço. Uma parte da comunidade vinha da França, outra havia atravessado todos os continentes. Ela havia se instalado nas periferias que enfeitam a capital com uma coroa gigantesca. Alguns haviam fugido dos territórios ensanguentados pela violência e pelas armas. Outros tinham apenas se desgarrado em busca de novas famílias. Quando fracassaram nos subúrbios parisienses, construíram, juntos, um enclave. Essa empreitada se sustentara por vinte anos — um território autônomo, opaco como uma nuvem espessa. Pouco a pouco, eles desapareceram. Era necessário se acostumar com isso. Viver consistia em contar a mesma história: a narrativa daqueles que vão, que vêm. Daqueles que partem cedo demais ou que se obstinam.

O esconderijo se fechou. A assembleia retinha a respiração. Jeanne-Marie não estava mais lá. A primeira geração da *Independência* se distanciava. Levava consigo um mundo. Não havia meio de salvá-lo. Nenhuma chave. Como impedi-lo de afundar ainda mais? De se desfazer?

Os mortos padecem. E, como os vivos, não têm nenhuma resposta.

2.

Rime andava na nossa frente, na direção das torres Berlioz. Alguns membros da ocupação, encapuzados, estavam prostrados na entrada dos edifícios. Selima observava os movimentos. Eles mudavam de posição, vigiavam os pontos de passagem, escrutinavam o horizonte. Atentos às manobras do outro lado do anel viário. Alguns sacos circulavam, sendo passados de mão em mão. Tudo estava muito sombrio. Não se via nada. Nem mesmo o buraco escancarado da *Independência*.

Luzolo se movia acima de homens e mulheres de rostos mascarados. Escutava-os. Rastreava seus sussurros. Ele voltou, nervoso, em minha direção. Ao nosso redor, alguma coisa se desmantelava. Eles possuíam armas. Uma milícia secreta percorria a ocupação e prometia confusão. Luzolo não havia entendido o que de fato estava sendo tramado. Uma guerra. Soldados. Um furacão. Mas Rime e o filho estavam metidos nessa história. Houve traições que prejudicaram para sempre a *Independência*.

Rime abriu a porta do apartamento que dividia com Selima. Um peixe dava voltas num aquário cheio de pedrinhas multicores. Os quartos eram idênticos. Mesma mobília. Sem guarda-roupa. Apenas um baú coletivo, onde eram guardados calças e suéteres. Nós estávamos em Esparta, a cidade do corpo endurecido pelo combate. Para proteger uma ocupação, não é necessária uma fortaleza, mas um muro de homens e mulheres dispostos a morrer por ela.

Escutei a água escorrendo. Selima não queria se deitar. Ela temia o dia seguinte. Pensava no enterro de Jeanne-Marie, no irmão caçula que desabou sobre o caixão, nas rondas na frente dos prédios. Um exército se preparava na sombra. Tudo tinha acontecido tão rápido. O luto, as chamas. O segredo que sufocamos e que não se repete. Rime reapareceu, de cabelos molhados, os lábios azulados pela água fria.

— Eu vou me juntar ao filho. Você fica?

— Eu lhe propus de ficar com o meu quarto — respondeu Selima, apontando para mim. — Farei vigília esta noite.

Rime esfregava energicamente o cabelo. Ela se acomodou ao lado de Selima. O movimento da toalha sobre sua cabeça era mecânico. Selima segurou seu braço.

— Você vai acabar arrancando seu cabelo.

— Eu deveria ter raspado a cabeça.

Rime e Selima cresceram juntas e nunca tinham se separado. Elas haviam colocado a amizade acima de tudo. Os nós que se confundem recusam a explicação e a palavra.

— Há pessoas prostradas na entrada dos prédios — começou Selima, destacando algumas de suas palavras — Não estou certa de que conheço todas elas. Há moradores da ocupação, mas também estrangeiros. Você está sabendo?

— Do que você está falando?

— Os irmãos e irmãs que percorrem a laje de concreto. Quem são eles?

Rime não respondeu. Ela voltou a esfregar o cabelo. Selima insistiu:

— Tem a ver com o incêndio? Você sabe de onde veio a primeira faísca?

Rime se levantou e foi para o banheiro. A água da torneira corria. Selima, intrigada, se virou para mim:

— Você, não se mexa!

Ela se juntou a Rime e fechou a porta atrás de si. Eu estava sozinha, na sala, com Luzolo. Uma mesa, um sofá e um peixe. Não demorei a escutar vozes. Timbres agudos, explosões de risadas. Rime fervia de raiva. Selima reagia sem se desconcertar. Sílabas cortadas. Elas não formavam frases, apenas grupos de palavras. Eu ia me levantar e escutar atrás da porta, quando o bom amigo me impediu. Um estrondo fez as paredes tremerem. Um barulho de vidro quebrado. Um grito. Depois o silêncio. Por alguns minutos, não escutamos nenhum som. O peixe nadava em círculos na água multicor de seu aquário. O globo rosqueado ao teto lançava uma luz desagradável. A porta do banheiro se abriu. Vi Rime. Ela saiu rapidamente de lá. Desfez a mala, pegou um par de roupas e escondeu o rosto. Antes de deixar o apartamento, ela se virou para mim e disparou:

— Pássaro da desgraça!

Rime e Selima nunca tiveram pais de verdade. A *Independência* era a família delas. Elas foram adotadas e queridas por muitos lares, sem nunca terem sido separadas. Não se conhecia muito bem a história delas. Foram encontradas no mesmo dia, na entrada da ocupação. Tinham apenas cinco anos, andavam de mãos dadas e repetiam para todo mundo que não eram irmãs. Desde aquele dia, decretou-se que o destino delas estava ligado. Era raro que alguém dissesse o nome "Rime" sem imediatamente pronunciar o de "Selima". Eles sempre eram escritos juntos, coesos como um bloco. Seus rostos eram luminosos. Nada os distinguia, exceto uma longa cabeleira ruiva na primeira, cabelos pretos e curtos na segunda. Quando se cruzava com elas na ocupação, elas faziam saudações guerreiras. Os mais velhos se referiam a elas, carinhosamente, como as "sucessoras". Filhas da comunidade, guardiãs de uma Ideia. O comprometimento delas fortalecia os corações, haveria uma continuidade, o futuro da *Independência* estava garantido.

Selima estava sentada no vaso sanitário, o espelho estava despedaçado. Aos seus pés, cacos de vidro espalhados pelos azulejos. Mal levantou o olhar quando comecei a falar com ela. Logo me interrompeu e disse:

— Este lugar está desmoronando. Não podemos mais salvá-lo.

Segurei suas mãos, geladas como os azulejos.

— Eu não vi nada. Não entendi nada — ela continuou — Fui enganada. Riram de mim... A *Independência* foi traída, a Ideia de Jeanne-Marie. Eu não vi nada. Não entendi nada. Tudo oscila durante as tempestades.

3.

Os homens e as mulheres da *Independência* vasculhavam a ocupação. Feito camaleões, se confundiam com as trevas. Seus movimentos deslizavam sobre as folhas, nas dobras do concreto. Rebeldes como os caminhos de brenhas e espinhos. Trocavam sinais sob o olhar curioso da lua, atravessavam as rugas da noite. Era impossível decifrar a linguagem deles.

Selima avançava com prudência. Nós atravessávamos o labirinto dos prédios Berlioz. O apartamento onde Jeanne-Marie viveu seus últimos momentos estava trancado. A porta não abria mais. Do lado de fora, era possível ouvir o latido de um cão. Traficantes continuavam o tráfico, indiferentes aos acontecimentos que haviam abalado a ocupação. Precisávamos nos apressar. Selima tentou entender o mecanismo das fechaduras, das maçanetas e das chaves em falta. A maçaneta acabou girando; o mecanismo, funcionando. Um mundo que ficou para trás. Os vestígios do recolhimento ainda corroíam o chão. As costas curvadas do pai, a queda dos dois filhos. Sobre a mesa de cabeceira de Jeanne-Marie, o Manual não havia saído do lugar. Ele fora esquecido na indiferença geral. Não havia mais territórios a serem explorados, não havia mais mapas a serem traçados. Peguei de volta a obra e comecei a vasculhar o quarto. O chão. O tapete. O colchão. As fissuras. Os rodapés. Os batentes de porta. Luzolo sondava os lugares comigo, tentando discernir uma fala.

— Ela não está aqui —, eu disse, em voz alta.

— O que você está procurando? — disse Selima.— Você me leva aos labirintos da ocupação sem me falar nada. Eu nem sei se posso confiar em você. Você reaparece sem avisar. Em um dia de luto e incêndio.

A sombra não estava mais lá no quarto. Ela deve ter fugido após o enterro. Deslizado nas dobras de um prédio ou desaparecido definitivamente. Ela conhecia o caminho dos subterrâneos. Bastava uma brecha se abrir, e toda a comunidade poderia passar para o outro lado. Mas as sombras nunca respondiam ao chamado. Elas eram caprichosas como desenhos móveis que a luz traça sobre o solo.

— Selima, podemos dar um jeito. Existem outros esconderijos, ainda mais profundos. Tão profundos, que o olho não é capaz de distinguir.

— Eu não tenho disposição para enigmas.

— Acredite em mim! A realidade é cindida. Dupla. Existe outro mundo, debaixo deste mundo aqui. Eu o vi, estive lá. Há sombras por toda parte, na superfície. Elas deslizam em meio aos humanos. Às vezes, elas cavam um caminho. E a gente não volta.

— Sabe, eu nunca desconfiei de você como Rime. Desde o início, ela me disse que você estava sempre distante. Que você tinha imaginação demais. Rime é má, mas sua intuição não falha. Eu continuo sem entender o que você está dizendo, e eu acho que ela estava certa.

Selima disse isso com um pouco de piedade na voz. O bom amigo não parava de praguejar. Ele não suportava a compaixão.

— A Independência não está condenada. Precisamos nos esconder um pouco mais. As sombras...

— A *Independência* foi traída. Jeanne-Marie foi traída. Como podemos nos salvar se não sabemos quem causou o incêndio? Se os traidores estão entre nós, eles embarcam conosco nesta história maluca que você está contando?

No Caribe e na América do Sul, Luzolo me contou um dia, os escravizados se revoltavam contra a própria sorte. Eles fugiam da plantação e corriam para as colinas. Tornavam-se tão transparentes quanto a fauna e a vegetação. Tão moventes quanto o sopro de uma respiração. Os caçadores e os cães os perseguiam nas altas folhagens. Mas eles não tinham nem corpo, nem cheiro. Encolhidos no ventre da terra. Remoendo, como deuses infernais, as entranhas do solo. Eles saíam à noite para queimar e pilhar casas dos senhores e dos colonos. Eles estavam vivos ou mortos? Quando achavam tê-los capturado e amarravam-lhes a nuca no tronco, suas carnes sólidas se tornavam voláteis como um suspiro. Eles fugiam, se enterravam em subterrâneos ou preparavam novas revoltas. Os protestos, mesmo os mais desesperados, eram possíveis; o mundo não era um mundo. Ele tinha camadas, estratos diferenciados que ofereciam ou o inferno, ou então o paraíso. Não foi isso o que descobrimos, juntos, vagando pelas cidades da França? Não sabíamos, desde então, onde a deriva poderia acabar? A *Independência* já não se mantinha, era preciso decidir, e se esconder, um pouco mais profundamente.

Luzes da manhã. Prendi o Manual na minha cintura. Selima estava colada contra a janela da cozinha. Ela não se mexia, olhava fixamente uma cena do lado de fora. Eu me aproximei dela. Ela me cedeu lugar e me levantou mecanicamente. Uma família carregava malas, bagagens. Um comboio de dois adultos e três crianças. Eles se dirigiam ao anel viário. As barreiras policiais se abriram para a passagem deles, e eles desapareceram do outro lado, na cidade. Selima os observava, se perguntando quantos lares da ocupação haviam desertado desde o incêndio e a morte de Jeanne-Marie.

Eu segurei o Manual contra o peito. A ocupação trazia as marcas das chamas, que esculpiam certos prédios, feito cicatrizes.

— Quem vai ficar aqui?

Grandes prédios em ruínas queimavam sob a luz. Cortinas fechadas, como tabuleiros coloridos, vendavam as janelas. Selima se deitou no chão.

— Em breve não haverá mais ninguém.

Ela se apoiou em mim. As imagens do fogo a assombravam como um enigma. Ela cortava, desdobrava, colava e recolava os pedaços. Era um espírito racional. Não entendia a guerra. As irrupções, os entusiasmos, os ímpetos. Ela não entendia que fosse possível preferir as destruições em momentos de desespero. Admitir que a morte vale bem mais que a pequena vida que ainda podemos ganhar. Para Selima, a morte nunca entrava nos termos do cálculo. Era vida contra a vida. O resto permanecia incompreensível.

Ela dava voltas na cozinha, idas e vindas entre mim e a janela. Depois seu olhar parou. Ela colou novamente seu rosto contra a janela.

— Você está enxergando o mesmo que eu, lá embaixo?

Ela me pegou e apontou para uma forma que dançava, rindo, sobre a laje de concreto. Uma forma amarela, cujo rabo, imenso, estalava nos ares.

— O que ele está fazendo aí?

O filho caçula abria os braços e imitava o voo dos pássaros. Ele corria sobre a laje rodopiando, dava voltas sob si mesmo, como uma fita de cetim. Selima me pôs no chão.

— Espere por mim. Vou atrás dele.

Ela correu pela escadaria. Peguei uma cadeira e me sentei perto da janela. O vestido de tafetá amarelo traçava círculos sobre o cimento. Como um pavão que abre as penas. Selima tentava capturar o pássaro revoltado. Ele lhe escapava pelos dedos. Ela corria atrás dele. Desajeitada. Ela se acocorou no meio da laje. Sem fôlego. Lá longe o cerco, as sirenes. A tela de cimento e os conjuntos habitacionais. O filho caçula parou sua corrida e se aproximou dela. Ele repousou a cabeça em seu ombro.

Eles estavam, os dois, no meio do mundo. No meio dos restos e dos vestígios deixados pelas chamas. Eles atravessavam os caminhos secretos que se desenhavam no fim do dia. O que eles não viam. Atrás de si mesmos. Em um buraco, na base das torres. Nas dobras, nos vincos dos prédios. A sombra. Ela estendia a mão sobre o casal, prestes a afastar mais uma vez as fendas e a mergulhar, com eles, nos subterrâneos.

4.

— Luzolo! Luzolo! A sombra! Minha sombra está aqui! Na laje de concreto!

Subimos às pressas as escadas. Eu quase tropecei três vezes, quase me estatelei nos degraus, quase bati contra a parede. Embaixo: ninguém mais. O filho caçula e Selima haviam desaparecido.

— Estamos correndo atrás de uma forma, que escapa, que reaparece — murmurou Luzolo.

— O que vamos fazer, então?

A *Independência* era um entalhe na paisagem. O incêndio havia queimado tudo, e a raiva completou o trabalho de aniquilamento. Ao longe, Paris dava risadas e assistia ao fim da viagem. A capital se preparava para festejar a derrocada como se fosse um quatorze de julho. O que sobrava dos habitantes da ocupação? Todos eles tinham partido? Para onde foram o pai e o filho? E Rime?

Uma rua sem saída. Estávamos presos na superfície.

Houve um movimento súbito, na entrada de uma torre. Depois o silêncio. Alguns segundos depois vimos uma cabeça aparecer. Assim que ela nos viu, desapareceu. O bom amigo e eu partimos atrás dela. Luzolo subiu aos andares, eu desci para o subsolo. Os porões do setor leste estavam vazios, mal iluminados. Os interruptores não funcionavam. O chão se tornava esponjoso quando as chuvas caíam no bairro. As portas que separavam cada lote mal fechavam. Eu olhei pelos buracos, não havia ninguém. Luzolo se juntou a mim. Toda a torre estava vazia. Os apartamentos, abandonados. As janelas rangiam como uma casa abandonada.

— Espere!

O bom amigo ouviu uma respiração. Vozes escapavam das profundezas. Vozes infantis. Eu bati no chão, soava oco. Uma bolsa de ar sob o porão. Descobrimos uma passagem, um corredor estreito, bloqueado por uma parede de cimento. Eu arranhava o chão com meus sapatos. Os contornos de um alçapão se desenharam. Adentramos, guiados pelos sons.

Em um canto, duas crianças. Curvadas entre si mesmas. Com o rosto e as bochechas manchadas de comida. Elas foram abandonadas depois do incêndio; ficaram esperando, como lhes disseram para fazer. Do lado de fora, a ameaça reinava. Quando me viram chegar, elas me perguntaram, sem desconfiança:

— Você veio nos buscar?

Os dois garotos, maiores que eu, me pegaram pela mão. Eles estavam famintos. Subimos novamente pelos corredores e porões até o saguão do prédio.

— Vocês estão sozinhos? Há outras pessoas com vocês?

Os dois pequenos balançaram a cabeça, não sabiam de nada.

A capela se erguia no meio de um amontoado de tijolos. Eu levei as crianças ao prédio. Eles se sentaram, os dois, num banco, e não se moveram mais.

— Se ouvirem algum barulho, se escondam no altar. Se ficarem com medo, assoviem *Luzolo, Luzolo*!

Talvez houvesse outras crianças escondidas nos porões. O bom amigo e eu partimos em busca dos últimos moradores da *Independência*. Não sabíamos quem ainda permanecia vivo em meio às brasas.

No bloco dos Trois Œillets, descobrimos um novo sistema de alçapões. Dezenas de crianças haviam se abrigado sob os escombros. Os andares estavam desertos. Nos apartamentos, vestígios de partidas precipitadas, coisas juntadas às pressas. As torres fantasmas apontavam o céu com o dedo, como uma condenação.

Todos os porões da ocupação estavam cheios de crianças. Elas haviam sido deslocadas após o enterro. Protegidas pelos membros da comunidade. Deixaram comida para elas. Lanternas. Disseram que voltariam para buscá-las. Algumas estavam com as calças molhadas. Outras ainda fungavam. As menores seguravam a mão das maiores. Esperavam pacientemente que viessem buscá-las.

Quando as encontrei, elas se voltaram para mim. E suas vozes, cristalinas, se elevavam, em uníssono:

— Você veio nos buscar?

Cerca de cinquenta crianças estavam agora reunidas na capela. Cem olhos brilhantes. A noite caía como uma curiosidade. Ela perfurava o coração dos meninos e meninas que haviam esperado, em vão, o retorno dos adultos.

A ocupação adormecia com o corpo em alerta. Eu avançava, sozinha, em direção à torre norte, na frente da esplanada Marcel-Proust. Os nomes dos escritores estavam grafados como miragens nas estruturas de concreto. Eu subi os andares, inspecionei-os um por um. No terceiro, a porta de um apartamento estava mal fechada. Cerca de dez pessoas se apertavam em vinte metros quadrados. Idosos. Cabeleiras brancas. Ao me verem, uma voz se pôs a gritar:

— Não queremos ir embora! Vamos ficar aqui!

Era a voz da contadora de histórias da *Independência*. Ela se erguia, furiosa, diante de mim. Era a líder de um grupo de estropiados e doentes. Eles não cogitavam deixar o lugar, nem pegar em armas. Preferiam morrer na indiferença geral. Que fim lhes restaria, se fugissem pelas ruas da capital? Casas onde as carnes apodrecem de velhice? A rua, que sufoca no verão e congela os pulmões no inverno? As plataformas do metrô e o rugido dos trens?

— Façam como se não existíssemos!

Dezenas de crianças e pessoas idosas, que já não podiam se mexer. Era o que restava da Ideia de Jeanne-Marie Mansala. Nada mais.

Tomei a palavra:

— Não há mais nenhum adulto na ocupação. Sobraram apenas as crianças... todos foram embora.

As orelhas se ergueram. Um homem de idade, em cadeira de rodas, puxou sua coberta até o queixo e respirou fundo.

— Não podemos abandonar as crianças.

Uma mulher ao seu lado aquiesceu. Os outros concordaram com o líder. O apartamento se animou. Duas cadeiras de roda deslizaram no elevador. As pernas ainda sólidas começaram a descer os três andares. Alguns paravam a cada andar, outros se mantinham firmes na rampa. Risadas e queixas acompanharam os movimentos.

A capela esperava do outro lado da esplanada. A esperança retornava. Mas, no meio da caminhada, a contadora de histórias parou. Ela bateu energicamente em meus ombros:

— Olhe! À sua volta! À nossa volta!

5.

Uma luz explodiu no firmamento. Gritos propagaram-se por toda parte. O saguão de entrada da torre norte foi banhado pelas cores amarela e vermelha. Os caminhões e os carros de segurança que estavam nas portas de Paris acenderam os faróis. Uma zona de claridade delimitava dois espaços de trevas — o da grande cidade, o da região de departamentos centrais parisienses.[*] Fogos de artifício ressoaram — tiros. Um estrondo fez as mandíbulas tremerem. Como se algo estivesse prestes a desmoronar e cair sobre nós.

---

[*] No original, *la petite couronne*, referindo-se à região da França composta de três departamentos: Hauts-de-Seine, Seine-Saint-Denis e Val-de-Marne. (N.E.)

— É o céu que está se animando! É o céu!

Corpos invadiram a esplanada. Eles traçavam sinais que abraçavam a escuridão. Reconheci Rime e o filho. Liderando uma horda de encapuzados. Eles jorravam dos prédios. À frente, a barreira da cidade. Os furgões, os faróis dos carros. A oscilação contínua entre os nós da metrópole e as linhas do horizonte. Um fogo de artifício iluminou Paris.

Eu me virei para os velhinhos e gritei. A contadora de história agarrou uma amiga pelo braço. Elas começaram a atravessar a esplanada de chinelos. O grupo seguia. Cada passo exigia um respiro profundo, uma pausa para se recuperar do esforço. As rodas das cadeiras se prendiam no asfalto. Um homem me derrubou e se estatelou, seu rosto bateu de frente no chão. Ele andava num pé só. Tinha caído em cima do próprio joelho. Sua rótula penava para suportar o peso.

— Eu não sei se vou conseguir sobreviver. Perdi minhas bengalas! Elas se queimaram no incêndio.

Eu me aproximei do perneta e avaliei o comprimento do membro que faltava. Enfiei minha cabeça sob seus quadris, envolvi-o com os dois braços e começamos a andar, mancando. O manual escorregava sob minha cintura, minha cabeça era esmagada por uma massa pesada.

O batalhão avançava do jeito que dava. A vontade pelejava, não esmorecia. A antiga geração preservava, gravada na pele, a memória da *Independência*. A história daquelas e daqueles que quiseram construir uma terra nova em uma terra já existente. Eles haviam ocupado uma parte do mundo que lhes fora proibida e a roubavam todos os dias do ano. Vasculhar nos detritos. Pegar objetos do desperdício e da desmedida. Os grandes feitos às vezes parecem premonições de bêbados.

O grupo se aproximava do edifício. Quando uma chuva de luzes ofuscantes caiu sobre as fronteiras da cidade. Coquetéis

Molotov lançados pelos ares. Como estrelas que caem, nas quais se engancham tristezas.

A segunda geração da *Independência* havia invadido a barreira policial que separava a ocupação da capital. Rime e o filhos não quiseram ceder. O pânico se apoderou do grupo dos velhinhos. O barulho do fogo, os pigmentos impressionantes que coloriam as torres. As pernas se animavam, tentavam reconquistar uma agilidade perdida, uma velocidade. Alguns metros, apenas. Eu apertei o quadril do velho homem. O Manual cindia meu estômago, empurrava minha barriga.

Logo fomos tomados por um pressentimento. Depois dos tiros disparados no ar, não escutamos mais nada. O corvo observava em um galho.

Um velho que havia ficado para trás exclamou:

— Os carros. Estão dando partida. Estão voltando para Paris!

Algumas bombas. Algumas bombas, nada mais. A fumaça vermelha das explosões. Os furgões se distanciaram, o piscar dos faróis desapareceu na capital. Nada mais. Nenhum canto, nenhuma alegria. Um silêncio recobriu a *Independência*. Densa como uma floresta de cinzas.

As portas da capela se fecharam para nós. A ocupação se esvaziara de seus moradores. O que restava dela se espremia na igrejinha. O povo da *Independência*, uma multidão de velhos e crianças. Os de idade mais avançada haviam vivido os nascimentos, a saúde, a grande fortuna e os lutos. Mas jamais imaginaram viver a derrocada. O desmoronamento de um sonho que durara vinte anos.

Antes de desaparecer, Selima perguntou a Rime repetidas vezes: "Quem pôs fogo? Quem acendeu a primeira chama?" E ela perguntou também: "Por que seu coração só sonha com a guerra?"

A queda da *Independência* tinha cheiro de traição. Conivências haviam sido tecidas entre os mundos. Tudo fica claro ao som dos latidos atrás das portas da capela. Os pitbulls invadiam a esplanada. Todos nós achávamos que os cachorros tinham desaparecido, fugido após o incêndio. Mas eles voltavam com os seus donos.

"Quem pôs fogo? Quem acendeu a primeira chama?"

Meu bom amigo, sob a terra, existe um mundo. Um mundo que não nos expõe. Onde estar vivo ou estar morto é mais ou menos a mesma coisa. Eu vi esse mundo, estive lá. E tenho certeza disso, não era um sonho. Bebi a água dos riachos e rios que fluem por ele. Podemos ficar lá. Podemos nos estabelecer e morar. É um imenso esconderijo. Invisível. Bastar abrir uma brecha e se afundar. Uma vez embaixo. Bem embaixo. Sob camadas e camadas, a terra se põe a tremer.

6.

E se a sombra não viesse... E se ficássemos fechados nesse lugar, esperando para sempre?

Algumas crianças se mantinham acordadas, elas estavam sentadas ao redor da contadora de histórias e a escutavam com atenção. Ela tinha começado uma história. Um conto que conhecia bem. Sua avó o havia contado diversas vezes quando ela era pequena. Ele se passava numa região distante a leste do Ocidente. Entre a região da Subcarpática, da Pequena Polônia e da Silésia. No tempo em que a Polônia e a Lituânia reinavam na Europa Central, uma grande república feita de duas nações. A contadora tinha vivido nessas regiões repletas de fábulas e contos; sua família ali permanecera por séculos. Depois, houve inúmeras catástrofes, eles precisaram fugir, se separar, desaparecer.

Isso aconteceu há muito tempo, num povoado, às margens do rio Vístula, um carpinteiro contava as idades e os anos. A vida não foi terna com ele. Ela lhe havia tomado sua primeira esposa e lhe tomara também seus dois filhos. Ele assistia aos dias passando diante de si, se aproximando um pouco mais do fim. Para quê tudo isso? Ele não rezava mais, não esperava nada. No vilarejo, todos os moradores conheciam as desgraças do carpinteiro. As vovozinhas, generosas, às vezes acendiam uma vela para ele. Mas o que podiam fazer de fato? Ele parecia ter renunciado à vida.

Segunda-feira de Páscoa era dia de festa. Todos decoravam os ovos, as mesas eram postas, a missa da manhã, uma fogueira. Naquele ano, o carpinteiro não participou das comemorações da Páscoa. Ficou isolado em casa, surdo aos barulhos de alegria e diversão. Surdo à água que era jogada nos transeuntes. Às crianças que gritavam, eufóricas, na rua.

Ele estava em casa. Sentado numa cadeira. Melancólico, ele sonhava em morrer. Batidas repetidas na porta lhe tiraram, porém, de seu torpor. Ele se levantou e deu alguns passos. Avistou no alpendre um senhor de idade, muito bem-vestido.

— As rodas da minha charrete quebraram. Estamos a caminho de Cracóvia. Me disseram que havia um carpinteiro neste vilarejo.

O carpinteiro pegou suas ferramentas e acompanhou o senhor de idade, seguido de seu empregado, até a saída do vilarejo. O cocheiro o recebeu com gestos efusivos, ele havia tentado, em vão, acalmar os cavalos. O carpinteiro se pôs ao trabalho, e em menos de uma hora a charrete estava pronta para partir. Enquanto ajudava o senhor de idade a se instalar no banco, ele percebeu um rosto que se escondia atrás do tecido da cobertura da charrete. Um olho negro, mais profundo do que a noite.

— Obrigada, carpinteiro — disse o senhor de idade enquanto a charrete se afastava — Fiqueatento, não rejeite o mundo.

O carpinteiro voltou para casa, indiferente a essas últimas palavras. Foi até sua mesa de madeira. Uma moça da vizinhança havia deixado ovos, numa cesta, para a festa da Páscoa. Ele os cozinhou e passou o resto da tarde sozinho. Contando os dias e as horas que o aproximavam do fim.

No dia seguinte, novas batidas repetidas na porta o acordaram. Ele saiu da cama resmungando. Se aproximou da janela e não viu ninguém. As batidas continuaram. Ele se inclinou um pouco mais, mas continuava sem ver nada. Pensou em voltar para a cama, quando as batidas se tornaram mais vivas, mais insistentes. Ele pegou um bastão e abriu a porta, em um só gesto. Percebeu então, na entrada, uma forma humana, encolhida sobre si mesma. O carpinteiro se aproximou com cautela. Depois, parou de repente. Uma cabeça emergiu de ricos tecidos, e ele reconheceu o olho negro. Ele viu o rosto de uma jovem de beleza infinita. Ele a levantou, e um amor, total, recaiu sobre ele.

O carpinteiro reencontrou a vida. Ele esqueceu as tristezas. Esqueceu o passado. Interrompeu o luto. Retomou seu trabalho com entusiasmo e começou a prosperar. Ele corria de vilarejo em vilarejo, frequentava as feiras de rua. A pequena cidade ficou maravilhada com a felicidade reencontrada. Ninguém, no entanto, nunca havia visto aquela mulher. Aquela a quem ele devia sua felicidade. Misteriosa. Ela não saía. Não ia à igreja. Ela esperava o dia inteiro o retorno do seu marido.

Ao fim de três anos felizes, o carpinteiro pensou que já era tempo de ter um herdeiro. Ele teve uma conversa com sua esposa uma noite, junto à lareira:

— Minha querida, eu sou um homem realizado. Mas para que todas essas riquezas se não podemos compartilhá-la? Talvez seja o momento de fundarmos uma família, de termos um herdeiro.

O olho negro se pôs a brilhar. Cores acobreadas, o clarão dos relâmpagos em grandes pupilas oferecidas ao sol poente.

— Meu querido esposo, eu farei de você um pai. Nosso primeiro filho será um menino. Mas preste atenção no que se diz. O amor de uma mãe nem sempre combina com os deveres da esposa.

O carpinteiro concordou sem nenhuma resistência, indiferente a essas últimas palavras. Ele voltou ao seu trabalho. Alguns meses depois, sua esposa engravidou e ele sentiu, o ventre dela carregava um filho. Ele se vangloriou, se alegrou com sua sorte enorme. Um sucesso daquele despertou inveja. As pessoas riam dele em sua ausência. Circulavam boatos sobre seu lar. Quem era essa mulher de quem ele sempre falava, mas que ninguém nunca via? Ela existia de fato? Teria ela um olho tão negro a ponto de petrificar quem a olhasse?

Os noves meses passaram depressa. O carpinteiro enchera sua esposa de atenção. Ele imaginava as alegrias da paternidade, via a si mesmo atravessando estradas, indo ao encontro de artesãos e colegas com seu filho. Ele o levaria para ver o mar, descobrir a próspera indústria das "lágrimas petrificadas dos deuses", pescar nos rios de trutas da Pomerânia. Ele viajaria para Varsóvia, a rica capital. Talvez um futuro grandioso lhe fosse reservado. Ele, o filho de um carpinteiro de Kolbuszowa e de uma mãe de olhos negros.

No entanto, ao fim do nono mês, a criança não veio. O carpinteiro, se divertindo com a situação, pensou que seu filho era um grande dorminhoco. Mas, no fim do décimo mês, as preocupações despontaram. Todo dia, porém, o bebê dava pequenos chutes no ventre de sua mãe, e parecia gozar de uma saúde vigorosa.

Um ano se passou, o menino continuava sem sair. A mulher continuava engordando, o pequeno ser se desenvolvia dentro dela. O carpinteiro não entendia, sua esposa tentava tranquilizá-lo.

— Meu esposo querido, não se preocupe. Deixe a natureza fazer as coisas.

O marido se trancou em sua oficina, indiferente a essas últimas palavras. Ele não olhava mais sua esposa, que havia se *tornado gorda e monstruosa. Ele adormecia entre as ferramentas, os móveis e as pranchas de madeira. Um ano passou. Depois dois, depois três. E a criança nada de chegar. A esposa mal podia se mover.*

A miséria novamente se apoderou do carpinteiro. Seus negócios começaram a periclitar. Ele já não dava conta de nada, não prestava mais atenção às suas roupas. Não honrava mais sua lista de encomendas. O povoado assistiu à derrocada do bom homem. As zombarias cessaram e deram lugar à preocupação. O padre e o prefeito vieram verificar o estado de saúde do artesão e o encontraram bêbado no meio de sua oficina.

— Carpinteiro, que desgraça assola a sua casa?

— Eu sou um homem honesto e um bom marido, mas meu filho se recusar a vir ao mundo.

Chamaram às pressas um grande médico de Cracóvia e um padre da Silésia, versado em coisas ocultas. A chegada dos dois especialistas foi celebrada com grande pompa por todo o vilarejo. Ofereceram-lhes as melhores camas e a melhor comida. Mas os dois especialistas passaram logo às coisas sérias. Eles foram à casa do carpinteiro, seguidos por uma multidão vinda dos quatro cantos da região. O carpinteiro os conduziu à sua moradia. O médico, o prefeito e o padre foram os primeiros a ver a esposa do carpinteiro. Eles fizeram um movimento de recuo, porque o que viram todos, de primeira, foi o olho negro. Os olhares se direcionaram em seguida para o ventre proeminente, através do qual se podia entrever o desenho do braço, das pernas e da cabeça da criança.

O padre da Silésia iniciou as preces para disparar as contrações. Por vinte e quatro horas, ele sussurrou em grego e em latim. Depois, por mais vinte e quatro horas, sem se cansar. Ao fim de uma semana, o padre, que não havia dormido, desabou de exaustão. Decididamente, a besta era teimosa. O médico, en-

tão, não faria rodeios, seria preciso abrir a barriga e libertar a criança, mas havia o risco de perder a mãe. *A esposa se virou para o carpinteiro.*

— *Meu querido esposo, se o pequeno não sai, é porque ainda não está pronto. É preciso deixar a natureza fazer a sua parte.*

Mas o marido não prestou atenção em sua esposa, indiferente a essas últimas palavras. O médico, auxiliado por dois aldeões, pegou seus instrumentos e fez uma grande incisão embaixo do estômago. Primeiro saiu um braço, depois a cabeça, depois o torso e, finalmente, o corpo. No momento em que a criança estava completamente do lado de fora, a mãe esvaziou o seu sangue e morreu.

Mas a morte da esposa não mobilizou nenhuma atenção. Pois os rostos estavam deslumbrados, subjugados pelo milagre do nascimento. Diante dele, um jovem rapaz, nu, com olhos de prata e cabelos de ouro. Um anjo.

— *Por que você me obrigou a sair do ventre? Eu ainda não estava pronto.*

— *Meu filho, eu sou seu pai, eu ardia de impaciência para te conhecer.*

Ao som da voz paterna, o rosto do jovem rapaz exultou de alegria. Ele se preparava para cumprimentar o pai, mas seu olhar percebeu o corpo da mãe estendido sobre a cama. O olho negro mirava fixamente um ponto à sua frente. Um grito de dor estremeceu a casa. A criança nasceu num dia de luto.

Uma mãe sabe o que faz. Ela sabe quando deve dar à luz, guardar no calor dentro de si, expulsar ou abortar. E esse saber, o médico, o padre e todo um povoado acabavam de desprezar.

O pai tentou acalmar o filho e lhe ofereceu sua cama para ele descansar, pois o berço era muito pequeno. Os moradores da cidade, ansiosos, retornaram às suas casas. Não sabiam se deviam comemorar esse nascimento. Teriam assistido a um prodígio ou a uma maldição que prometia o pior?

No dia seguinte, o jovem homem se levantou, agitado com as luzes matinais. Ele pegou uma bola que estava espalhada entre os milhares de brinquedos deixados para ele no cômodo principal. Ele a jogou contra a parede na frente da casa. O carpinteiro, acordado pelo barulho, ficou encantado ao descobrir seu filho pronto para abraçar a vida, esquecendo a dor do dia anterior. Sereno, ele voltou para a cama.

A bola batia na parede. Ao cair no chão, ela vibrava, fazia quase uma nota longa, que poderia iniciar uma melodia alegre. A pulsação regular da bola atingia o chão. Uma criança apareceu atrás de um arbusto. Ele ficou deslumbrado com os cabelos de ouro, os olhos de prata e logo perguntou ao belo amigo se podia brincar com ele. Uma segunda criança surgiu na frente casa. Depois uma terceira e uma quarta. E, finalmente, todas as crianças do vilarejo e da região. O carpinteiro estava nos braços de Morfeu; os habitantes da cidadela, mergulhados num sono profundo.

As crianças, reunidas, partiram em bando pelas estradas. Elas corriam, brincavam. Escondiam-se atrás das árvores. Eles se distanciavam cada vez mais do vilarejo. Subiam nas grandes árvores. Jogavam a bola uns para os outros, gritavam e cantarolavam à beira do rio Vístula. Tudo que posso dizer é que ninguém nunca mais as viu.

Os pequenos escutavam a contadora. Uma menina levantou a mão:

— Para onde eles foram?

A contadora apontou para mim, e todas as cabeças se viraram em minha direção.

A pequena me olhava fixamente nos olhos. Fiz um sinal em direção ao chão. Uma brecha deve ter se aberto e, despreocupados, eles mergulharam.

Brincando, rindo, sem se lamentar pelo mundo que deixavam para trás.

7.

Quem pôs fogo? Quem acendeu a primeira chama? Ninguém nunca seria louco o bastante para pensar que a verdadeira vida talvez estivesse debaixo da terra. Que ela escapava do céu. No bairro, os cachorros haviam parado de latir. O coral da capela ressoava. O ar quente escapava das narinas e formava um vapor espesso sobre os vitrais. Os dedos enfiados na boca. As línguas retorcidas, as gargantas abertas. As cadeiras de roda guardadas em um canto. Elas não serviriam mais, do outro lado, nos subterrâneos.

A contadora de histórias, que permanecia afastada, não dormia. Ela fechava os olhos, concentrada. Quando cheguei perto, ela sussurrou:

— Estou escutando alguma coisa lá fora. Como que um gemido. Alguém se lamentava. Eu corri para fora. A calçada estava deserta. Os bandidos da ocupação haviam limpado a rua. Por toda parte, os vira-latas haviam marcado território. A respiração protetora do bom amigo envolvia minha nuca.

— Luzolo, quanto tempo ainda precisamos esperar?

— Tenho a impressão de que estamos vivendo um sonho acordado. A manhã vai chegar para esmagar nossos crânios. Como uma cacetada.

— O que vamos fazer se nenhuma passagem se abrir?

Um passo depois do outro, ao longo da capela. Cercada por conjuntos habitacionais. Eu avançava com prudência. Passava roçando pelas paredes. Quando meu pé bateu num obstáculo. Escutei um som abafado. Uma mistura de línguas e exclamações. Eu me aproximei, ainda mais perto. Reconheci o pai. Em seus braços, um jovem. Metade vivo, metade morto. Seu último filho, que ainda respirava.

— Pierre Lembika?

O pai não respondeu. Eu escutava seus lábios sussurrarem. Fragmentos de frases. Entonações de raiva. Eu o chamei novamente. Ele se virou com os olhos perdidos e soltou de uma vez:

— Nós fomos traídos. Eu fui traído! Desde o início. Jeanne--Marie sabia disso? Um bando de vadios. A *Independência* era povoada por porcos. E eu não vi nada disso. Eles dissimulavam armas e crimes, perfuravam suas veias com agulhas de farinha.

Eu me aproximei do pai para acalmá-lo, mas ele continuou cada vez mais alto.

— A carniça e o concreto. A máfia arruinou tudo. Vamos amaldiçoá-los. Amaldiçoá-los de novo. Amaldiçoá-los como o diabo amaldiçoou este mundo. Amaldiçoá-los, porque o sangue que verteram deve assombrá-los. Assombrá-los. Sempre.

A cadência de suas palavras se acelerava. O bom amigo se animava. Eu agarrei seu braço.

— Pierre, os últimos moradores da *Independência* estão na capela. Restam apenas alguns adultos e crianças.

O pai carregou o filho nos ombros. Com o rosto fechado. Nós adentramos na capela. A contadora logo correu em nossa direção. Ela ajudou a carregar o filho. Nós o estendemos sobre o chão frio, num lugar distante do resto do grupo. Quando falávamos com ele, ele mal reagia. Era, pois, tudo o que sobrava da juventude. A segunda geração. Partida em frangalhos.

Algumas borboletas, ao chegarem à idade adulta, vivem muito pouco. Tão pouco, que não têm um momento para se alimentar. Saem da crisálida, sobrevoam oceanos de flores, enquanto o sol, impiedoso, as queima.

O pai murmurava e multiplicava as palavras. Com quem falava? Jeanne-Marie, ausente. O caçula, feliz e desaparecido. O filho que não escutava mais.

A *Independência* já não passava de um amontoado de fragmentos. Relatos, memórias. Pontos de vista divergentes eram compartilhados infinitamente. O pai acusava os traficantes do bairro. Eles queriam assumir a liderança e controlar o território. Ele tinha certeza: eles tinham ateado fogo. E as rondas da polícia? O cerco da ocupação? Ele não sabia de nada. Algumas certezas não dão resposta a tudo.

Selima nunca havia compreendido nada. Ela testemunhou o desmoronamento surpresa. Mas, para ela, tudo era separado em dois por uma linha clara: havia de um lado nosso mundo; do outro, o deles. O Estado, a polícia contra as pequenas resistências invisíveis.

E o que Jeanne-Marie pensava disso? O que Rime e o filho sabiam? Os desaparecidos levavam consigo uma parte da história. Para conhecer a verdade, era preciso um pouco de imaginação e assumir o risco de inventar. Ou então convocar os mortos e fazê-los falar.

O pai carregava seu filho. Ele tremia. Seus pulmões se elevavam nervosamente. Os lábios se moviam. Eu me debrucei sobre ele. Sua boca repetia as mesmas palavras. Uma mesma frase que girava sob a língua. Ele sentiu minha presença. Ficou calado, por um instante. Depois lançou, destacando cada sílaba:

— Rime está escondida. Lá, em algum lugar. Sob os escombros da *Independência*.

8.

De que serve conhecer a verdade? Quando se pode fugir e deixar para trás o que incomoda? Eu realmente me perguntei isso. Tudo o que sei é que tentar compreender foi um erro. O diabo caiu sobre mim impiedosamente. E precisei me confrontar com o que, desde o começo, me recusei a ver.

O cheiro do fogo, das vigas carbonizadas, bloqueava o peito. Uma massa viscosa ocupava o piso térreo do que, um dia, fora o prédio da *Independência*. A telha enfumaçada. Os detritos contavam o abandono. O fogo havia tragado as mercadorias, os documentos, as noites de cantos. A savana arborizada, queimada como um fósforo. Havia povoados onde as chamas mataram todos os moradores. Em grande quantidade. Transformando as casas em tochas sibilantes. Mundos desapareceram como se nunca tivessem existido.

Nós procurávamos Rime. Procurávamos por toda parte, seguindo as indicações do pai. O bom amigo, reticente, se deixou convencer e acabou por me seguir. Rime era um demônio. Por que se preocupar com ela? Deveríamos ter ficado com os outros na capela.

Como era possível se esconder num lugar como esse? A escuridão dava cobertura, certamente, mas tudo estava vazio. Os degraus se volatilizaram nas chamas. O bar derretera; a pia, destroçada, vazava no chão. Quem ainda podia imaginar sobreviventes, em meio a tantos destroços?

Era preciso se apressar. Fui até a porta do guarda-roupa. Ainda de pé, como uma fronteira. Fechadura e maçaneta desmanchadas. Um incêndio é uma forja gigante atiçada pelo vento. Dei um chute na porta. Ela se moveu frouxamente. Um segundo chute. As dobradiças saltaram. A fuligem grudou em meu cabelo. Entrei sorrateiramente.

Um barulho. Uma fissura. Luzolo vasculhava a despensa. Minhas mãos varriam o chão. Uma lasca ficou presa na minha palma. Eu não enxergava nada. Uma queimadura ao longo de meus dedos e o Manual apertado contra meu corpo. Um sistema de alçapões, idêntico àquele dos outros porões da ocupação.

Do lado de fora, vozes roucas, risos e maxilares musculosos. O bom amigo girava em torno da minha cabeça, em alerta. O alçapão se abriu. Luzolo foi o primeiro a entrar. Um corredor. Ao estender o braço, eu podia tocar as paredes laterais e o teto. Um adulto de proporções comuns teria que engatinhar para poder circular por essa passagem. Andamos por pelo menos cinco minutos, quando interrompemos o movimento. O corredor era um beco sem saída.

Em um reflexo, eu me acocorei e me pus a arranhar o chão. Eu identificava o que parecia ser a escotilha de um navio. O acesso que leva aos porões. Ali onde se entulham os corpos, o rosto franzido de ódio.

A passagem se alargou. Alguns metros. Depois uma escadaria. Uma rampa fresca e úmida. Nós nos afundamos ainda mais. Eu já não sabia se eu era mesmo deste mundo. Ao fim da descida, outro corredor. Deslizei ao longo das paredes. O bom amigo parou de girar acima de mim, atento ao burburinho abafado das vozes.

Nada. Sequer uma respiração. Portas enfileiradas se estendiam ao infinito. Qual entrada escolher? Ela se abriria para um novo entrelaçado de corredores e galerias?

Os punhos resistiam um pouco. Mas, para meu grande espanto, nada estava trancado. Saí em disparada, ao acaso, e adentrei um cômodo imenso. Caçambas de lixo, dispostas umas sobre as outras, invadiam o lugar. Outro acesso certamente permitira colocá-las ali.

Escalei a primeira caçamba. Vertigem. Uma premonição estranha. Eu me debrucei para explorar por dentro. Quando meu corpo, num movimento incontrolável, caiu para a frente. Ele se estatelou em caixas de madeira. Com o peso da queda, elas se abriram.

— O que você encontrou? — perguntouLuzolo.

Retirei os blocos de poliestireno que protegiam as caixas de tamanhos diferentes. Abri uma primeira. Abri uma segunda. Abri todas elas...

Sob os escombros da *Independência* havia uma caverna de bandidos. Um espaço paralelo, um bunker, impermeável à agitação da ocupação. Indiferente aos sonhos de novas vidas, de novos mundos. Ela se justapunha aos porões e armazéns que permitiram que uma comunidade inteira vivesse, de forma quase autônoma, por vinte anos. Mas ninguém suspeitara de sua existência. Ninguém suspeitara dos explosivos, das armas escondidas em todos esses cofres, empilhados uns sobre os outros.

Longe da lei. Longe do trabalho. Longe da ordem. A zona, desconhecida, queimava como um vulcão. As caixas por si só explicavam a queda da *Independência*. O abandono súbito, o incêndio. As batidas da polícia. As rondas dos pequenos traficantes. Jeanne-Marie ficou sabendo? Ela entendeu? Uma Ideia desmorona quando sua economia não é sólida.

As crianças da segunda geração, querendo salvar tudo, no fim das contas se deixaram corromper. Sob o olhar embriagado dos veteranos que nada podiam ver. Uma geração anônima, sem estado civil, escolhera outra via que não aquela dos antepassados. Violenta, suspeita. A liberdade nem sempre mora onde pensamos. Ela chacoalha o ouro, calcula seu peso em pedras preciosas e em prata.

Desci da caçamba. Havia diversas caixas na sala. Mas eu não tinha visto o suficiente. Eu queria ver mais ainda. Tentei de novo escalar. Luzolo me dissuadiu. Era preciso voltar. Encontrar a comunidade na capela.

— Olha só! Você vai continuar assim por muito tempo? Vindo vasculhar nossos segredos feito um rato?

Reconheci a voz, fraca, mas segura. Ela se erigia diante de mim. Rime chamava para a briga.

9.

Sua mão agarrou meu tornozelo. Dedos gelados comprimiam minhas tíbias. Luzolo vasculhava a noite em busca de uma saída. Tentei livrar meu pé, em vão.

Muito rapidamente, porém, as unhas se descravaram. Um uivo de dor. Rime me soltou e se deixou cair no chão. Ela se pôs a rir. Sem parar.

— Você me encontrou, mas é tarde demais!

Um soluço fez sobressaltar seu peito. Ela se calou. Peguei seu braço e o coloquei ao longo dos meus ombros. Ela não reclamou. Achei que conseguiria arrastá-la até o alto e levá-la de volta para junto dos outros, na capela.

— Você tem esperanças de me tirar daqui? — ela cochichou. Eu tentava tirá-la. Um saco, pesado como blocos de cimento. Eu tentava levantá-la, ela resmungava. Sua perna se enrijecia, ela não conseguia andar.

Rime desatou a rir novamente.

— Vou apodrecer aqui. No meio da riqueza que acumulei. Do dinheiro, das bombas, dos metais preciosos. Um tesouro no meio das caçambas de lixo.

O bom amigo soprou em meu ouvido:

— Os cachorros estão rosnando em torno da ocupação. Temos que abandoná-la e ir embora rápido.

— Não podemos fazer isso. Ela está viva.

Peguei novamente o braço de Rime e a puxei para a saída. Desta vez, ela resistiu.

— Eu não quero me mexer!

— Você tem que vir comigo.

— Foi por isso que você veio bisbilhotar? Para me levar de volta junto com as crianças e os velhos?

Sua perna doía. O sangue deixava um rastro no chão como seixos que as crianças espalham ao longo do caminho para não se perderem.

— Não adianta nada todo esse trabalho.

— Pierre Lembika, o filho... estão todos lá embaixo. Existe uma saída. Você tem que me seguir.

— Avance alguns metros. Alguns metros pelo menos. Avance um pouco. Fique atenta ao que há ao seu redor. E me diga o que você vê.

Rime pronunciou essas últimas palavras com um tom enigmático. Eu dei alguns passos. Eu descobria outras caçambas, iluminadas pelo halo fraco da lamparina. Rime, imóvel atrás de mim, mergulhada no silêncio. Meu pé tropeçou em uma massa estendida no chão. Eu me abaixei. Na escuridão, reconheci um tecido. Muito rapidamente, os elementos se reuniram e adquiriram forma: membros, os de um ser humano. Fiz um movimento de recuo. O bom amigo se agitou ao meu lado. Depois ele parou, com precisão.

— Não avance! Todos os corações pararam de bater.

Da segunda geração não sobrava nada. Os corpos estavam empilhados pertos das caçambas. Eu não conseguia contá-los. Não era possível distinguir traços, rostos. Um nó na garganta. Retomei o caminho em direção à saída. Rime percebeu que eu estava passando por ela. Ela começou a dar uns risinhos. Sua risada se transformou numa tosse seca, que enrijecia os músculos de sua garganta. Ela pegou minha mão.

— Se você ficar, vai morrer comigo.

O bom amigo perdia a paciência. Não tínhamos mais nada para fazer lá, e Rime divagava:

— Eu adoro a disciplina e a força. Nunca escondi isso. Todo mundo sempre soube. Selima dizia que eu era orgulhosa como uma revolta... Odeio me curvar. Odeio os fracos; não suporto ter nascido do lado ruim da barreira. Nenhum dos meus sonhos é um sonho de extinção. Se esconder atrás de uma balaustrada. Atrás de um oceano de mármore. Uma parede invisível, uma fronteira de coral. Os refúgios, os esconderijos, os abrigos... tudo isso não existe.

Luzolo sabia que aquilo não ia dar certo. Precisávamos ir embora. A *Independência* não passava de uma mentira — um sonho corroído pela traição. A autogestão escondia delitos que haviam contribuído para alimentá-la clandestinamente por diversos anos. Se apenas o bom amigo pudesse me estender o braço e me empurrar para a saída... Mas eu permanecia ao lado de Rime e a escutava.

— Eu sinto os raios das trevas, as sobrancelhas que se franzem... É isso que vejo quando meus olhos se abrem. Vejo como as coisas perecem, como apodrecem. É um dom. Uma graça... Jeanne-Marie não tirava o olho de mim. Mas ela me amou demais. Ela nunca ousou me condenar. Todos os crimes que cometi com os outros, era o preço da autonomia e da invisibilidade. A morte tem uma cara grotesca. Ela tem o seu rosto. É muito curioso. Como você, ela é disforme. Ela pensa ter colocado um termo às coisas, de maneira definitiva. E, no entanto, se tratando dela, nada acaba.

O bom amigo perdia a paciência. Não podíamos ficar ali. Rime encadeava frases, palavras. Ela engolia as palavras.

— O grito dos camaradas. Irmãos e irmãs da ocupação. Não tenho medo de nada... falta o filho junto comigo. O único, o bem-amado. Ele ficou com vocês, e foi um erro. Aliás, você sabe. Você mesma duvida. Você acha que a terra vai se abrir. E acolher todos os despossuídos. Que os ódios triunfam na escuridão. Mas nada disso é verdade. Seu Manual, posto ao lado de Jeanne-Marie. Suas cartas, os subsolos, suas Ideias... não passam de besteiras. Comece a se preparar.

Rime se calou. Ela fez um movimento, depois se deitou no chão. Um ritmo lento. Muito lento. Que se arrastava e levava com ele tonalidades profundas. Notas graves, o zumbido de uma igreja. O destino interrompido. O corpo de Rime, no meio das armas e riquezas acumuladas, num porão. Um som que repete a mesma sílaba impaciente. Restam as sombras, os espectros, as vidas que viajam entre os mundos. Eu as escuto. Elas circulam entre nós em segredo, depois se retiram quando vem a manhã.

10.

Luzolo, Luzolo... você não fala mais. Você se esconde como uma sombra decepcionada. É preciso retomar a marcha. Subir novamente as escadas. Eu não te ouço. Sua respiração me precede talvez... Eu não ando tão rápido quanto você. Eu sou um corpo, você é um sonho.

Empurrei a porta e retomei o caminho estreito. Meus passos deslizavam sobre o chão. Eu virava as costas a um tesouro. Que permaneceria encerrado até o fim dos tempos. Todas as histórias, todas as fábulas nem sempre deixavam rastros. Era isso, desaparecer. Desistir de ser encontrada, renunciar à possibilidade de ter o nome inscrito nas teias de uma narração, forçar os limites da lembrança. Obrigar os reencontros.

De alçapão em alçapão. De escadas a corredores. Labirintos e espirais. Paredes que se abrem e se fecham. Portas trancadas que levamos na cabeça. Eu estava a alguns metros ainda da saída. A alguns metros ainda da capela. O bom amigo precisou se juntar ao grupo. Se ele fosse de carne e osso, certamente pediria que me esperassem. Mas os ouvidos humanos são insensíveis aos sussurros.

Empurrei o último alçapão com as minhas duas mãos. Ele estava emperrado. Como se alguém o tivesse bloqueado. Comecei a bater com força com meus punhos. Mas nada se mexia. *Luzolo, Luzolo! Como saímos daqui?* O alçapão rilhava, rangia, mas não se abria. Um peso impedia a passagem. Eu não tinha nenhum meio de sair dali. Nenhuma Ideia atravessava o meu espírito. Talvez eu pudesse dar meia-volta.

Gestos desordenados. Gritos e apelos. *Luzolo, Luzolo! Como se sai daqui?* Uma batida, depois outra. As dobradiças friccionavam. Se batiam como sinos. Eu queria sair, reencontrar toda a comunidade, retomar o caminho dos subterrâneos. Sentir o húmus da terra, atravessar as florestas secretas.

Uma última batida, exausta. Uma batida mecânica que não espera nada. E o alçapão se abriu. Milagre. Alguém devia ter retirado o obstáculo e estava ali, na escuridão. Prestes a se jogar sobre mim. Mas tudo estava vazio. Nada pôde obstruir a saída.

Vozes se elevaram. Um canto, um coral da ocupação. Ele se esgueirava até os meus ouvidos. As sonoridades, familiares, se colavam em mim. Elas despertavam a *Independência* sucumbida sob as chamas. Sonhos de velhinhos que haviam sabotado o poder como se desmonta, escrupulosamente, o mostrador de um relógio.

"Hoje, eu não pronunciei palavras." "Hoje, minha língua se empobreceu." "Hoje, eu não nomeei nada." "Hoje, esqueci todos os verbos da infância." "Hoje, não entendi quem falava comigo."

Na capela, os velhos e as crianças entoavam, juntos, um último canto. Levada pelas velas, a embarcação oscilava, mas não era submergida pelas ondas. A comunidade desaparecia. Ela ia deslizar sob a terra. Encontrar a paz. Um ponto no Pacífico. Uma brecha havia sido aberta, ela engolia os últimos membros da ocupação. Paris perdia uma parte dos moradores dos departamentos centrais da região. Torres abandonadas. Vãos de escadas vazios. A brisa do outono soprava sobre o concreto. Ela recolhia a grama murcha. Plástico. Flocos de poeira. *Luzolo, Luzolo! Não vá embora sem mim!* Ao longe, os cantos seguem o ritmo dos desaparecimentos. As vozes se desvaneciam uma por uma. Eu devia me apressar e encontrá-las. Correr, deslizar, passar para o outro lado do mundo. Eu atravessei a *Independência*. Barulhos de motor, do lado de fora, me puseram em sobressaltos. Carros aceleravam e atravessavam a ocupação. Eles eram enormes. Pneus e sucatas rodopiando. Cachorros corriam soltos na rua, em todas as direções. Seus latidos abafavam os cantos da capela.

Mais algumas notas. Depois o coral parou. Eu estava sozinha. O ronco dos veículos ao meu entorno. O barulho contínuo de uma sirene. Fonte de palavras, de falas. Um estrondo horrível sacodiu meus braços, minha cabeça. Senti dois tapas em minhas bochechas. As paredes da *Independência* estavam de fato se erguendo diante de mim? Dois novos tapas, ainda mais brutais. Eu ia me esconder, para não ser vista, quando uma voz me perguntou:

— Você escuta? Você escuta quando falamos com você?

Beija-flores. Vermes. Jacarés. Cipós entrelaçados no coração das florestas virgens.

Correr. Abrir o alçapão e, se só me restasse isso a fazer, encontrar o muro de cadáveres. Mas a voz continuou, como um latido. Idiota. Ela repetia meu nome sem parar. Eu me virei. Um raio ofuscante atingiu meus olhos. O brilho rompia a profundeza infinita dos lugares. Faróis? Furgões da polícia? A flecha do amanhecer? Minhas pálpebras não conseguiam mais suportar as fontes de luz.

Eu a ouvi de novo, clara como um som de matraca.

— Pare de balançar a cabeça como um robô.

ONDE O GIBÃO ESTENDE A MÃO AO NEGRINHO
COM OLHOS MANSOS

Eu não vejo nada quando é dia. Eu não vejo nada quando o mundo escapa da escuridão. Eu não gosto da manhã e do cinzento que inunda as ruas. Dos muros de tijolos vermelhos. Do vapor branco como a garoa. Dos latidos de um velho cachorro furioso atrás do portão de uma casa.

Não vou abrir os meus olhos. Eu sei o que há ao meu redor. Enquanto puder, manterei minhas pálpebras cerradas. O tempo que for preciso.

Eu não gosto das cores; não gosto do que distingue. Não gosto das imagens, da fosforescência. Das pinceladas que moldam a realidade e traçam linhas visíveis, do enquadramento das janelas, das proibições.

Se eu entreabrir a porta e atravessar a rua, tenho que passar por cima de uma vala. Uma fenda cavada intencionalmente por aquelas e aqueles que querem que um transeunte tropece ou caia.

Da última vez, eu tropecei. Havia uma multidão. Vi os sorrisos, os rostos contorcidos diante das minhas pernas esquisitas. Eu me levantei sozinha e voltei para casa em silêncio. Sob o olhar dos vizinhos. O ócio, a falta de trabalho. O cão errante me seguiu novamente. Ele ficou do lado de fora da cerca até o anoitecer.

Eu não conto mais os galos na cabeça. Não conto mais os desaparecimentos. Não conto mais os momentos em que escapo, deslizo e deixo o mundo. Eu não ouço mais nenhum barulho. Não ouço mais nenhuma palavra, nenhum discurso. Não ouço mais os latidos da máquina de costura Singer. As zombarias de Odette, que acompanham a loucura da minha avó. A garganta da velha, finalmente, se cala.

A solidão dos trabalhadores dos subúrbios que se arrastam pelas ruas. Eles se sentam na calçada, em frente às suas casas. Esperam as horas, a nova manhã, a vida que dá voltas. Do outro lado da rua, não há mais ônibus. Ainda se pode entrever a silhueta dos grandes edifícios. A usina fechou suas portas, entregando à própria sorte o bairro e os moradores.

Luzolo, eu não sei onde você está, quando o sol aflige o dia. Mas, quando entro em mim, quando escapo e desapareço, ouço novamente sua alegria vibrante. As fábulas que você conta sobre todas as coisas que eu mal conheço. Todas essas loucuras, essas galáxias e essas tagarelices que encantam minha cabeça.

A beleza não salvará o mundo. Ela não salvará nada. Porque tudo já está morto. E já é tempo de escolher rir disso.

As Ideias crescem. Como uma floresta que se expande sem cessar. Elas contam a história da festa, do encantamento do grande baile, do sussurro contínuo da fé, a história da alma que desceu aos infernos e que não volta mais.

EPÍLOGO

(Notas e observações para a redação do Manual –
recolhidas durante minhas conversas, minhas viagens,
rabiscadas nas estradas)

A SOMBRA DE MIM MESMA

Olho a minha sombra. Ela está na minha frente. Ela pedala. Segura o tecido picotado pela Singer. Lá fora, o rosto do Norte. Às vezes, as ilusões são tenazes. Minha sombra é meu corpo. Ela me alcança quando parto para longe. Ela tem poder, me coloca nos trilhos.

De tanto me dissociar, minha carcaça ficou independente. Às vezes ela fala sozinha, enquanto estou em outros lugares. Ela repete: "Para quê? Para quê?", e se volta para o pedal da máquina de costura. Os tecidos são belos, cintilantes. As cores são alegres. O tafetá amarelo é o meu tecido preferido.

Eu não sou uma. Sou duas. E a sombra, na minha frente, um robô no mundo das aparências e das superfícies. Eu vivo nos territórios sem matéria. As Ideias se reúnem como tiques no alto do crânio. Elas traçam mapas, fugas, paisagens, histórias. Embarco comigo o bom amigo. Juntos retomamos os tortuosos caminhos da errância.

Lá onde já não há fronteiras nem quepes.
Lá onde as peles não são mais políticas.

Eu não odeio o mundo. Não sinto rancor. Eu não sou maldade. Nem dor. Luzolo me disse: "O ouro do coração numa cidade aterrorizante." E ele disse também: "Um escudo de desvarios. É pouca coisa."

Eu convoco a magia de uma cortina que se fecha, de um espetáculo, de uma fantasia. Milhares de companheiros desfilam nas dobras do espírito. Eles dançam no convés e se divertem até o fim da noite. A sombra cai. Estala os dedos. E, de súbito, eles se volatilizam.

De agora em diante, deixarei de expressar minhas Ideias em voz alta. Uma sombra trai. Eu admito, aprendi às minhas próprias custas. A matéria não me diz nada que valha a pena. Ela frustra todas as expectativas. Isso é o que costumam contar as pessoas com experiência.

É preciso imaginar a cerimônia. O enterro de um corpo que agoniza enquanto o espírito escapa. Alegremente. A música irônica do organista da Treille. Que conta a quem quiser ouvir que aqui embaixo não é melhor que o Inferno.

Junto minhas coisas. Empilho os dedais. Olho para o céu que declina. Odette vai se mudar, ela encontrou trabalho. Minha avó recebe pacotes de alimentos graças a uma associação de caridade. Ela não paga o aluguel há um mês. Na primavera, correremos o risco de sermos expulsas. A usina se tornou um centro cultural. Garotos a vandalizaram. "Não precisamos de arte, queremos trabalho." O bairro se esvazia. Atrás do colégio, um grande parque. As árvores, imensas, dominam o cume do subúrbio. Eu olho para elas, e as Ideias chegam.

Eu vivi revoltas. Ganhei insurreições. Reestabeleci a justiça em dez mil nações. Atravesso mundos que minha pequena cabeça fabrica sob medida. Subo no navio. Com um bando de crianças. De piratas. Um artista. Uma multidão que põe de cabeça para baixo uma capital.

Resta o poema de Hakim. Ele entoa um canto sobre as paredes que se racham. Eu o decorei muito rapidamente: com a miséria e os colapsos, fazemos histórias. E essas histórias, nós as contamos.

Após a queda da *Independência*, houve muitas outras. Algumas, felizes. Elas não constam no Manual. Eu parei de escrevê-las. Para que minha sombra não as leia, e pare de me perseguir.

Contar uma história é desejar o fim. A felicidade guarda seus segredos e pede uma língua muda. Cessar a narração. Cortar os fios e estilhaçar as transparências. Guardo minhas notas e fecho minhas páginas. O espírito se recolhe. Em outros lugares, sob outro sol, eu escapo. Acompanhada de um espectro. Existem inúmeras passagens. Montanhas, alçapões, travessias. Basta abrir a escotilha e passar para o outro lado.

*Agradeço a Adrien Bosc, Séverine Nikel,
Julie Clarini, Sylvain Pattieu.*

A Felwine Sarr. A François Robinet.

Este livro foi editado pela
Bazar do Tempo na cidade de
São Sebastião do Rio de Janeiro em
outubro de 2024 e impresso em papel
Avena 80 g/m² pela gráfica Margraf.
Ele foi composto com as tipografias
Adobe Text Pro e Good Pro.